[日] 柚木麻子 著
陆求实 译

东京女子会

中国友谊出版公司

图书在版编目（CIP）数据

东京女子会 /（日）柚木麻子著；陆求实译．— 北京：中国友谊出版公司，2018.7
ISBN 978-7-5057-4375-5

Ⅰ．①东… Ⅱ．①柚… ②陆… Ⅲ．①长篇小说—日本—现代 Ⅳ．①I313.45

中国版本图书馆CIP数据核字（2018）第091917号

著作权合同登记号 图字：01-2018-4085

书名 东京女子会
作者 ［日］柚木麻子
译者 陆求实
出版 中国友谊出版公司
发行 中国友谊出版公司
经销 新华书店
印刷 北京嘉业印刷厂
规格 880×1230毫米 32开
10.25印张 226千字
版次 2018年9月第1版
印次 2018年9月第1次印刷
书号 ISBN 978-7-5057-4375-5
定价 42.00元
地址 北京市朝阳区西坝河南里17号楼
邮编 100028
电话 （010）64668676

如发现图书质量问题，可联系调换。质量投诉电话：010-82069336

1

好想下去游泳啊！

脱下衬衣、裙子、袜子，丢在脚边，让赤裸的身子感受着轻柔的水和折射的光线，在无声的空间里随心所欲地向前游去，游向哪里都无所谓。随着肌肤对水温的戒备渐渐消失，自己与这个世界的分界线也越来越模糊，体重、年龄、性别，全都失去了其意义；想要张口说些什么，但声音旋即变成泡沫，高高冒起，一点点涣然散开，终于消失在白色的远方。——酷热的季节快要过去了，为什么会冒出这样的念头呢？

对了，是眼前这个早晨的办公室和空无一人的游泳池有点儿相似的缘故。

整齐划一分隔开的办公卡座和泳池里用分割线隔开的泳道有几分相似，加上室内淡淡的沉静的蓝色格调，会让人想到碧沉沉的水面；墨水盒散发出的气味带着一点点刺激性，总让人不由自主地有所联想，这一点也和池水中的氯气非常相似。为了确保独自静下心来不受打扰地处理一点儿事务，多方觅索理想的场所，结果找到的还是这个大半天时间都泡在其中的办公室。在这个本应该是勤奋努力、充分发挥自己潜能的空间里，现在哪怕使出浑身力气扯开嗓子叫喊若干毫无语义的词句，或者趁自己心情好扭上一段即兴的舞蹈，都没关系啦。当然，自己不会做这样的事情，不管身处何地、何种状况，大声叫喊、扭着身子跳舞什么的，自己绝对不会做。

位于大手町的中丸商事是国内规模最大的贸易商社，而它的食品营业部占据了总部大厦十九层的半个楼面，早晨六点至七点钟是彻彻底底的无人空间。这是个专门从事由海外进口各种食品，再向国内企业批发销售，也就是典型的商社业务部门。

眼前这方没有受到任何污染的新鲜空气，令时刻都在探索某种结论的志村荣利子的心以及身体都得以沉静下来。给打卡机插上电源是最早到办公室的人应尽的义务。荣利子弯下腰，将脏兮兮的插头插入电源插座，切换开机钮，然后从墙上的卡箱抽出印有自己名字的出勤卡，插入打卡机，“咔嚓”一声，随即再度沉寂下来，整整齐齐一色的六字头的出勤记录栏又添上了一个新的时间印戳。

从少女时代起，无论做什么事情，她都喜欢争强好胜。“先发制人”是商社人最重要的素质之一，这是同一家商社的老前辈，也是自己的父亲教给她的。荣利子和父母一同生活在世田谷的高级公寓里，对于独生女儿早晨经常不在饭桌上和家人一起吃早餐，母亲很不满，如今进公司已经第八年，母亲早已不再多说什么了。

荣利子今年三十岁，但仍不打算搬出公寓单过。没有母亲做帮手，荣利子不可能每天穿得整洁利落、身体健健康康地投入到工作当中去。而如果自己搬出去的话，母亲整天面对沉默寡言的父亲，一定也会憋屈死的。

不管来办公室多早，属于自己一个人的时间也仅仅只有不到四十分钟。上班时间是八点半，但大多数同事都会提早一个小时进办公室，一只手往嘴里送着便利店里买来的方便早餐，另一只手滑动鼠标翻看邮件，是职场一道天经地义的风景。被母亲擦得锃亮、简直可以照出荧光灯的轮廓来的两只 TOD'S 浅口便鞋交互向前，仿佛要将五十多张卡座间的缝隙填埋掉似的，直奔自己的卡座而去。食品营业部一半员工是正式员工，其中女性只有荣利子和早她十年进公司的前辈四叶佐弥子，而派遣员工和短期合同制员工全部都是女性，不消说，她们几乎都是踩着上班的点儿才进办公室。

装有早餐和《日本经济新闻》的便利店塑料袋子碰擦着米色百褶裙，发出“唰啦唰啦”的声音。她走到桌前，打开电脑，电脑起动的开机声低沉地响起，几乎感觉脚都被震到了，同时散发出无数条看不见的弧线，慢慢向四周扩散开去。这个瞬间，是什么都不用想，什么都不用做的，也许是一天中最安闲的时刻了。在电脑桌面完成更新之前，荣利子可以享受片刻充分的自由。对于年收入早已超过千万日元的荣利子来说，如今她可以充满自信地说，世间最有价值的东西就是时间，只要给她足够的时间，不管什么事情总会有办法的。现代人每天都匆忙地生活，因此，创意也好，制造产品也好，凡是花费大量时间的工作自然就会获得更高的评价，精致的美食、从周全的季节问候起首写满三页以上的信笺、看似素颜的清新妆容、保养得当的皮革制品之所以受人尊崇，其实就是对其背后花费的时间的一种敬意。

荣利子用除菌湿巾纸在桌上用力地来回擦拭，好腾出地方放下早餐，顺便将电脑键盘的空隙、电话听筒也仔细擦拭一遍，即使被人揶揄说神经质，她也必须这样做，否则就感受不到在这过于空旷的空间里有一块属于自己的领地。她将堆得像小山一样高的交办文件扒拉开，一件一件扫一遍，速度比人员进进出出、电话响个不停的白天要快上好几倍。时间是设法挤出来的，从学校出来踏上社会起，她从顶头上司那里首先学到的就是如何利用时间。几分钟后，小山似的文件消失了，荣利子这才把便利店的袋子往桌子中央挪了挪。

荣利子拿出盛在纸杯里的咖啡，接着拿出装在纸袋里的新商品“甜瓜味花林糖面包”，这是今天早晨逛了两家便利店都告售罄，最后好不容易在地铁站内发现的贵重商品。虽然她知道这面包内并没有加入对身体健康特别有益的成分，但还是忍不住翻过来看看背后标贴上的成分表，这或许已成为一种职业病了吧。面包大品牌“三崎”是谷物部门的客户。人工甜味剂、防腐剂、色素……都是崇尚自然派的母亲鄙弃的东西，背着母亲偷偷吃这样的食品，虽说已经到了这个年纪，她依然会感觉到一种逆反的快意。面包仅售九十八日元。读中学的时候，班级里有好几个同学常常上小卖店买这种面包，吃得那叫满足，尽管母亲亲手做的便当非常好吃还有营养，但荣利子还是忍不住对这种色泽浓重、分量十足的面包滴下馋涎，她甚至觉得，那些同龄女生不受束缚、无忧无虑吃着这种食品，身体却也在健健康康地由内向外发育成熟。

点开收藏夹，下拉滚动条，扫视着一长串收藏网址，右手的鼠标朝感兴趣的网址上点击，随着“咔嚓”一记脆响，荣利子进入了属于自己的时空。她两眼不停地追随着页面上的文字，同时，一口咬开了那个足足有自己脸盘一般大的面包，表面的细屑扑簌簌地掉落下来，黄油与黑砂糖交混的香味、甜瓜的香味溢了出来。的确，就像她说的那样，甜咸的平衡感把握得相当不错，但总让人感觉像是种廉价商品的口味。但是和液晶显示屏上移动的文字一起咀嚼，却别有一种沁人心脾的美味感觉。

花林糖和甜瓜味面包扯到一起，这样的创意简直是荒唐嘛，在便利店看见这一新品，不由得爆笑。可是，当你咬一口油油的、脆脆的、带一点儿御手洗团子[1]酱油味的面包时，会有一种甜瓜的香味在嘴巴里散开，就像穿过隧道后豁然开朗的感觉。现在狂热地迷上它了，荒唐的口味，荒唐的价格，用这种荒唐食品当午餐，真是太美了！太爽了！简直可以笑对人生啦。——不过不向大家推荐噢。

笑对人生。荣利子心想，说得太好了。对荣利子而言，人生就是你必须直面它、跟它较量的一个对手。

一种成就感和油腻腻、甜滋滋的感觉同时在她心中慢慢漾开，使得她暂时陷入恍惚出神的状态。

这时，一个声音从头顶落下："你居然吃这种中学生吃的东西啊，志村？会发胖的！"

无论什么场合，总要先设法挑出对方的过错——这是水产组的同僚杉下康行特有的说话方式，当对方正要反省究竟说错过什么或做错过什么的时候，他已经按照自己的思路不管三七二十一地向对方勇猛

1 御手洗团子：日本一种米粉食品，得名于京都下鸭神社举行的葵祭、御手洗会等祭神仪式，沿神社参道两旁众多摊贩制作销售，做法是将米粉团子串在竹扦上，略加烧烤后刷上砂糖酱油。——译者注

进击了。这种态度，虽说还不至于挨训斥，但起码称不上完美，可是，也从来没见到过他被上司批评或提醒。营业部多数是运动系男生，所以像杉下这样精瘦的体形、干净整洁但稍显细长的脸、尖尖的下巴以及缺少血色的嘴唇显得很扎眼。他的学历也与众不同，在大学院读过两年建筑学研究生，因此，虽是同一年进的公司，但他比荣利子大两岁。

“早啊。哦，这个面包啊，这是博客上介绍的新品，好不容易才买到的呢。”

独自享有的时间这么快就被击破，荣利子很失望，她用手指着电脑屏幕分辩道。杉下一只手撑在桌上，弯下身子，凑过来。啊，这么近——荣利子心里暗暗叫道，可是杉下一点儿也没有要缩回去的意思，平素爱用的发胶的味道直冲鼻子扑来。

“哎，主妇博客？独身的志村读这种文章，发现什么有趣的东西了吗？”

“‘大比目鱼’懒婆娘日记”是荣利子这两年来几乎每天必读的博客，简朴的页面缀饰、基本不换行的长文、时不时配发的照片一看就是用手机拍的，即使想恭维也不敢说它做得漂亮。可是，在某网站的人气主妇博客排行榜上，它却始终在前三十位以内。要说它的特点，或许就是没有其他主妇博客所常见的吐槽灌水帖子。

“虽说是主妇博客，但人家没有那种过于强烈的主妇自我意识，煮饭、做菜、做家务好像也是马马虎虎、得过且过的样子，但是不可思议的是，让人有一种没有完全浸没在家庭中的感觉，怎么讲呢，是分寸感吧。加上又是年龄相当，自然就有一种亲近感啦。”

“大比目鱼”和担任超市店长的丈夫共同生活在市内某公寓，眼下似乎还没有要孩子的打算。虽然谈不上富庶有余，但从字里行间看不到她有从事计时零工工作的迹象。身为一名全职太太，却好像并不称职，晚餐有时做，有时不做，多数时候是在家庭餐厅[1]或回转寿司店和丈夫碰头，草草地把晚餐解决掉，而丈夫对此好像也没有任何不满，夫妇二人和和美美地过着小日子。尽管如此，在博文里又不露骨地晒夫妇恩爱。在博文里，她从不称呼老公为“丈夫”“××君”，而是“魔王”，这种微妙的语感也让人不由得产生好感。

虽然很喜欢小孩，可还是没有完全到达那个阶段！男女做爱当然可以说这是个必然结果，可真要造出个人来也太烦人了吧。喂，魔王，你在读这篇吗？

博客中甚至还有这样毫不忌讳带点儿污的文字。

“超市和杂货店的积点还有抵扣券什么的统统不用！这是我的主义！”看到这段掷地有声的文字时，真有一种痛哉快哉的感受。

那些家伙在掠夺我们最珍贵的——时间（怒）！吭哧吭哧积攒一通，顶多不过就省个五百来日元，可是一想到为了这点蝇头小利，每次在收银台前又是翻钱包又是找积点卡再递过去花费掉的时间，还不如统统取消来得爽气呢。如果把一辈子花在那上面的时间全部加起来，差不多有十个小时哪。我虽然不是富婆，这样做也许损失不小，但实

1 家庭餐厅：日本的一种餐饮业态，多建于郊外住宅区或干线公路旁，面向家庭的连锁型经济餐馆。——译者注

在太麻烦了，太不值了，所以下决心统统扔了，瞧，钱包一下子变轻了！变轻啦！

一直以来，荣利子就反感母亲钱包里塞了一大堆积点卡、抵扣券，弄得钱包鼓鼓囊囊的，让人看了特别不舒服。父亲很早就当上了中丸商事下属子公司的社长，一家人过着安逸舒适的生活，可母亲就为了节省那一百日元、两百日元而对商家俯首帖耳，荣利子真替母亲感到悲哀。母亲外表看上去很沉稳，可是却经不住别人劝诱，总是不能将自己的想法坚持到底，一旦入手的东西便舍不得丢弃，宁愿一直放着不用。而自己身上也有些地方和母亲很相似，这让她更加不快。或许，在“大比目鱼”眼里，时间远比金钱更珍贵，所以不愿被金钱束缚住，只想在属于自己的时间里安闲自在地生活。

“这种日记哪里有趣啊？和你的生活没有任何关系嘛。好像你有家有室似的。”

对于杉下这种完全无动于衷的态度，荣利子似乎感觉到自己受了小小的打击，于是不禁加快了语速说道：“把自己真实的一面表现出来有什么不好？我喜欢她这种一点儿也不勉强的态度。怎么说呢？我觉得她很可爱。还有，时间在她身上好像慢慢地、实实在在地流逝，这点也让人喜欢啊。”

“觉得一个闲得无聊的家庭主妇有意思？哎呀，女人哪，真是叫人受不了，老是看到比自己差的女人就会莫名其妙地产生一种安心感。”

虽说荣利子已经习惯了男同事的这类腔调，但并不代表完全不在乎。刚进公司那阵子，公司内部歧视女性的风气竟大行其道，令荣利子很受刺激，如今她已经能做到心平气和了，听过就算了，不会去一一计较。男同事们大多并无恶意，甚至让人惊讶的是，他们这样说的时候居然根本就不经大脑，所以，如果计较起来就等于自己吃亏，和他们瞪起眼睛争论的话，丢人的反而是自己。有父亲这个后盾，作为正式员工的荣利子只要时刻保持清新向上的姿态，以不输给男同事的劲头努力工作，对方自然会平等对待自己的，为日常的种种琐事生气实在犯不着。此刻，荣利子依旧不改轻松愉快的态度。

"嗯，不是那样说啦。一般来讲，主妇博客往往喜欢炫耀自己多么幸福呀，家务做得多出色呀，菜烧得多好吃啦什么的，喜欢晒自己对吧？总之希望别人懂自己、赞赏自己，那种心理特别强。可是，她……"

桌上的电话铃响起，打断了两人的对话。荣利子拿起听筒，是美国加利福尼亚州一个金枪鱼供货商打来的。这个时段，从美国打进来的电话最集中。

"May I have your name, please? When shall I have him return you call?"

告诉对方负责人现在不在，等会儿再回拨联系，然后荣利子又转向杉下。

没办法跟他解释清楚，真急人。"大比目鱼"表面傻里傻气、滑稽逗笑，实则感觉敏锐，这是荣利子最喜欢的。她的文字流淌进心田，让人感觉很舒爽，通俗、浅显，但是能感受到其中蕴含的知性，绝不会伤害到别人。看似生活态度怠惰，但是她丝毫不觉得羞惭，没有硬要赋予平淡无聊的生活某种意义。夫妇二人没有孩子，但也没让人感觉到焦虑。最让荣利子感到津津有味的，是她那些看似随口说出，但让人忍不住想模仿着说出来的话，充满了令人叫绝的古灵精怪。

例如，闷热的天气，穿着泳衣在家做家务，然后套上连衣裙上小区公共泳池泡个痛快；从图书馆借阅的书一色都是石田千的；为了读完玖保桐子的全套《怎样做木桶饭》，专挑附近那些明显为了避税而开、对客人爱理不理的茶餐厅，点上两道费工又费时的菜品；夫妇二人上卡拉OK厅唱歌只点英文歌唱；为了看电视里播放的好莱坞大片，干脆叫两份比萨吃;为了吃“嘎哩嘎哩君”[1],既不整天从早到晚忙于做事情，也不想让某件事情变得更有意义，不过就是像只猫似的，不给自己设定一个目标，而是随性而为地过着每一天——这样的生活状态深深地吸引了荣利子。自己最后这样子是什么时候？反正是很久以前的事情了，以至竟然想不起来了。读她的博客，能够让每天晚上因聚餐和市场调查而绷紧的神经稍稍得到些舒缓。

无论什么时候，荣利子总是提醒自己，不能将时间白白浪费。即使放下工作状态，也会抓紧时间美容或读书，当然，她对休息和睡眠也足够重视。她坚信，自己的一切行为都与某种利益相联结，自己不会做任何无谓的事情，所以无须怀疑，今天的自己比昨天的自己又优秀了一分。大概三十岁时，她偶然一次感觉鼻腔里有点儿痛，当时觉得自己仿佛一个缺氧的人，张开双臂向四周触摸却什么也触不到。她

1 嘎哩嘎哩君：位于埼玉县深谷市的日本赤城乳业株式会社生产、销售的冰棒系列品牌。——译者注

狠狠做了几个深呼吸，反复对自己说，不要紧的，然后一遍遍历数自己的优点、成长经历和对公司做出的贡献，以此激励自己挺下去。实在心里没着没落的时候，便尽力展现谦逊的魅力，博得别人赞赏，总算得以恢复平常的心态。但是每当一天结束或者又一个黎明来临之际，她仍然会有种切切实实的感觉，不管怎么努力，自己的人生又减少了几分可能性，或者说，轨道修正越来越不起作用了。是不是随着年龄增长而产生了某种焦虑？再过数年，是不是就会习惯、平复下来？每当从同性那里感受到和自己相似的焦虑，那一瞬间，便不禁生出一丝安心和变态的欣喜。

从“大比目鱼”身上似乎感觉不到这种焦虑感。

最妙的是，她博客里的登场人物几乎只有丈夫，同性友人从未出现过，这在喜欢晒闺密的主妇博客中显得很异样，令人好奇。莫非她深谙某种处世之道，懂得如何克服自己曾经为之头痛的烦恼？——荣利子不由得暗自期待着。

像她那样的女人竟然也没有闺密，这一事实让荣利子感到轻松。作为圭角不露、任何人都能够接受而遽然积攒了大量人气的网上红人，是不是也由于某种机缘错位，无法结交同性朋友？看来没有同性朋友并不是让人羞惭的缺点。嗯，不是缺点，只是人际关系的一种变奏吧。

和老公两人住在市内一幢老旧公寓，三十岁，家庭主妇。最喜欢的食物是家附近全品均价九十八日元的回转寿司店“笑盈盈寿司”家的鲔肉寿司。

兴趣不大的杉下看了看博客中“大比目鱼”的自我介绍，直起身子：“嘿，喜欢吃回转寿司店的鳍肉寿司啊？她是知道那种廉价寿司店用的鳍肉不是比目鱼的鳍而是大比目鱼的鳍，所以才用这个博客名的吧，这倒是蛮幽默的嘛。”

大比目鱼体长近三米，体重可达两百千克，因此，大比目鱼的鳍肉也较比目鱼巨大得多。从大海中起网的时候，大比目鱼会激烈反抗、挣扎，在阿拉斯加一带都是使用滑膛枪将其射死再捕捞上来的。杉下这句话让荣利子觉得自己似乎受到了称许，这使她信心大增。

“说起来，杉下君，你去年是俄罗斯大比目鱼的负责人吧？和森特公司应该也做过不少单业务吧？”

这种大型餐饮连锁经营企业肯定会将“笑盈盈寿司”收入麾下的。看着杉下带着些许冷笑的脸，荣利子忍不住拍手叫道：“哇……不得了！‘大比目鱼’爱吃的东西居然和杉下君的工作有关哪！”

一番感慨之后，荣利子将只有两个人的办公室扫视了一圈，随着数字和业务不断膨胀，整个世界好像变得狭小了，仿佛伸出手去就能牢牢攥在掌中似的，感受到这种感觉的一瞬间，也是荣利子最喜欢、最享受的时刻。

不知不觉中，朝阳已升得老高，八月末的晨光穿过窗户照射进办公室，因频繁洗涤而泛白的地毯散发出一股被太阳晒过的味道。在贸易公司工作久了，会不禁地去发现一些日常景象背后看不到的东西，例如，这纸杯咖啡、面包、报纸，它们的原材料是何处生产的、经过怎样的加工、怎样的流通才成为眼前这个状态，眯起眼睛脑海里想象一番，就能生成一个个故事。这种出色的透视能力，荣利子也好，杉下也好，自然早就具备了。

日本的鱼类和贝类消费量每年大约652万吨，其中百分之四十依赖国外进口，这其中又有不少没有正式命名的鱼类，行业内称之为“代用鱼”或者“假冒鱼”，种类非常多。在水产组工作的荣利子，对于各种加工鱼，不管贴上什么标志，立即就能一眼识破。

“其实总感觉有点儿对不起消费者，因为鳍肉只是鱼的部位，不能误导消费者呀。”

“可是理性地想一想就会明白，比目鱼或者鲆鱼的鳍肉一百日元以下可能吃到吗？消费者也是知情的嘛。”

“这不光是吃到的是什么鱼的问题，也可以说是一点儿小小的公民权利吧，这样想想真可怕。”

“可是，这种公民权利美滋滋地攥在手里吃得香喷喷的，所有人才会感到幸福。‘鱼肉汉堡包’里的‘鱼肉’，‘黄油面拖白身鱼’里的‘白身鱼’，要是每一样都较真到底是什么鱼的什么部位，那就没底了。世上有许多事情是不需要弄得一清二楚的。”

别看杉下平时说起话来敷衍糊弄，可是一旦坐到谈判桌上，却变得谈锋雄健、言辞犀利，让人大跌眼镜。他的外表给人有点儿神经质的印象，实际是川越市内一家祖传三代的和服商的独子。

“你这么说令我想起来了，志村这个月起是要负责盲曹鱼对吧？像这种喜欢回转寿司或者家庭餐厅的主妇，早晚有一天你进口来的鱼会进她的嘴里哩。”

荣利子随手翻了翻前任者交接给她的资料夹。盲曹鱼是鲈形目尖吻鲈科的淡水鱼，俗称尼罗河鲈，最大的体长两米、体重两百千克，原产于非洲大陆，栖息于湖泊、河流中。这种鱼口感清淡，没有异味，但令人难以想象的是它竟是肉食性鱼，而且性格凶猛，据说把它投放进非洲的维多利亚湖中养殖后，湖中固有的两百余种小型慈鲷尽遭灭绝。由于口感清淡、无异味，在日本消费者中接受度很高，二十世纪九十年代曾经一度以“鲈鱼”“白鲈”的名字流通于市场，但近年来这种鱼百分之九十被出口至欧美，日本市场已很少看见。为了重新打开销路、完善当地的捕捞及加工设备，荣利子已经忙活了好几个月。随着她对盲曹鱼的了解不断增多，她也越来越被这种鱼吸引了。

“盲曹鱼的生命力真是强啊！”

“嘁，肉食鱼类嘛，谁知道它们吃的什么东西呀，想想就可怕、恐怖。对了，有部纪实片叫《达尔文的噩梦》，你最好看看，里面好像讲到盲曹鱼是怎样破坏生态环境的。”

“我也一直想抽空看看的，可是没时间啊。再说，在下一次谈判完成之前，这类信息我也不想过多地装进脑子里……如果不是人类把它投放在湖里养殖，盲曹鱼也不会知道自己有多凶残啊。好可怜，听说它作为观赏鱼也很受欢迎呢，银色的，很漂亮呢，还长着一副可怜兮兮的面孔……”

“在新宿新建成的水族馆就能看到，什么时候我们一起去看吧？”

对于这不动声色的约会要求，荣利子既不答 YES 也不答 NO，她假装专心地看着电脑屏上的博客。杉下一直对自己抱有好感，这点她非常清楚。谁先捅破谁就输，大概是他被自己信奉的原则束缚住了，所以始终处于一种既想表白又羞于表白的尴尬状态。刚才这句话也肯定是基于这种情感的委婉表达。

杉下不愿承认自己被无视，于是急忙掉转话题："估计只是博客读起来还不错，真正遇见了说不定完全不一样哩。"

"不是啊，我觉得自己和'大比目鱼'应该能成为好朋友。"

"又来了，你根本就没有同性朋友好吗？"

感觉手指尖一下子冰凉。无论怎样努力，绷紧了神经告诫自己，但是，"你根本就没有同性朋友"这一不可抹杀的事实，仍然让荣利子心跳加快到几乎要蹦出来。但是与荣利子感受到的打击毫无干系，杉下的话里似乎隐约带着一点儿湿热的性方面的暗示。看到与同性完全不合群的女性，男人会被勾起一丝情欲，仿佛自己不需要出手便发现了对手一大短板似的，此刻杉下脸上就分明透着一丝这样的得意。

荣利子装作没注意，她尽量让自己的声音显得满不在乎："哦，倒也是啊。自从工作之后，和大学时代的好朋友们疏远了好多呢，有时候她们约我参加女子会，我也没时间去。"

将话头朝着对自己有利的方向拉回，以保持己方的优势，这是在贸易公司多年的工作中学到的说话艺术。事实上，荣利子并没有这样的朋友，也没人约她参加什么女子会。一把年纪了，还自称"女子"而不是"女人"，多少有点儿厚颜无耻，但是这份无耻和装嫩卖萌却令荣利子为之眩惑。

"志村，你和派遣员工还有其他部门同期进公司的女员工也从不一块儿吃午饭吧？"

虽然口头上没有明说，但杉下似乎私底下和派遣员工高杉真织正打得火热，对于女性员工之间的人际关系如此了如指掌，应该是有着这层关系的缘故。

“哦，那个嘛，和同期进公司的人时间上碰不拢，和派遣员工一块儿吃饭又得时刻当心，很多派遣员工吃午饭从来不超过一千日元的，所以不敢轻易地接受她们的邀约呀。”荣利子尽量用明快的语气说道，怎么能直截了当地说没人邀约呢，“说实在的，我以前的确不是很擅长和同性交往。我不是自己显摆，我是个顶呱呱的优等生对吧，以前在学校经常被推举当班委员什么的，而我对同性之间那些无形的潜规则又弄不懂，所以不知不觉慢慢地就变成孤家寡人了。”

荣利子暗暗吃惊，自己居然如此伶牙俐齿，语速如此之快。她在心里祈祷着：噢，求你了，不要再往下说、再往下问了好吗？再往下可是女人的禁忌领域，她完全没有自信能够不露破绽地一直应对下去。

“嗯，像你这样即使不怎么努力也无所不能的美女会让人嫉妒啊。女人都爱嫉妒，简直太可怕了。”

杉下说着，讨人喜欢地眯起眼睛。

不知道这是在欣赏，还是在拿自己和高杉真织比较。工作低能却喜欢八卦、爱传小道消息，外加肥嘟嘟一身赘肉的高杉真织——不用想，肯定是被杉下玩弄于股掌间的家伙。可是，真织身边偏偏总是围着一群女员工，荣利子非常羡慕她这点。

不怎么努力？杉下一定从来没有想过，这一条皱纹也没有的脸蛋，这一头乌亮齐整的头发，得花费多少时间和金钱啊。“大比目鱼”会使用什么样的化妆水？——荣利子蓦地想到这个问题。是那种杂货店里大减价、大抛售的廉价品？也许是高档有机化妆品的拥趸呢。荣利子想使用和她同款的化妆品。

她一边查找过往的日记，一边说道："对了，这个'大比目鱼'好像住得和我家很近呢。"

"哎，真的？"

"是啊。你看这里写着叫'吉赛尔'的咖啡店，离我家也就一站路，这家店开业的时候我母亲还出过力呢，所以我跟那儿很熟。还有啊，'大比目鱼'喜欢的快餐连锁店和超市，在我家最近的那个车站周围全都集中了，虽然这些店别的地方也到处都是。"

"哇，真吓人，居然对这种事情都知道得一清二楚。站在对方的角度来看的话，你不是成骚扰狂了吗？"

听到这个之前连想都没想过的词，荣利子不禁吓了一跳。她转过身，盯着杉下的眼睛："啊？！怎么会，我只不过是读她的博客呀！然后就偶然发觉，她也许就住在我家附近——仅此而已呀。"

"可是，你不光是读，还模仿她的饮食习惯，关注她每天的一举一动，再加上住得那么近，尽管你没有恶意，可是对方会感觉很糟的呀，还是适可而止吧！"

杉下说完，掉转鞋尖方向，回到自己的卡座去了。此时，同僚们也开始陆陆续续进办公室了。杉下来这么早，大概是为了避开高杉真织，和自己单独聊上几句吧。这么想，会不会是自作多情呀？跟之前的恋人分手一年多了，可是荣利子并不感觉孤寂，虽然早晚都会结婚，但是眼下，她的全部精力都放在了家和公司这两点一线上了。

"大比目鱼"能想象得出，有个白领女子一大早就来到办公室，吃着和她吃的一样的面包，阅读她写的博客吗？荣利子预感到，她应该能想象出像自己这样的读者的存在。从表面上来看，她似乎漫不经心、一切都不怎么在意的样子，事实上，她的文字中可能包含着发送给许多人的某种声音：就这样也很好呀，放轻松些，一个人又怎么样。

荣利子仔细品味着博客日记，仿佛在对着镜子怜惜镜中的另一个自己。

2

丸尾翔子停下在手机上更新博客的手，抬起视线。

那条裤子要掉了呀。

翔子望着对面公寓阳台上晾晒的、在风中“哗啦哗啦”不停飘动的牛仔裤。对面住的大概是个年轻女孩吧，那样紧身的裤子，对于已三十岁的翔子来说，无论如何也穿不进去。以前的话，翔子也曾穿着绷得紧紧的、令人担心血液循环是否通畅的紧身裤，站在百货店里，一天要站立十个小时，有时候一个月只休息两天。那时的自己看到如今自己的生活景象会怎么想呢？也许出人意料，会很羡慕吧？

好像自己来早了吧？有机咖啡店“吉赛尔”离自己住的公寓步行只有十五分钟的距离，是她最喜欢的咖啡店。大概是因为周六，视线范围内至少还有数名和自己年龄相仿的女性客人。翔子动作灵巧地将大大的托盘中吃到一半的蛋黄酱拌魔芋鸡肝、苦瓜拌卷心菜丝、撒有芝麻和红紫苏粉的粗米饭团，以及绿藻鸡蛋饼往口中塞，以自己都害怕的速度很快地将托盘上的东西统统铲平。好久没吃过这样蔬菜丰富又营养均衡的早餐了，当然更没有给贤介做过了，想想自己这个主妇真是不够格。今晚至少煮个羊栖菜[1]什么的吧……哦，不，只要想象一下煮饭做菜的情形就觉得麻烦，还是从这里打包几个回去吧，我可不想洗碗、洗锅。翔子最讨厌沾水的活儿。

丈夫贤介在一家主要经营进口食品的超市担任店长，翔子是在打工时和贤介认识的，三年前结的婚。家庭收入只靠贤介一个人的工资，所以她不得不时时算计、处处节俭，但是又不想让自己变得过于吝啬，什么钱都不敢花。日常的小开销，用自己结婚前攒下的私房钱也够应付，近来还通过博客开始有了软文广告收入。夫妇二人婚礼也不办，戒指也不买，海外旅行也不去，房子自然更不买了，一切大额开销统统没有，所以零碎的花销就有了底气，一点儿也不纠结。为了避免诸如因谁洗碗而争执，情愿在外面吃，哪怕是便宜一点儿的餐馆也无所谓。结婚的时候，两人就约定好了。

本来，今天是想约在“罗多伦”[2]或家庭餐厅的，可想到对方是媒体人士，才指定了“吉赛尔”，它是自己知道的范围内最时尚的咖啡店了。以木纹为主基调的店内装饰，永远都能给人一种气定神闲的感觉。

侍应生桥本过来收拾盘子等，忽然弓下身子凑近翔子说道：“翔子姐，请你在博客里帮我们推荐一下秋季新菜单吧！”

“哇！这么近，你突然发出声音，吓了我一跳呢！”耳朵被桥本

---

1 羊栖菜：又叫鹿尾菜，一种褐藻门马尾藻科的海藻，小圆柱状叶子，分枝呈树状，据研究具有抗癌以及防止动脉硬化和高血压的作用。——译者注

2 罗多伦：日本市场占有率第一的自助式咖啡连锁店，由鸟羽博道于一九六二年创立，现有店铺超过 1000 间。——译者注

说话的气息弄得痒痒的。

在这儿打工的桥本君今年二十五岁，和自己的弟弟同岁，所以翔子同他很谈得来。外表看上去有几分瘦弱，透过衬衣却能感觉到胳膊上发达的肱二头肌，那硬邦邦的感觉和丈夫开始松弛发福的两条胳膊给人的感觉完全不同。

“翔子姐博客发出来的时候，客人总是比平常多一点儿。”

对于喜欢家庭餐厅和快餐店的翔子来说，“吉赛尔”是为数不多她非常愿意光顾的去处。今年正月，她还在这里做过短期侍应生，和其他店员都熟悉了，辞职以后每月至少还会来上一两次，当然是作为顾客。店主曾经想聘用她为短期合同制员工，但被她回绝了。一旦把这儿变为职场，人际关系势必复杂起来，自己也不可能像普通顾客一样随心所欲地享用了。

翔子的视线回落到手机上，浏览下自己博客中的评论，时间很快就逝去了。那种胡搅蛮缠的评论几乎一条也没有，大多是类似“安心”“很受鼓舞，我现在这样也不错啊”这样支持的声音，有的读者还将她提到的菜品或商店的链接贴在博文下面。终于找到自己应有的位置，翔子当然暗暗高兴，不过读者的反响太好，她反而有些不安：自己是不是在误导和欺骗读者？尽管如此，那些善意的评论还是让人心情愉悦，甚至上瘾，有时候会一连几个小时沉浸其中，仿佛泡在大浴场低温碳酸浴池中一样。

不光在网络世界，真希望日常生活中也能确保自己有可以放松置身的场所、可以笑颜相对的闺密。来东京八年，翔子仍没有彻底适应这个都市，工作的那几年，由于忙以致没有时间好好玩一玩，而身体状况变差之后，则彻底变成一个不肯动的人了。

随着来客门铃响起，一位四十来岁、穿一身制服的女性出现在门口。女子立即注意到了翔子，迅速地朝她走过来。

“是‘大比目鱼’……哦，不，是丸尾翔子女士吧？初次见面，您好！我是秀茗社第三书籍编辑部的花井里子。”

翔子急忙站起身，躬身致意，接过对方递来的名片。花井里子五官端正，身材也还算纤柔，然而皮肤干燥，眼袋下方的黑眼圈明显，看上去非常疲惫憔悴。

“哎呀呀，真不敢相信呢，您比我想象中的还要可爱，还有魅力！”

没有用“美女”来形容，这也可以看出职业女性精英特有的谨慎和滴水不漏。她在掂我的分量呢——休眠已久的女性直觉开始复苏。洗得发白的T恤衫、贤介没有发胖前穿过的休闲裤、脸上没化妆。翔子知道自己的装束很不适合这种与人初次会面的场合。从成衣制造公司辞职以来，之前兴致盎然买了又买的服装对于她忽然失去了吸引力，变得毫无兴趣。姿色原本就不出众，身材缺少凹凸感，单眼皮，缺少血色的脸上还醒目地长着几颗雀斑，最自卑的是嘴唇上翻，一笑起来，齿根全都暴露无遗。

然而，也有一些女性像是合谋好了似的，对翔子齐声攻讦：

——向男人献媚！

这就是她们的指责。她明明没有向男人献媚，只不过将同性之间普普通通的关心用到男性身上而已。在女性面前，该说什么、该怎么说，有时候不免要费心斟酌，而在男性面前，凭直觉就知道应该怎样去做，这大概得归因于父母离婚，从小由父亲带大、加之上面下面都是男性兄弟吧。翔子并不是那种盛气凌人的人，恋爱经验也不多，只因为在男性面前觉得放松，却落得如此评价，这让她很感意外。因此，她在女性面前总是小心翼翼的。

花井里子要了一份咖啡，随后拿出好几本秀茗社编辑出版的主妇杂志和博客文章整理成的书籍，摊在桌上，开始一一说明起来。老实说，翔子的兴趣并不大。一直以来，她不习惯受到别人期待，依她的性格，最好尽量避开那些烦人的事，类似别的主妇博主那样热力四射地炫耀幸福的文章，她读着就觉得精神疲惫。里子并不在意翔子的心理活动，她只管口吐莲花般地推荐着。

“现在，主妇博客被分成了几大类别，您的博客就属于‘自然体’这一派，不会在博客里引导读者该怎么做，只是自然抒发，这是这一类博客的最大特色。如今的社会价值观念越来越多样化，有不少主妇不知道究竟应该遵从什么，其实不仅仅是主妇阶层，很多人都这样。像您这样不盲从、不动摇，按照自己的想法轻松生活的态度自然就能获得很多网民的拥护。不刻意地去引导别人，所以职业女性也不会排斥，我觉得这就是您的博客的一大特点。”

“哦，可是，像那种日记一样的东西做成书的话，会有谁读吗？”

“哎——所以呀，要将日记的形式稍作修改，改成随笔啊。我想可以做成一本以轻松自然的态度去生活的人生指南书呢。”

大概是心理作用，翔子只觉得脊背上一阵发痒。唉，这个被称作“知性女性”的人种实在叫人吃不消啦。翔子写博客的时候从来没有想过这么多、这么深。这样任意地赋予自己的文字某种深刻含义，随意进行拔高、归类，这让翔子有点儿不高兴。

自己的博客进入主妇博客排行的前几位，无形中让她一下子获得了无穷的动力，每日热衷于更新，这倒是事实，但引起大型出版社秀茗社的关注，编辑主动来联系说打算帮她出书，太出乎意料了，因此收到电子邮件时竟有点儿不知所措。

为什么会来这里赴约？是因为丈夫的鼓励。

“你也差不多该重新踏上社会看看了，你是个很优秀的人，老待在家里可惜了呀。编辑能够主动和你联系说明你了不起啊，你就是现代的灰姑娘，要是真的能出书多好啊！”

翔子不由得想起做临时工的时代。那时候贤介是她的上司，工作上不求完美，算不上好员工，但是性格沉稳，不喜欢出人头地，乐意看到别人成功，就像自己成功一样由衷地高兴，因而颇受临时工们的爱戴，职场的氛围非常融洽。翔子在百货店打零工时已经学成一套熟练的待客技能，他见了还大为赞赏。贤介的身高比翔子还低，体形又一年年发福，但同翔子以前交往过的男友比较，他却是最能让人感觉放松的一个。

“您如果决定了，还希望及时和我联系，我相信做成书之后一定能畅销！”

里子半客气半强迫地将好几本博客书推给翔子，咖啡几乎一口都没顾上喝，便匆匆起身告辞离去。翔子松了口气，仰头沉思了许久。一下子接触的信息量太多，大脑竟有些跟不上的感觉。假如不是店内禁止吸烟的话，她好想拿出一支烟抽上几口。

“呃，对不起！”

突然有人向她打招呼。

翔子吃了一惊，转过头去。只见一位人偶般漂亮的年轻女性站在面前，细腻光滑的皮肤，披至肩头的乌发，青绿色的短袖针织毛衣，胸前缀着一小颗吊饰，年龄不详，但从眼角略微显出的几道皱纹来推测，至少应该有三十岁了。

“呃……那个，您就是‘大比目鱼’吧？”

翔子不知该如何回答才好，只好含糊地堆出一点儿笑容。对方双目闪烁地说道：“对不起，我正巧听到您二位刚才的对话。还有，这家咖啡店也是您博客中介绍的——我是您博客的粉丝哪！”

没等翔子从不知所措中反应过来，对方已经将一张名片递了过来。名片递出的角度和时机，比刚才的花井里子更直接、更迅速。

当晚，翔子将在“吉赛尔”发生的事情告诉了贤介，一边喝着发泡酒[1]、一边吃泰式咖喱饭的贤介，难得地歪着头，脸上露出怀疑的表情。他们这套位于商店街中央的公寓房子，月租金八万日元，一室一厅，两个人住足够宽绰了。

“不要紧吧，那个人？”

“嗯，你是说那个编辑，还是贸易公司那个人？”

“贸易公司那个。这么说，你对她一点儿也不了解吗？”

翔子将电视机调成静音，伸直了身子，和贤介面对面说：“哦，

1 发泡酒：在日本多指发泡性啤酒，较之一般啤酒，发泡啤酒的麦芽率只有其一半，但外观和口感几乎没有差别，却有价格低廉、口味清淡、久饮不醉等特点。目前日本发泡啤酒约占全部啤酒产量的三分之一。——译者注

你要是见到她就知道了，又年轻又可爱又漂亮，根本看不出和我一样年龄。衣服质地又好又高档，我在百货店做过我知道的。像她那样的人，相信她应该没问题的。”

翔子还将志村荣利子的公司是尽人皆知的日本最大的贸易商社，她本人和桥本君还有店里的店员都认识，听说她母亲是“吉赛尔”老板的朋友等，也统统告诉了贤介。

“来历都打听清楚了，她的住所也告诉我了，就是邮局前面那幢很高档的公寓，知道吧？”

“噢，她是单身吧？她自己买得起？”

“好像是和她父母住在一起。”

“哦，原来是个大小姐啊。这一带，有钱人不少哪。”

看到丈夫的表情逐渐转为了放心，翔子又悄悄递上一颗宽心丸：“我在东京几乎没什么熟识的人，所以呀，有时候也真想有一两个能一块儿喝喝茶、聊聊天的闺密，当然，对方是不是可靠，我肯定会小心谨慎的。”

和志村荣利子在“吉赛尔”虽只有短短十几分钟的会面，但已经让她期待着下一次。荣利子说是自己博客的粉丝，看来并非随口一说，自己还没意识到的优点以及有趣之处，她都能娓娓道来，加上像所有跑业务的人一样脸上始终笑容不断，不动声色地体恤对方等。说实话，与之前刚刚见过的花井里子相比，自己对荣利子的印象更好。最吸引翔子的是，荣利子就是在这个街区长大的，如果能和她建立起真正的友谊，一直难以拂去的外来者感觉似乎也能够消释，与这个街区的距离终将慢慢缩至为零。

“嗯，还是小心谨慎的好。”

“那当然，我自己会小心的。不过，最近博客上还真有些叫人感觉怪怪的帖子呢。”

“怎么个感觉怪怪的？”

翔子好像犹豫了片刻下定决心似的，她拿过丈夫手里的杯子，将发泡酒一口喝下去，然后看着丈夫说道：“我知道你住什么地方，你家就在某某车站附近对吧，这一类的。”

“讨厌！那不是骚扰狂嘛，你千万要小心啊。不过有我在，不要紧的。”贤介皱起眉头说着，不过，手里的筷子并没有停下。

“也许，我的博客差不多应该关掉了。本来是弄着玩的，谁想越弄越大，也很烦人呢。其实单靠你的工资，我们也可以过上普普通通的日子，我不想勉强自己，非得重新进入社会。”

“没有一点儿上进心啊，不过这也没什么不好。随你的便啦。”

“哎，今天晚上那个吧？”

或许是许久没有与陌生人交往的缘故，翔子身体的每个部位都洋溢着一股兴奋，这种时候，恨不得让自己的身体来个大放松，将所有的紧张感彻底释放，然后美美地睡上一觉。最近，每次都是翔子主动要求，贤介响应，贤介没有主动要求过。不过这样也没什么不好，翔子的性欲本来就不那么强烈。

“啊？！今天因为上早班，我的腰不大行啦，换个不太用力的姿势可以吗？”

“唉，那个体位总感觉像没做过似的。”

“那就下次休息的前一天晚上再做吧？那时候腰肯定没问题啦！”

翔子一边噘着嘴，一边打开她和丈夫共用的麦金塔电脑。一次难得的邂逅，她想把和荣利子会面的故事写进博客，荣利子肯定也会很高兴。无论如何，今天的事一定要留下一个记录。

在常去的咖啡店，偶遇一位爱读我博客的女子！哇哇哇哇～是位大美女！一位绝顶聪明的大美女！给这样的粉丝读这种烂日记，实在是罪过……呜呜呜！

照理年过三十早就不该称女子了，这我当然知道，可我还是想这样称呼她，虽然我知道对方已过这个年龄。女性和女性聚在一起时，不管实际年龄几岁，永远能抱着女孩一般的心态不是很好吗？

3

接到住在轻轨对面的“大比目鱼”，也就是翔子的联络，是在三天前。荣利子简直不敢相信，竟然还有如此轻松随意的交友方式。接到联络后，荣利子一直兴奋不已。她在最近的车站下了车，便直奔高架桥下的那间家庭餐厅。

翔子比自己想象中的更有魅力，从外表上绝对看不出是同龄人。像外国少女般的浅色头发，脸上长着数颗雀斑，身材修长，穿一件洗得发白的T恤衫。最让人兴奋的是，翔子当天晚上更新的博客中还提到了自己。在自己喜欢的博客文章中登场，有种难以形容的心情，而且自从那天起，心中一直觉得热乎乎的。

被称作“女子”，作为荣利子这个年纪的人稍稍有点儿难为情，不过，如今流行将只有女性参加的聚会称为“女子会”，所以自己往“女子”群体靠一靠，并无什么不妥。

约在深夜的家庭餐厅会面，感觉自己就像女高中生，一想到这儿心里就怦怦直跳。假如约在市中心的人气餐馆或是提供可口的下酒小点的酒吧，那感觉就像职场同僚的聚会，神经紧张，想必难以持续。而约在这毫不起眼的连锁家庭餐厅，加上又是近邻，则显得轻松随意——荣利子不由得为这个主意暗暗叫好。

她看了一下手表，时间已过十一点。推开门，一眼便看见了坐在靠近门口窗边的沙发座上抽着烟的翔子，她急忙加快脚步跑过去。

“不好意思啊！晚上招待客户，怎么也脱不开身，结果弄到这么晚……您先生不要紧吧？”

“才不呢，他在家玩《勇者斗恶龙》呢。”

翔子掐掉烟头，在手机上摁了几下，弹出一页菜单给荣利子看，荣利子点了一杯热红茶，然后靠在沙发椅背上。她稍稍有点儿紧张，思索着该说什么合适的话题，这时翔子先开口了。

“你说你是贸易公司的业务员？这么忙啊，算加班吗？”

“是客户接待，公司一般不提倡加班。”

中丸商事最近数年确实不提倡加班或者休息日出勤。由于各种繁忙、压力过大，有好几个员工患上了抑郁症，经工会提出，公司这才修改了勤务制度。然而，工作量却远非有限的时间内能够完成，而将资料带回家又因发生过数据泄露事件，公司方面规定了严格而复杂的手续，于是大多数员工便选择提早出勤。

“真奇怪，工作量又不减少，又不许加班，带回家工作也不行，这不是自相矛盾吗？”

没错。荣利子重重地点了点头。翔子将手机慢慢收回。

“那个编辑盯得真紧呢，不断给我发邮件，劝说我把博文修改成书籍出版，可我一点儿动力也没有。”

“为什么？太可惜了，要是出版的话，我保准会买！”

不经意地脱口而出这么一句暖心体己的话来，荣利子自己也有点儿惊讶。翔子双手抱肩继续说道：“我不想让这成为一桩义务。再说，我只想躲在一个安安静静的地方，不被众目睽睽地盯着，悠闲地过自己的日子，假如成了主妇博客书的作者，肯定要被那些对家事和育儿有各种主张的妇女关注和挑剔，怎么受得了啊？书出版后，还要和其他主妇在杂志上对话什么的，对我来讲太难了呀。”

哦，这可不大像在主妇读者群中颇受欢迎的“大比目鱼”呢。

“这我理解，女性之间确实会比较烦人，我也一样。”荣利子说着不知不觉皱起了眉头。

翔子面露悦色，身子前倾低声说道：“是吗？我吧，从小就属于那种不受同性欢迎的类型。”

“哎，真的？一点儿也看不出来呀，倒是感觉你开朗、爽快，应该是在同性中也很受欢迎的嘛。”

这话并非客套话。此刻和她面对面说着话，想到她的博客中从无同性友人登场，让人觉得很不可思议。但是这个事实，也让荣利子心里喜不自禁，原来如此开朗明快的女性也是会没有闺密的啊！

“像志村你这样的人还真不多呢，生活一定很愉快吧？”

“愉快？我吗？”

“是啊。在大企业工作，又是大美女，可以说想要的什么都拥有了，感觉自然而然就进入了另一个层次，应该没什么烦恼了。”

荣利子第一次听到这样的评价，仿佛一辆轻轨电车从头顶上轰隆隆驶过一样，差点儿引起一阵眩晕。过去的男友对自己的评价大多是“累人”“洁癖过头了”，最后以自动离开告终。

“我大学毕业就来东京了，在一家叫‘BLOOM’的服饰工厂工作，你听说过这个牌子吗？”

“噢，我有一件‘BLOOM’的针织衫呢，很不错的呀！”

“可是，服饰工厂女员工多，女性之间掰扯不清的人际关系太复杂了，讲得难听点儿，就像古代的后宫一样。”

“嗯，的确有这种感觉，我知道，我知道。”

荣利子一边附和，一边暗暗抑制不住欣喜。自己和她的会话能成立，和她有同感，和她呼吸合拍，这让荣利子得到极大的满足，几乎就是个奇迹。

“后来因为心情抑郁，身体搞坏了，只做了四年就辞职了。”

“后来恢复了吗？”

“嗯。后来又做了一阵子临时工，眼看养活自己成了大问题，正好那时遇到我现在的丈夫……再后来就是你现在看到的啦。从勤奋工作的你的角度来看，我简直就是个生活的失败者。”

“哪有的事！其实，我不认为所有人都必须在社会上工作，像我吧，就因为我母亲在家操持家务，我才能够全心全意投入工作。说到这个，倒是我对不起她，感觉是我使得她辞掉了工作呢。”

荣利子想起了母亲从“吉赛尔”退出时的情形。因为将心思都放在了自己身上，将更多的精力放在了操持家务上，终于放弃了生意。荣利子更喜欢和好友一起将店里生意安排得妥妥帖帖的母亲，她觉得自己对不起母亲。

“真羡慕啊，能和父母亲一块儿生活。自从我父亲再婚后，我连回趟家都会觉得别扭。”

“有什么好羡慕的呀。我父亲退休之后，在家几乎一句话都不说，我要是不说话的话，家里就一片寂静，掉根针在地上都能听得见。除了公司，在家还要处处费心，神经都快要绷断了。有时候，我真想抛弃一切，一个人安安静静地生活呢。”

话说出口，荣利子自己吓了一跳，她第一次意识到，原来家庭给她带来的精神压力竟如此之大。平素，自己全都默默承受着，此刻在翔子面前，才得以毫不忌讳地一吐为快。侍应生端来热红茶，她轻轻吹着茶水。

“既然这样，那我们以后常见面吧，好互相听听对方发牢骚，反正住得这么近。”

一句简单却毫不造作的话，深深沁入心头。到了这把年纪，居然还能结交上新朋友，这是荣利子之前想都不敢想的。况且，结交新朋友竟是如此简单。

“志村，追求你的男人一定不少吧？”

“不不，虽然开始谈恋爱很早……可最后还不是被甩了。大概和父母住在一起的关系，好像体会不到人生有什么危机感，所以一直也没有考虑过结婚的事情。”

“噢，这个我也有同感。我如果不是只身一人来到东京，干着份今天不知道明天的临时工作，换一种生活状态的话，也不知道会不会和魔王结婚呢！”

荣利子喜欢翔子的说话语气，不卑不亢，也不编造一段故事，想必夫妇关系良好的女性才会拥有这样的态度。

“结不结婚的其实都无所谓啦，万一志村你要是结婚成了家庭主妇，我们就做好朋友，每天一块儿悠闲地过日子那该多好！”

“是啊是啊，听上去就叫人开心呢。哎呀，听你这么一说，我突然想结婚了呢。”

结完账，两人走出餐馆。走到路边的护栏前，翔子弯下腰，解开锁住自行车的环形锁链。和博客中见到的一样，是辆男用自行车。真是她和丈夫共用的。荣利子努力让自己的步子和翔子推着自行车的步子保持合拍，两人并肩穿过轻轨高架桥。

“这种风吹着的感觉真爽，还带着一丝夏天的气息呢。今年工作太忙了，感觉什么事情都还没做，夏天就已经过去了。”

“说什么呀，九月份还是夏天呢，想做什么现在开始做也来得及呀，比如去游泳池或者海边啦。对了，这样子两个人并肩推着自行车走，感觉就像回到了小时候，学校放学回家的路上。”

“学校”这个词击中了荣利子的胸膛。高架桥下耸立着无数根混凝土柱子，宛如耸立在神殿前的柱子似的，一直伸展向前方。这儿没有架起轻轨高架桥的那些岁月往事，本来似乎已经忘得形迹全无，现在又都复苏过来。荣利子不禁将目光从这些柱子上移开。

“我从来没有骑自行车上过学呢。不知道什么原因，学校不准我们骑自行车上学，只好乘轻轨电车上学、放学。还是所女子中学哩，就在世田谷区，地图上看非常近，可是乘电车的话要绕好大一个圈子，真讨厌。”

“真是个城里小姐哪。我那个时候可是骑着自行车经常在河边乱窜呢。”

“和男生一起两人共骑一辆车？”

“骑过，骑过呀！”

真叫人羡慕。荣利子不由得呼了一大口气。

这时，翔子突然眼睛发亮：“哎，上车吧，坐后面。你住在邮局前面的那幢公寓对吧？反正顺道，我带上你一块儿走！”

荣利子犹豫了片刻，终于还是下定决心侧身坐上了自行车后架，用一只胳膊搂住翔子的腰，翔子的腰好细啊，细得叫人不敢相信。自行车动了起来，一旁轻轨上的末班电车追着两人的身影疾驰过来，车厢内明亮如昼，连乘客的表情都看得一清二楚，好似一组定格照片一帧帧从眼前快速翻过去。不知怎么的，荣利子忽然眼眶里噙满了泪水。翔子的针织衫散发出一股柔软剂的味道。没错，就是博客中介绍过的“有股棉花糖味道的美国出产的”柔软剂。反反复复读了许多遍，内容几乎都可以背下来，因此翔子的事情她差不多都有所了解。裙摆在风中鼓胀开来。自行车从车站前横穿而过，便利店、咖啡店、杂货店，平时看惯了的风景此时却好像完全不一样了，变成一条条光的饰带，倏地从眼前划过。

“我还从来没在别的地方住过呢。”

“东京出生，东京长大？好羡慕你啊！”

像是要压过迎面拂来的风，荣利子扯开嗓子大声喊起来：“不是啊！有的时候，我觉得自己的视野太狭窄，感觉好沮丧哪！东京也好，外地也好，其实没什么两样啊，你看，私人经营的小店一家家全都倒闭了，到处都是大型连锁店。商店关门时间越来越早，到最后，除了家庭餐厅之类的连个喝茶的地方都没有！就这几年时间，一下子整个日本都变成这副样子了！”

真没想到，有朝一日可以对着别人发一通这样充满世俗气的牢骚。

感觉像十几年没有结交过新朋友了。这种感觉，和刚开始谈恋爱时油然而生的那种幸福感有点儿类似，又不完全一样。荣利子似乎发现了自己身上新的一面，她能够感觉到胸膛里的涌动，尽管只有微弱的那么一点儿。她暗想，要和翔子好好相处下去。哪怕只有一人，但结交上女性朋友这件事情却能够清晰地勾勒出自己的形状和色彩，从而对自己的存在充满自信。想到这里，她搂住翔子腰的手不由自主勾得更紧了。

“好嘞，到啦！”

自行车在公寓前停下的一瞬间，荣利子仿佛从梦中惊醒过来，这才意识到自己双颊上挂满了泪水。一阵凄惘涌上心头。真想和她骑着自行车再好好聊一会儿啊。不过，荣利子还是向翔子致了谢，道了晚安，然后挥手准备转身离去。真不想就这么分手啊——翔子好像觉察到了荣利子的心情，她在身后说道：“下次在‘笑盈盈寿司’碰面怎么样？”

还有下次——荣利子忍不住心里一阵雀跃。今后想会面时不管什么时候都可以会面了。

“嗯，好啊好啊！我还没去过那种地方呢。”

“很棒的呢，现在的回转寿司店已经高科技啦，点单用触摸屏，还有，碟子底下埋着个 GPS 似的东西，点了单就可以自动跟踪，一直从厨房跟踪到眼前。阿姨妈妈们都快跟不上时代了。”

“呵呵呵，在你博客里读到过……”

站在门厅前回头看去，虽然外面一片漆黑，但不用看也知道翔子仍在朝这边看着。荣利子朝黑暗中挥挥手，一直到翔子骑上车离开。随后，她迈着轻快的步子开锁、走进门，朝电梯走去。这时候，一个人影闯入眼帘：圭子倚着扶手，在过道上抽烟。上下一式的针织衣裤穿在身上就像套了件睡袍，又长又乱的头发飘散在夜风中，黑暗中也能感觉到她浑身肌肉僵硬。——真晦气，最不想让她撞见呀。荣利子踌躇地站在那里，圭子的视线游移地看着前方，突然自言自语似的问道：“喂，刚才那人是你朋友？”

荣利子睁大了眼睛，有点儿魂不守舍。圭子和十五年前一模一样，忽闪着一双迷离而无辜的眼睛看着自己，荣利子想对她说的话有很多，但一下子从喉咙里蹦不出来。

——就是我的朋友啊。我结交新朋友了！这不是很好吗？已经过去这么多年了，这可是认认真真结交的朋友噢。家就住在附近，是位人气很高的主妇博主，很厉害的哟，还把我写进了她的博客呢。她同公司和学校都没有任何关系，我是靠自己的能力结交的，这种能力我已经锻炼培养出来了，你别再瞧不起我了！

“嗯，荣利子你不懂得怎么样和人保持适当的距离，我还以为你这辈子都交不上一个闺密呢。”

好了，不想再听她说下去。为了不让她继续往下说，荣利子急急地转过身去，加快脚步向电梯走去。

在电梯按钮上重重地按了两遍。

“不要那么紧张嘛，真是的。怎么了，想逃啊？你这样子弄得我好像加害者一样。”

黑暗中，圭子得意扬扬的笑声从后面飘了过来。

4

这台产于昭和[1]年间的吸尘器，仿佛一具巨鸟的遗骸。

拖着吸尘器打扫屋子，感觉就像掐着这只巨鸟的脖颈，同时拽着它的身子滴溜溜地打转，巨鸟所过之处也没觉得干净许多，大概是从巨鸟身上滴下来的液体反而将地板弄脏的缘故吧。虽然吸尘器底部带有轮子，可依旧十分笨重，从一个屋子移动至另一个屋子，都要一一拔下插头再重新插上，弄得腰酸腿胀，好烦人。黑色电源线“嗖——”地自动收进去时的样子，也颇像甩出来的肠子又缩回去一样，令人感到恶心。用吸尘器打扫完屋子，还得启动洗衣机洗涤衣物、擦窗子、擦拭廊檐地板、准备晚饭，一大堆的家务活儿简直像一场没有尽头的旅行，想到这里，丸尾翔子不由自主地在吸尘器旁蹲了下来。屋内到处扬着灰尘，翔子不敢深呼吸。父亲抽烟积下的油烟腻子沾得屋子里到处都是，尽管翔子自己也有抽烟的习惯，但还是忍不住恶心得想吐。

这只是普通家庭的家务，还是作为一名主妇必须完成的工作？在

1 昭和：日本第124代天皇裕仁在位时使用的年号，自一九六二年起至一九八九年。——译者注

翔子眼里，只觉得这是对于自己身心的严苛惩罚，残忍、毫无道理，还带着点儿凄哀。

和自己现在这个年龄差不多的时候，母亲每天忙个不停地做这些家务活儿。翔子不禁想念起已经好几年没见，在遥远的地方和现在的家人开始了新的生活的母亲。翔子平常不使用吸尘器，每星期只用擦布擦两三次地板，即使有尘埃，穿着带毛巾擦布的拖鞋来回蹭几遍就对付过去了，因为只有夫妇二人的屋子本来就狭小，所以这样做毫无问题。可想到丽美时不时地要拖动这么笨重的吸尘器，翔子不禁第一次对她产生了同情。

翔子仔细打量着好久没有回来过的老家，重重地吐了口气。相对于现在住在这儿的人数，这屋子显得太大了，黑黢黢的屋梁、黑黢黢的方格状天花板、宽敞的泥地屋子，即使在农田遍布的这一带，仍属于少见的大型传统老宅。这个被称为“本家”的嫡传家系，坐拥着祖上代代留传下来的与其农家身份很相称的大宅子，而田里的活计则全部雇人来照应，从翔子小学时起，父亲才开始自己打理，但是最近几年，除了法事以及其他诸多琐碎事情，父亲似乎不再管田里的事情了。今天一早就出去了，不消说，肯定是在“扒金窟”[1]消磨时光。他压根儿就没有帮女儿一起处理家务的神经。

廊檐外侧，是这一带最大的河流，波光粼粼，将九月的阳光反射

---

1 扒金窟：日本独特的一种射幸游戏或该类游戏场所，使用各种游戏机赢取弹子或金属币，可以换取现金，现已成为一种非常普及的大众娱乐形式。俗称“弹子房”的即属此类。——译者注

至屋内。木头的窗户一年比一年不活络了，可是谁也不去修理一下，慢慢地便任它开着，不管是夜晚还是下雨天，不再关闭。阳光常年照射的关系，覆着薄薄一层尘埃的榻榻米全都褪了色，还起了毛。丽美对这些似乎一点儿也不介意。翔子心想，榻榻米该换新的了，可又一想，如果自己张罗这件事的话，可不正中了父亲和弟弟的下怀嘛。这样一栋大而空的宅子，最好是找人卖掉，可那样的话自己又得经手交涉办理各种手续什么的，想想还是不提为妙。所以，最好就是赶快整理好这个家，留下一个好女儿的形象，然后，抬脚走人。自己可以做的仅此而已，多余的亲情只会是自己给自己脖子上勒根套圈。

翔子无奈地起身，继续打扫屋子。

拖着笨重的吸尘器，翔子回忆起母亲和别人离家出走时的情形。

那是翔子高中的时候。她顾不上怨恨母亲，家里所有的家务活儿已经一股脑儿地向她压下来，差一点儿将她压垮。坚持了一段时间，翔子终于彻底放弃了，出于极度的愧疚，她开始外宿不归，兜兜转转轮流去同班男生的家玩，并接受男生母亲的邀请吃喝不拒。由于翔子放弃不做，家自然也就不像家了，还在上小学的弟弟每天从便利店买盒饭混日子，父亲要么在家独自喝闷酒，要么上居酒屋对付几顿。不全都是自己的错，应该说，这个家里所有的人都缺少责任感。住在附近的婶母看着不是滋味，于是时不时地过来帮忙打扫打扫，带些饭菜送来，总算又有了点儿家的感觉。就是那时候，翔子学会了这个家庭的法则：谁劳动谁倒霉。

接到弟弟的电话，告知后母丽美又一次离家出走了，是四天前。

“这次看样子事情严重了，丽美离家已经三个礼拜了，家里乱七八糟的，老头成天呆兮兮的，我担心他有事，姐姐，你还是回来看看吧！”

翔子真想对他说：你已经二十五岁了，你就不能想想办法吗？！但终究没有说出口。从专科学校毕业后，弟弟洋平和朋友一同创业，但很快便散伙，赖在家里，靠打些零工度日，可以说是全家最缺少责任感的人。虽然他身上也有可爱的地方，但做任何事情都没有常性，而且完全意识不到周围人的不满。

“你和父亲还有洋平也好久没见了，就在家里多待几天吧。”

贤介好意地将翔子送出门，可她一想到家里那堆麻烦事就头痛，磨磨蹭蹭在小路上绕了好几个圈才走进东京车站。坐上两年没乘的新干线，再转乘私铁，一番折腾，终于回到老家，可是一踏进家门却恨不得马上就离开。此时此刻，她感觉自己仿佛就要被停滞的灰色时间碾碎压扁似的。

蓦地，插着祖父母牌位的佛龛映入她眼帘，供在佛龛前的菊花花茎浸在瓶子里已经变了色，叶子也早已干枯，靠近时还能闻到一股异味。母亲在的时候，父亲态度蛮横地对家事各种指责和看不顺眼，可一旦自己一个人的时候却什么也不会做，根本是什么都不想做。自己算得上懒散了，可父亲绝对有过之而无不及。为什么要这样放弃生活，不，严格地说是放弃人生吧？丽美离家三个星期，冰箱里的东西全都腐烂了，到处可见垃圾。虽然忍不住对他产生一丝同情，可是仔细想想，父亲难道不是四肢健全的人吗？何况不过才六十五岁呀。那些比父亲年长得多的政治家，不顾来自全国的各种批评责难，仍经常斗志昂扬地出现在媒体上，父亲为什么就缺少这种霸气呢？莫非早早地就患上老年痴呆症了？翔子一瞬间掠过这个念头，可是马上又想到，自己幼年的时候父亲就已经是这副德行了。

——绝对不主动采取行动。

他会屏息静气地耐心等待别人行动。和母亲离家出走时一样，他不主动出去寻找丽美，只是脸上挂着怪异的微笑，窝在电视机前，将一肚子的怨念掷向远方。估计丽美能感应到父亲这份掩饰不住的孤独感，然后悻悻地回到家，表面上她是个快活且坦直的人，其实是有点儿懦弱，所以才会被父亲看上。

今年五十多岁的丽美原先是父亲常去的一家居酒屋的女招待，翔子考进本地女子大学的同时，她来到这个家。那时候翔子已经不常回家了，所以和她几乎没有像样的交流与沟通，不过翔子还是很感谢她，虽然她性格有点儿大大咧咧、爱管闲事，毕竟也给这个家带来了生机。

假如丽美一去不返，最头痛的是翔子。丽美仿佛一条生命线，她如果不在，作为长女的翔子就必须负起照看父亲的责任，这种不安始终压在翔子心头。洋平是指望不上的，至于哥哥，自从对父亲再婚表示反对以来，和父亲几乎断了一切联系。

父亲把自己禁闭在这个灰蒙蒙、脏兮兮的家里，大概是想以此来报复离家出走的女人，翔子能够从中感受到一种无言的宣示，她不由得感到呼吸沉重：父亲是想牺牲自己的人生，去战胜什么。也许，这一切都是自己想多了，父亲根本没有那样的念头，他不过是个万念俱灰的老头。唉，每次都是这样，只要待在父亲身边，就会不禁胡思乱想，弄得心力交瘁。此刻她多么想马上回到贤介身边去，和贤介在一起，自己才能轻松地呼吸，自在地呼吸。她深切感悟到：自己最适合的位置是世田谷区那栋老旧的公寓。

翔子心神不宁地东张西望，想找支烟抽。碗柜抽屉里父亲抽的MEVIUS[1]对翔子来说味道太冲了。对了，说不定自己读大学时抽的烟还有存货吧？于是，她放下吸尘器，朝原先自己的房间走去。

在书桌的抽屉里，找到了那时爱抽的“骆驼牌”香烟和打火机。点上香烟，翔子顺势往床上一躺，床罩上扬起一团灰。翔子望着天花板，让烟在空中轻轻地盘旋成一个个圈。

一直到大学毕业，自己就生活在这个屋子，可不知为什么，这会儿躺在床上心却一点儿也静不下来。从前喜欢得不行的各种收藏品，此刻居高临下挑衅般地看着她。英国电影的海报、进口时装杂志、大开本的漫画册……翔子身子一阵震颤，她感到有点儿羞臊，净是些品位凡庸的爱好。乍一看，好像很时尚、很先锋，其实都是那些所谓的名人在后面拼命聒噪，目的还不是引导消费。在以个性为标签的当下，翔子自然不会对那个时代产生丝毫怀恋，最好是将十五至二十二岁那个只知一味张扬自我意识的时代一笔勾销。经过那个自以为是、言行轻狂张扬的岁月，如今却身无长物，什么东西也没学到，就这么平平凡凡地跨入了三十岁。

假如，博文被编辑成书，学生时代的玩伴们一定也会看到，那可是最要命的事情：曾经高调地宣称，自己讨厌这个死气沉沉的小地方，将来想从事时装业，要在东京过充满刺激和激情的生活……谁能料到，

1 MEVIUS：日本烟草产业株式会社（JT）生产的主力品牌Mild Seven（“七星”或称“柔和七星”）的新名称，2013年起改为现名。——译者注

职场不顺、挫折连连，最后只得抓住一段极为普通的婚姻，自甘平凡，过着慵懒的生活——她不想让这个地方的人知道这一切。

翔子羡慕志村荣利子。毫无疑问，荣利子不存在竭力想抹掉的过去，从小到大没有离开过世田谷一步，在那里一页一页堆叠出她的幸福人生，就像一个完美的油酥千层蛋糕。那是自己无法企及的，正因为如此，翔子才会感慨万千。此时的翔子特别想和荣利子见面。和她约好了，下次在回转寿司店，虽然只是一次微不足道的女性之间的约会，但翔子觉得它特别值得珍惜。

随着几记敲门声，拉门同时被拉开，弟弟洋平站在门口，翔子稍稍抬了抬右手，算是打招呼。许久没见，他又胖了不少，两颊鼓鼓的，泛着红光。

“姐姐辛苦啦！”

“什么‘辛苦啦’，你在家的话也来帮帮我嘛！”

洋平噘起嘴呵呵地笑起来，和记忆中年轻时候的父亲简直像极了。

“不好意思。不过，家里这么脏，我也不知道该从哪里下手啊。”

“啊，我不行了，累死了！好了，不做了！那个什么，请一家清洁公司来吧。”

“清洁公司？可是，老头不是讨厌陌生人到家里来吗？”

“那倒是……这个也讨厌，那个也讨厌……”

“唉，老头被上一辈传下来的土地、宅子束缚住了，也怪可怜的噢，可以说是‘守护家族教’的牺牲者吧！”

姐弟二人干吗在这里瞎操心呢？翔子蓦地觉得自己有点儿傻。如果父亲满足于这样的生活，自己和弟弟根本没必要去操那份心啊。

“不要紧，我觉得丽美很快就会回来的，基本上一个月就是极限了。不过话是这样说，可我最近和她也没怎么见面……”

洋平说着坐到床上翔子的旁边，床罩又扬起一团积尘。明明是他电话中说得耸人听闻地将自己叫回家，可这会儿倒是不慌不忙，冷静得很——翔子强忍着没有发作。

“我和你说吧，其实我最近一直没在家，住在女朋友家，我打算正式和她同居呢。”

翔子刚想训斥弟弟几句，转念却意识到自己以前也这样，于是张开的嘴又合上了。读高中、大学期间基本就没怎么着家，大学一毕业便逃也似的弃家去了东京，对照应过这个家的丽美还曾经恶语相向呢。

“其实这个家真不适合久住，丽美不在的话，这个家简直就像一座孤岛。”

翔子说罢，眼睛望向天花板。这个家真的不能待。想想自己和洋平的懒怠一点儿也不比父亲差到哪儿去，心里更是厌烦透了。

“姐姐的博客我读过了，是贤介姐夫告诉我的。怎么说呢，那样的文章居然也有人读？说是什么网站排行的前几名对吧？”

“唉——有什么好读的呀。”

“别的主妇博客大都喜欢炫耀一下华丽的生活，姐姐的和她们不一样，写的都是些普普通通庶民的日子。”

虽说这是痛点，但弟弟说得没错。那些人气极高的主妇博客，三百六十五天，天天晒着笑颜、各种新奇创意、美味盛馔，勾描出一幅幅精致的生活场景，仿佛在向人们夸耀：瞧我的人生是多么幸福、多么快乐啊！然而，人生并非只有这些，总难免有不想缀入画册般美妙图景的一面，比如，回到娘家拖着笨重的吸尘器吃力地打扫屋子、和不好相处的家人面对面、孩子闯了祸自己不得不出面去赔礼道歉等，这些，她们全都没有写下。又或者，即使这样的日子、这样的时刻，她们也能凝神注视一番，然后挑出其中一瞬，剪辑成一个美丽的场景呈现给大家？

总之，翔子觉得自己没有这种本事。是呀，像志村荣利子那样的人才应该写博客呢。生长在富庶的家庭，从小接受良好的教育，漂亮、时尚，在日本最大的贸易商社就职，无论从哪个角度剪取哪一段，呈现的都只会是一幅美好的画面。但是像她那样幸福充实的人却又没时间写博客，这真是一种幽默啊！

“你昨天和今天都没有更新，不要紧吗？”

“我的手机忘在东京家里没带来。”

“搞什么呀，就这样也算博主？我把我的借给你吧？”

“不用不用，太麻烦了。”

洋平向翔子讨了一支烟，然后离开了屋子。

也许是潜意识里故意忘记的吧？和贤介可以通过家里的固定电话联系，不带手机也没问题。再说这又不是工作，一天不更新也很正常。关键是，在这样的环境里，实在没心情写东西。

一旦不上网，突然间发现竟然有了充裕的时间。在东京时，仿佛产生一种错觉：每天都好像很充实，人生似乎还过得去，但实际上，每天还不是光在网上游荡浪费时间？这种日子，在这片陈腐落后的土地上也一样可以做到啊。她不禁愕然。

哦，无所事事的生活，这和除了酒、电视机、“扒金窟”便生无可恋的父亲没什么区别。要不，重新出去找份工作做做？可是一想到这里，一股酸酸的胃液便泛了上来，因巨大的精神压力导致胃溃疡而不得不辞去服饰工厂工作的过去，以迅雷不及掩耳的速度再次复苏，从属于某个群体，遵从某种规则，和周围人必须步调一致，每天同一时间化完妆赶往工厂——以前觉得理所当然，但现在，对翔子来说，它仿佛是某个遥远星球上的事情。

突然，门被拉开，父亲不知什么时候回来了。父亲和翔子同时感到非常突然。单眼皮，翘嘴唇，露着几颗发黄的牙齿，脏兮兮的运动套装，花白头发，胡子拉碴的脸，衣服前胸发白，大概是吃东西时滴淌下来留下的印渍。和上一次看到时相比，整个人缩小了一圈，而且越来越不注意形象，假如换成是旁人，在路上与之擦肩而过的话，一定会嫌弃他是个脏老头。——如此冷静地观察父亲，这让翔子对自己也不免心生厌恶。

“翔子啊，你怎么样？要是累的话就歇一会儿好了。反正家里也没人来，脏就让它脏去吧。”

父亲面带笑容慢吞吞地说道，看着躺在床上的翔子。看上去一副自得其乐的朴实样子，却有着一种无法形容的威压感，这正是翔子最吃不消的地方。他什么都不做，只是耐心地等着别人动手，假如让他自己动手做，估计他情愿饿死都不肯做，不是单单“懒怠”这个词可以概括的。在他红扑扑的慈祥的脸上，能够感受到一种疯狂。——这么看待自己的家人，我是不是脑子出问题了？

“他呀，就像个国王。”

少女时代，每次向好朋友诉苦，对方总是困惑地反驳道：“可我觉得你父亲是个很亲切、很有趣的人呀！”

翔子无言以对。

你父亲就是不善言辞，做事情也笨手笨脚的，但他心里很孤独啊。——贤介也曾经不带半点儿偏见地这样评价道。在一个和和睦睦的家庭长大的他，是绝对无法理解的。想到丈夫与住在大崎的公婆之间还能说上掏心的话，不由得生出一丝嫉妒。

翔子微微笑道：“哦，不要紧的，我只是打扫久了有点儿累。对了，要不要叫清洁公司来上门打扫？”

“不要那么麻烦了。嗯，晚饭准备怎么着？”

“我来做吧。不好意思，你稍稍等一会儿。”

“没事，不急的。”

平稳的声调中不能说一点儿对女儿的关心都没有，一瞬间，翔子为自己刚才的不悦感到无地自容。这是怎么了？小时候，自己很喜欢父亲，还跑出去替父亲买指甲钳、挖耳勺等，父亲用胡子拉碴的下巴在自己脸上蹭的那种感觉也苏醒了。记得那时候附近的人都很羡慕父亲，就是现在，也不能说父亲已经不爱自己了。从小到大，父亲没有打过自己，也没有反对过自己的选择，给起零花钱来毫不吝啬，父女两人甚至从未当面争吵过。可是，为什么自己却会觉得父亲的存在让自己痛苦呢？翔子也不明白。

“不要再打扫了。你累了，不要再做了，好好歇一歇吧。”

父亲越是堆满笑容，翔子越是对他恨恨的：不要假装好人啦！我不做，那谁来做？她在心里暗暗祈祷，真希望丽美赶快回到这个家。这是她此时唯一的想法。

母亲离家的时候，翔子非但没有觉得悲伤，而是首先想到：

——以后家里的事情得由我来做了，我得照看父亲了。

自己光想想就觉得可怕。

把母亲从家里赶走的应该不是父亲，而是自己。翔子脑海里至今还萦绕着这样的疑念。尽管自己帮不上多大的忙，但本应该帮母亲做更多的，至少，可以经常和母亲说说话，聊聊家常啊。家里从梅子干到酱汤，全都是母亲亲手做的；家人过生日，哪次不是准备得又周到又热闹；一年到头热心地参加法事活动；家里来人尽力热情招待……不过翔子注意到，母亲总是战战兢兢地留意着父亲的脸色。可以说，母亲以一己之力支撑着这个懒怠的家庭。

最有力的证据就是，母亲不在了，家里人便开始一个个消失。

母亲给了自己一个自由的童年时代，这一点翔子很感激，不过，她不想成为像母亲那样的牺牲者，她想拥有的是各个方面的自由。如果仅仅为了衣食住行而令自己身心疲惫，岂不是本末倒置吗？本来是为人生幸福而做的一些必要事情，反过来却把自己变得不幸福，天底下哪有这样自相矛盾的道理？

翔子记得非常清楚：上小学时，为庆祝女儿节在家里举办了一次派对，母亲天不亮就爬起来做寿司，父亲举起筷子夹起来刚送进嘴里便悻悻地嘟囔道："太难吃了！"随即一口吐掉，离开饭桌，半躺在电视机前，先前还快快乐乐的同学们顿时全吓呆了，翔子全身的血液一下子涌向大脑，她觉得仅仅几秒钟之前还讲着笑话的父亲，和电视机前背对着自己的男人完全是两个人。事后，母亲小心翼翼地问起原因，父亲却只用极其平淡的语气答了句："稍稍甜了点儿。"母亲做的寿司父亲吃过不止一次，为什么偏偏那次就无法接受呢？直到现在翔子也想不明白。那寿司是母亲娘家的味道，将葫芦干和香菇干煮熟炖烂，连鱼肉松也是母亲将鱼肉煮熟晾干后再炒出来的，非常费时费神呢。

“晚上我想炖一锅菜，或者做个咖喱，你看行吗？”

“都行啊。只要是翔子做的，爸爸随便什么都行。”

父亲笑着走出屋子，身后的拉门也没关上。从父亲嘴里，想听到关于翔子的丈夫贤介或者是女儿婚后生活的话题，估计这辈子都别想了。

翔子又点上一支烟，袅袅腾起的烟雾碰到天花板的木格子，分成两半散开并消失。

5

一觉醒来，握在手里的手机屏幕跳入眼帘，还是那幅“‘大比目鱼’懒婆娘日记”首页画面，荣利子顿时睡意全无。

博客停止更新已有四天了。这一年当中几乎每天都更新，所以这堪称事态异常。作为认得丸尾翔子本人的一个朋友，荣利子觉得自己必须找出其中原因。事实上，博客评论栏中就有不少粉丝关注，看来不止自己一个人认为反常，这个事实更加促使荣利子下定决心。

是电脑坏了，还是身体不舒服？虽然能想出若干个理由来，但是给她发去的电子邮件却毫无动静，这就让人不放心了。荣利子开始忍不住仔细回想自己和翔子在家庭餐厅会面那晚翔子不经意说出的每一句话。

——有时候，博客里会灌进来一些讨厌的评论，最近好像网络管理方都删除了，不过之前这类讨厌的评论还不少呢！

对了，翔子当时说过，有的评论文字充满赤裸裸的威胁，什么我知道你住哪里啦，再自以为是的话下次让你好看啦，等等。莫非，她被骚扰狂绑架了？想到这里，不禁脊背一阵发凉。虽然她有丈夫在身边，但仍不可掉以轻心。她本人也许没有意识到，或者毫不介意，她就是那样的个性，但事实上，她已经是网络上小有名气的人物了，说不定什么时候已经成为嫉妒、憎恶等各种扭曲情感的发泄对象。荣利子后悔当时没有叮嘱她要尽量谨慎小心。依据博客中的内容，能不能确定她住哪里呢？荣利子觉得有必要先把大脑清空，然后从犯罪者的角度将翔子的日记全部重读一遍，昨天晚上读着最近两年的博客日记，读着读着睡着了。

只能说，翔子太不小心了。

这年头，依据博文中家周围的照片和关于常去的店铺的描述，只要稍稍查一下，就可以得知是住在东京都世田谷区的哪片街区，这个连中学生都能做到，而公寓内的照片、室内照片，也向外人提供了重要的线索。

假如翔子什么意外也没有发生，为什么不回复自己呢？这四天里，荣利子总共发送了十则信息，统统如石沉大海，毫无反应。为了这事，荣利子在与坦桑尼亚分公司通过视频电话商讨业务，以及接待食品业界客户的时候，脑海里始终浮现出翔子的影子，赶也赶不走，上班时也不忘上网查阅她的博客。

“志村，你在做什么？这种事情请你回家去做！”

她正专心致志地拉动滚动条上下浏览页面，丝毫没有留意到部长已经站在身后，低低一声斥责，让荣利子惊出一身冷汗。自己是不是有点儿中邪了？之所以深陷其中无法自拔，也是事出有因，类似的体验十五年前就有过一次。那种焦灼感，仿佛触手可及般又栩栩如生地复苏了，这种感觉让荣利子坐立不安。

——我做了什么让你不高兴的事？

——我给你发信息为什么视而不见？我们不是朋友吗？

——至少，请你告诉我一个闪我的理由吧？

——你说点儿什么呀！

事态至此，为了集中注意力工作，荣利子决定赶在上班前确认一下翔子平安无事，如果实在无法确认，就不排除报警请警察出面了。于是，她一骨碌爬起来，动作麻利地穿好昨晚准备好的薄针织毛衣、裙子、连裤袜，简单化了个妆，平素梳得整整齐齐的波浪鬈发用个发卡一夹便完事了。她像往常一样，为了不惊醒父母，轻手轻脚地走出家门。

饱含水分、带着草木香气的早晨的空气，凉凉地将她全身裹住。真不敢相信，前两天知了还在吱吱呀呀地鸣叫不歇呢。刚刚走出公寓大门，荣利子便注意到了伫立在晨雾中的人影。

是圭子。穿着一套睡衣似的运动服，站在那儿一动不动。荣利子不想同她照面，但距离如此之近，根本无法假装没看见。何况她和自己住在同一幢公寓，相识已二十四年，从小学、初中一直到高中都是同班同学。

“早啊！”

圭子直直地两眼向前，半张着嘴，脸上毫无表情。借着早晨的自然光，荣利子小心翼翼地打量着这个昔日的好友：不施粉黛的皮肤干燥得吓人，仿佛风一吹就能吹落一层粉下来，眼角刻着深深的皱纹，从运动衫袖口伸出几根手指在脸颊上抓搔着，那动作同小孩没什么两样，然而与之极不相称的却是肌肤枯黄、面容衰惫，头发黏贴在额头和脖子上，一看就是几天没洗了。

“你干吗去啊？不是去上班吗？车站在那边呀。”

荣利子不想让圭子知道自己的行踪，于是含含糊糊地敷衍道：“哦，我到商店街那边有点儿事……对了，圭子，你在这里做什么啊，这么早跑出来？”

“不做什么啊，早晨出来散散步，等一会儿就能和往车站去的人群逆向交会了，真有意思，好像时间倒过来走似的。”

仍和十五年前毫无二致，圭子说话的语气拖拖沓沓的，说话的时候眼睛眯起来望着前方，独特的表达方式常常令人一时间回不过神儿来。圭子就是这样一个人，感受性和一般人好像有些不一样。

但是，年届三十了，这样的个性似乎更像是一种病态。

“我得走了。再见！”

荣利子甩开圭子，快步朝商店街走去。隔了一会儿回过头看一眼，圭子仍旧伫立在公寓前，视线直直地盯着自己。荣利子知道，那是她独特的复仇方式，她就是要做出那副样子，不上班，也不离家独立生活，巴不得让别人看到她东游西荡的无聊身影，以此向公寓的所有邻居以及荣利子和荣利子的父母控诉：

——都是志村荣利子，害得我的人生变成这副模样！

那已经是十五年前的事了。自己当然有过失，但圭子自身也有不少问题，这一点是老师和圭子的父母都承认的。也许，圭子想通过对荣利子持续不断的责怪来逃避人生，从而永远躲进一方没有压力的天地中。——荣利子这样提醒着自己，终于让急骤的心跳渐渐放缓下来。她穿过轻轨高架桥，走在空旷的商店街上。

米店后面，灰浆墙面的老旧公寓。

她一边回忆翔子说过的话，一边向前走着，脑海里体味着翔子博客贴出的照片中摄入的街景。路灯柱、红砖顶的房子……对了，就是这儿，对面不正是那幢墙面凹凸拉毛的白色建筑吗？

到底被我找到了！荣利子心中充满了一种成就感。她踏入公寓的门厅，很快便发现了写有“丸尾”姓名牌的信箱，303 室，信箱并没有塞满邮件。荣利子很想上前打开信箱，无奈信箱是锁着的。正在这时，突然有人在背后叫她：“荣利子？”

只见翔子瞪着吃惊的眼睛看着她。

“翔子！”

随着一颗悬着的心放下来，顿时觉得浑身无力。啊，太好了！她身边那个小个子男人一定是她丈夫了，虽然看上去同身材苗条的翔子不很般配，但此时此刻已经统统无所谓了。荣利子完全顾不上翔子丈夫的存在，脸对脸站在翔子跟前，恨不能扑上去抱住她。

“几天了都没有你的音信，我真担心你啊！还以为你遇到什么危险了呢。你不是说过，博客里经常会发来一些叫人讨厌的帖子吗？上次听你讲起你住在这附近，所以我就凭记忆找过来想看看。”

“啊，我和你说过我住在什么地方？”

翔子一脸迷惘，笑容显得很僵硬。

荣利子见翔子如此健忘，不禁有些气恼，便忍不住责怪起来：“明明是说了呀，你说是商店街的米店拐角这边嘛。对了，还有你博客里的照片，上面有红砖顶的房子，所以我就猜大概是这里啦。这种照片很容易叫人猜到你住的地方，还是不要贴上去的好。”

有好一会儿，翔子张着嘴巴，说不出话来。终于，她回过神儿来，开始辩解道：“对不起，对不起，因为我父亲情况不太好，我回了趟老家，手机忘记带在身边了。昨天晚上才回来。哦，对了，这是我老公。”

站在身后的男子这时终于有机会草草地点头致意。

“我老公今天休息，所以我们昨晚看外国片录像看了一个通宵，‘鸢屋’的归还不是截止到十点钟嘛，我们就想睡觉前先把录像带还了。”

翔子说着，满不在乎地笑了。

荣利子安心了，却情不自禁地怒上心头。还好，她并没有遭遇什么意外。虽说昨天晚上才刚回到家，可回个邮件什么的这点儿时间总有吧？火气一大，就有点儿管不住嘴巴了。

“噢噢……可是，事先告知一声总可以的吧？你不知道人家在替你担心啊？你的读者们肯定心里很不安的呀，我连晚上睡觉都没睡好哪！既然作为朋友……”

话一说出口，荣利子自己也吓了一跳：怎么说出了和当时几乎一样的话来？她情不自禁地用手指按住嘴唇。高中一年级那年春天，她对圭子也这样说过。

这时，令她惴恐的情况发生了：翔子和她丈夫脸上露出了和当年圭子同样的困惑表情，就好像突然得知，平素经常吃的鱼竟然是条狰狞凶猛的食肉鱼，那表情里混杂着害怕和好笑。毫无疑问，他们和自己之间出现了一条清晰的分界线。怎么办？必须赶快补救。荣利子不想被误认作是个不正常的女人。

“啊，那个……我是不是有点儿古怪啊？”

本想用玩笑的语气自嘲一下，不想声音却变得又高又尖厉，于是，眼前这对夫妇脸上的表情越来越僵硬。

大概是因为早上事情弄砸了，这一天，荣利子都没有心情投入工作。

结果，平时肯定会搪塞推掉的杉下的邀约，这天竟稀里糊涂地答应了。晚上八点，两人并肩坐在了位于新丸大厦内这间有着英国情调的酒吧吧台前。

当然荣利子没有忘记给自己画一道底线：不谈私事，只交流工作进展情况，就当作是办公室的伸延，千万不要把距离拉得过近。

荣利子告诉杉下，公司已决定让她负责去产地考察盲曹鱼的捕捞状况和长期收购的可能性，部长还充满期待地给她提了点儿建议，想到自己在工作上终于有所突破不由得有些激动。重新启动从当地进口盲曹鱼的项目，为姆万扎[1]的工厂引进冷冻设备是必不可少的，由于涉及数千万的资金，公司高层会议迟迟没有批准通过，经过荣利子的再三解释说明，加上她已经得到数个大型销售渠道的进货保证，这笔投资总算有望批下来了。

---

1 姆万扎：位于坦桑尼亚维多利亚湖畔的港口城市，姆万扎区首府，是坦桑尼亚第二大城市，也是当地重要的经济中心。——译者注

将盲曹鱼的头部去掉，再将脊椎骨及其周围的鱼身切为三大块，然后剥皮、速冻，再抽真空装袋——之所以出口至日本的供应量越来越少，主要是因为盲曹鱼从捕捞到出口颇费时间和人力，而且海上运输约需一个月，供货商的资金被占用，对他们来说几乎赚不到多少利润。而出口到欧洲的话，只需要简单加工一下，采用冷藏运输，租用货运飞机越过地中海很快便可以抵达，因此，目前欧洲市场占了盲曹鱼出口市场的大部分份额。

除此以外，日本消费者对于从海外进口的鱼仍采用与国产鱼同样的烹饪方法，对口感的评判标准自然也参照国产鱼，而欧洲消费者不管是国产的还是进口的未知鱼种，只要口感可以接受，便一并接受，照样吃得津津有味。考虑到消费者的嗜好，盲曹鱼似乎天生就自动选择好了它的目的地。

“哎，你一个人去坦桑尼亚出差已经定下来了？部长直接点名要你去，你太厉害啦！”

不要紧吧？荣利子悄悄吸了口凉气，她看见杉下的眼睛下方微微抽动了一下。“男人嫉妒起来比女人的嫉妒可怕几十倍呢！”这是公司营业部唯一的前辈女同事、比荣利子大十岁的四叶佐弥子主任开导她的话。对那些本来就毫不心仪的男同事，取悦他们不是荣利子所擅长的，不过，不仅仅是男同事，荣利子的处事原则是尽量不成为别人嫌忌的对象。所以此时，她只当什么也没往心里去，浅浅一笑。

“哪里，我还差得远呢，是因为人手不够，部长才叫我负责这个项目的吧？不说我了，那些女同事也真够呛啊，听说有几个派遣的女孩被回掉了？”

“女孩？拜托！她们早配不上这个称呼了吧？再说了，我可没闲工夫去关心正式员工之外的事。”

杉下说着皱起眉头，很露骨地流露出轻视。明明自己和派遣员工高杉真织打得火热，这会儿态度却如此冷漠不屑，荣利子不禁有些奇怪。

“都说现在是贸易公司的冬天，不过还是能够开拓一些新的销售渠道，干我们这一行的，不就是要自己去发掘那些以往不被人关注的新市场和新食材吗？所以，我希望能够多多出差去海外。”

尽管也有些许不安，但荣利子想出去见识更广阔的世界，并通过自己的努力，亲手发掘和培育被埋没的市场。自从出差的事情定下来之后，她的积极性越来越高，突破世田谷的藩篱，离开父母的呵护，勇敢地去外面闯荡一番，迎接自己的会是怎样一番美景啊！假如有派驻海外工作的机会，自己说不定也会高高兴兴地前往呢。有时候，她会冷不丁冒出这样的念头：这才是最适合自己的人生啊，也许，自己根本就不需要那种日本人特有的揣度周遭氛围、左右逢源处理好人际关系的能力，朋友也非生活必需品。总之，聊到这样的话题，早晨的失败带来的屈辱和不快便统统消失，甚至叫人怀疑那不是真的。

“志村，无论从哪方面来看，你都是优等生哩。真好啊，一心追逐自己的梦想，斗志昂扬、坚忍不拔，不像其他女人那样婆婆妈妈的……”

荣利子还想多聊聊这方面的事，可是杉下眯着眼睛说了这样一段话，于是这个话题被切换了频道。

“去坦桑尼亚出差小心点儿啊。”杉下说着，突然抬手拍了拍荣利子的后脑勺。虽觉得有点儿郁闷，但反过来，这么做自己仿佛成了一件受到保护的易碎品，荣利子又感到一丝高兴。有好久没有被异性触碰了。“你毕竟是个女孩嘛。”

咦，我刚才说出“女孩”这个词的时候，那个损呀，轮到他自己却若无其事地说出口。荣利子不由得苦笑了一下。杉下见状，脸上露出了茫然的神情。

不管怎么说，多亏了杉下还有爱尔兰威士忌，几个小时之后，荣利子安然入睡了。

6

厨房里传来丈夫洗菜时发出的水响。有人帮忙做家务活是一件多么令人心情愉悦的事啊，回老家的疲惫似乎顿时消失了。

翔子一边喝咖啡，一边对着电脑屏幕，快速翻看着博文下方的大量评论。

三天没更新了，叫人担心哪。“大比目鱼”，不要紧吧？

非常非常担心，以致上班时都没心思好好干活了。下次休假时，最好能提前告知一声。

一个默默无闻的家庭主妇的博客数天没有更新，竟然引得这么多读者为之担心，真叫人想象不到。那名出版社编辑花井里子更是毫不客气地进行了责难：

不应再把你的博客视作你个人的玩物，所以假如因故无法及时更新，应该如实告知读者，否则让粉丝们情何以堪？希望随时随地保持联络通畅。给你发过信息也毫无回音，让人好不心焦！

翔子一瞬间困惑了，我不还没答应她出版书的提议吗？不过由此倒也可以看出，花井里子对这件事情是非常认真的。自己让对方担心了这是事实，如果这样说的话，荣利子的行为似乎也说不上有什么异常了。

可是，不管自己对自己解释过多少遍，今天早晨的惊吓仍然无法消解掉。日常的普通景物中突然出现一个荣利子将它打乱，她的色彩那样刺眼，自己的生活恐怕将被撕裂。荣利子似乎中了什么邪。事后查看了一下荣利子发给自己的信息数量多得吓人。虽说自己没有及时回复，但她也不至于如此担心啊，是不是有些过头了？

自己和她只不过才见了三次面而已。

但是，翔子不愿意对她产生厌嫌，不想为这点儿小事情而疏远一个好不容易结交的新朋友。翔子感觉自己正开始融入这个街区，可以像其他人一样拥有闺密，假如同荣利子绝交，说得夸张点儿，有可能就永远失去成为一个普通女人的机会。

过错在于自己。这么想对自己的心理健康有好处。她是个特别仔细较真的人吧？的确，要是自己认识的朋友突然音信皆无，谁都会紧张和不安的，自己不也有这样的感受吗？父亲就是个例子，明明脚头懒，可有时候一声招呼也不打便离家外出，谁也不知道他去了哪里，害得家人心里七上八下地担心不已，结果他倒若无其事地回来了，让为他担心的人自觉没趣。

洋平在短信中说，翔子返回东京的差不多同一时间，丽美也回到家了。翔子放下心来，长长地吐出一口气。如此一来，今后相当长一段时间，自己就无须总是将老家的事情记挂在心了，想到此，翔子顿时有一种解脱感，恨不得大声叫喊几声。但同时，翔子又深深地对自己感到厌恶，这样岂不是把丽美当成了牺牲品？那么急切地希望丽美回家，却和父亲一样，绝对不主动出去寻找，只是坐在家里祈盼她早日回来而已。不管自己承认还是不承认，自己和父亲就是一模一样的德行，无论是考虑事情的思路还是人生态度。

贤介的招呼声和香菜的香气将她从沉思的泥沼中拉了回来。

“干什么呢，一张脸那么吓人？得了，越南风味札幌一番老干面来啦！”“咚”的一声，一个大海碗搁到了面前。

翔子低下头看着桌上的碗，精白的面条上点缀着自己最爱吃的香菜，她不由自主地拿起筷子。

“我们店里这阵子正在搞越南商品的促销，所以这个也流传开了，店员们都在尝试这种吃法哩。”

“哎哟喂，你真是天才！”

口味均衡的面条“嘶嘶”地滑入胃中。酸橙、鱼子酱、蒜泥、芝麻、泰式酸辣海鲜、玉米、虾、黑胡椒，分量全都刚刚好，酸味和辣味的配比恰到好处，那美味不光是舌尖感受到的，仿佛还渗透到体内并在体内弥散开来。

“呃，那个志村荣利子……”贤介在翔子对面坐下，缓缓开口说道。

“怎么了？”

“我在想，你最好还是多留点儿心的好。”

果然，他也牵挂着这件事呢。翔子想着，尽量以不怎么在意的口吻说道：“你是指今天早晨的事情？她就是替我担心嘛。再说是我不好，没有告知人家一声呀。”

“嗯。话是这么说，不过，正常人谁会找上家门来？反正有点儿怪。”

“你说得没错。可是，她本质上就是个出生在富人家的优等生，喜欢瞎操心，没什么别的意思。”

“哦，你倒是满不在乎啊。你想想，一个女人要是婆婆妈妈喜欢纠缠不清的话，是不是很可怕？况且从她的角度来看，你又是那样让人羡慕。”

翔子蓦地瞪大眼睛，停住筷子，她简直怀疑自己的耳朵听错了，自己从来都没有冒出过这样的想法。

“不是吗？你结了婚，博客又受到这么多人的喜爱，站在她的立场来看，你是人生的成功者呀，她怎么会不感到自卑呢，她到现在还没结婚对吧？”

贤介说着，耸了耸肩膀，从鼻孔里发出两声嗤笑。

翔子只觉得这个动作叫人讨厌，一下子便没了食欲。她差一点儿脱口而出道：感到自卑的大概是你吧？但是她知道，这句话要是说出口，结局便是，这个家庭一直以来的和睦气氛将灰飞烟灭，所以她拼命克制自己，没有说出口。

之前从未想到过的事情此时开始在脑海中萦绕。荣利子的年收入至少是贤介年薪的两倍，不时飞往海外，从事着改变日本人餐桌的了不起的工作，以那些尽人皆知的大型企业为对手洽商、谈判，这和毕业于三流大学的贤介完全不在同一个起点上。加上无可挑剔的容貌、富庶的家庭，无论从哪个角度来看，自己新结识的朋友都远远超出丈夫一头。

眼前这个男人叫人说什么好呢？羡慕自己这样的女人？这样紧巴巴、平淡无奇的日子有什么好羡慕的？假如没有遇到荣利子，自己大概仍会沉浸和满足于这平淡的每一天中吧。想到这里，她不禁对自己涌起一丝不满。

“这事不用管了，反正下次也不会再发生了。对了，丽美已经回家了，这事总算告一段落啦。”

翔子说着，故意把面条嚼得“嘎吱嘎吱”响，可心里却是阴影一片。

谁也不敢保证，丽美不会像母亲一样，被种种压力击垮，今后再次逃离这个家。

唉，真没劲儿！维持一个谁都漠不关心、徒有其名的家庭，只讲求形式的法事，还有纯粹给别人看的博客照片，这一切全都没意思。相比这些无聊的事，应该还有更加值得珍视、心心相印的相处之道吧？

翔子猛然悟道：假如自己所写的无聊博客能够让像母亲那样的女性从生活压力中解脱出来，不也很有意义吗？如果能够对别人有所启迪，之前所虚掷的大量时间似乎也得其所了。想到这里，翔子放下面碗，把电脑拉到面前。她感觉到一种从未体验过的振奋，全身发热。

“不吃了？”

贤介不满地嘀咕道。

7

“欢迎光临！您好，欢迎光临‘笑盈盈寿司’！”

店员们站立两旁齐声迎接顾客，一下子让刚刚进门的荣利子缩起了身子。店里人头混杂，荣利子还是一眼就认出了坐在寿司台一角、低头抿着酒的翔子的背影。

广播里不停播报着回转带新传送过来的寿司品种。

“不好意思，让你久等了。”

荣利子将挎包放在寿司台下的搁板上，在翔子身旁的位子坐下。

从自说自话找到翔子公寓，已经过去十天了。那之后，两人来来往往互通了好几次电子邮件，看似误会已经消除，荣利子和翔子各自为擅闯公寓和不声不响离开东京向对方表达了歉意。

“没关系，我已经自己先吃上啦。”

“哦，你先生不要紧吧？”

“不要紧，他在家里玩他的《勇者斗恶龙》，上次我不就跟你说过了吗？”翔子的语气似乎有点儿不耐烦，大概是等了半个小时的缘故。

荣利子很累，恨不得马上就躺下来睡一大觉，听了翔子这话有点儿不高兴。自己工作了一天，骨头都要散架了，她倒好，一点儿也不体谅。翔子送走丈夫上班之后可以一觉睡到中午，然后无非看看电视剧，或坐在图书馆翻翻杂志——下班回来的电车上，荣利子将翔子更新过的博客全都读了一遍，所以对她今天一天的行动了如指掌。有时候了解得越多，越容易产生嫌隙。可是，现在却不想说任何责怪她的话。荣利子只想再次唤回上次在家庭餐厅那亲密而温暖的气氛。

看到荣利子不作声，似乎有点儿怏怏不乐，翔子也马上换了柔和的语气："哦，抱歉，都怪我心情不大好，因为又看到一些讨厌的评论，不是因为你晚到。"

"噢？不要紧吧，又有了？"

"什么'你就住这一带吧''你应该是在这儿买东西的吧'之类，而且那人好像还知道我的博文可能会改编成书，说什么'不要以为要出书了就了不起了'。知道这件事情的人没几个啊，也就编辑、我老公和你……"

翔子拿起杯子，倒入粉末状的茶叶，按下热水按钮，给荣利子冲泡了一杯茶。寿司的回转速度好像突然快起来，也不知道这样的速度顾客是否来得及取下碟子。荣利子努力不让自己的声音听上去在颤抖："什么？难道……你怀疑我？"

"不不，怎么会呢！荣利子你不要想多了。"翔子眼睛瞪得大大的，使劲儿摇着手。她端起杯子，无奈茶水太烫，热腾腾的水汽直扑脸颊，她只得放下茶杯。"不过，想想总归叫人心里有点儿害怕噢，今后如果还继续下去的话，写博客一不注意，自己的隐私就会被许多不特定的人窥视。"

说完，两人都陷入了沉默。尴尬的空气中仿佛弥漫着一个声音：事到如今，还以受害者的身份说什么不都太迟了吗？三十岁的人了，翔子对自己所面对的世界是不是有点儿感觉过于迟钝了？此刻，荣利子心底泛起的不满，和面对那些工作不怎么卖力却牢骚一大堆的派遣员工，以及面对逃避人生的少女时代好友的不满有点儿类似。啊，这种气氛让人太不舒服了。荣利子想缓和一下气氛，视线朝贴满写有寿司品种字条的墙上望去，然后故意以好奇的语气说道："啊，这儿有鲈鱼！这种地方的所谓鲈鱼，就是以前我们说的盲曹鱼，照理对于商品标记越来越严格，这种假冒标记已经不大有了……"

"盲曹鱼？那是什么？"

"是我负责进口的一种鱼类。我接下来还要去它的原产地坦桑尼亚出差呢。"

这是荣利子第一次和翔子聊起自己的工作内容。说到这个话题，语气自然和缓了下来。

"这种鱼口感清淡，所以被用来做各种料理。你有印象吧，餐馆的菜单上经常会有'白身鱼'这种东西，到底是什么种类的鱼却不说明的？那种鱼多数就是产自非洲的盲曹鱼。这种鱼现在基本上已经看不到了，一九九八年和一九九九年欧洲曾两次禁止这种鱼进口，于是被大量卖到了日本，那阵子还是很常见的。欧洲之所以禁止进口，是因为发生霍乱和杀虫剂事件。你，还有我，绝对在什么地方吃过这种鱼，可就是想不起来到底是在哪里吃的、到底是什么样的味道，你说有意思吧？自己毫无感觉，但是在哪里遭遇过，这就是盲曹鱼。还有啊，你喜欢吃的鳍肉，其实也不是比目鱼或者鲆鱼的鳍肉，应该是大比目鱼的鳍肉。盲曹鱼和大比目鱼同样都属于非常凶猛的鱼种，盲曹鱼是肉食性鱼类，它能够把维多利亚湖的生态彻底破坏掉，而大比目鱼凶猛起来更是不得了，只能用滑膛枪把它射死才能捕捞到呢。"

荣利子轻松地说着，却发现翔子的表情似乎有点儿发僵。自己又说错什么话了？荣利子觉得奇怪。翔子的脸色微微显得苍白，大概是荧光灯照射在脸上的缘故吧。

"你说的什么呀？"

"你不知道吧？我知道你喜欢吃鳍肉寿司，所以博客名字起了个'大比目鱼'。"

"'大比目鱼'……是高中的时候男同学们给我起的绰号，说因为我到处游荡、居处不定，所以才这么叫，和比目鱼什么的毫无关系啊！"

"是嘛，我还以为……"

荣利子困惑了。她低下头，用钳子夹了点儿姜末。翔子嘴角往下耷拉着，奇怪地看着自己。啊，怎么才能不让气氛变得越来越糟呢？

是不是对她的事情太过牵记了？是不是对她流水账一般的日记和平平淡淡的日常生活赋予了过深的含义？——以前常犯这样的错误，例如，第二次约会，第二次接吻，第二次上床……第一次的喜悦令自己得意忘形、妄想膨胀，结果被闪被甩，这样的失败例子已经太多了。如今，那些伤心的过往想都不愿意再去想。

翔子勉强笑了笑道："这种事情用不着说出来啊，搞得吃寿司都没味道了。什么杀虫剂啦，滑膛枪啦，生态啦，肉食性啦，这些统统不知道，大家都觉得挺美味的，那样不是蛮好的吗？"

"抱歉抱歉！"

明明没错却还要道歉，荣利子不禁也对自己不满起来。女性之间那种充满张力的对话，本来就不是自己所擅长的，让她感觉好像自己的实力在受人检阅一样，如今年过三十依旧无法习惯。

"哦，你用不着道歉，我只是不想知道这些而已。"

翔子微微一笑，顺手取下转到面前的甜瓜。荣利子也伸手去取，一来想清清嘴巴，再有，毕竟这是最能安心享用的食材。谁料回转带速度过快，出手稍迟，没有抓住那个碟子。荣利子心想，这儿就像战场。看着快速掠过面前的鱼们，她情不自禁地想，到底有多少是名副其实的呢?

她有些伤感，仿佛连自己也被人视作假冒货似的。此刻，看起来两人坐在这里像是熟识的朋友，但翔子的心恐怕已不在此处吧？自己对回转寿司不太熟悉，坐在翔子身旁显得笨手笨脚，在翔子眼里一定像个竭力掩饰的小孩子。蓦地，她觉得翔子很傲慢，只付九十八日元的价钱却想当然地觉得吃到的应该是正宗货，明明亲口说想结交新朋友，但拒绝别人的关心。

大比目鱼也好，盲曹鱼也罢，管它呢——天底下没有一条鱼会自卑地承认自己是代用品或者假冒品，都是人类自说自话界定出来的。

“要是不放养在湖中……”

“哎？你说什么？我没听清。”

“我说，要是不放养在湖中……盲曹鱼一辈子也不会觉得自己凶猛的。”

荣利子的喃喃话语，被告知煎鸡蛋传送过来的广播声盖住了。

这天晚上，全家人围坐在一起喝茶，桌上还放着梨和无花果。每天都是母亲端上餐桌的碟子，为全家人带来季节的芬芳。

“我听二楼的山崎太太说呀，圭子又把工作辞掉了，成天在家里瞎转悠，把她母亲愁得直叹气。”

荣利子刚咬了一口梨，听了这话立即停住了。自己童年好友的名字，一年中大概会以三次的频率出现在这个家里。这个时候，母亲就好像一名刑侦人员在试探着自己，父亲则假装看电视实则在一旁暗暗观察。十五岁时的荣利子的解释，父亲和母亲也许都不相信。当时，她一口咬定，她和圭子之间的微妙关系实在难以用言语清楚地表达，一切的一切源于圭子的误会和猜疑。尽管如此，她还是竭力用平静的语气解释着这一切。

“嗯，这才像圭子的所作所为。她这个人呀，无论做什么都有始无终，能坚持三个月就不得了了。之前好像是在动漫茶吧做临时工吧？”

“是的。她是二十五岁结的婚吧？刚结婚没多久就离婚跑回家，从那以后，工作断断续续的，没有一份做长的……那孩子到底是怎么了？”

母亲说着将视线瞄向荣利子，好像想说责任在荣利子这边。荣利子装作没看见。

“还不是虚度光阴嘛。圭子以前就这样，心慵意懒的，或者叫悠然自得吧。其实脑子一点儿也不笨，真可惜了，会不少东西呢。”

洗完澡回到自己屋子，荣利子又独自看“大比目鱼”的博客。每天不知道花多少时间在这个网页上。几次想在博客下面留言，终于还是忍住了。晚上刚刚和翔子见过面，这会儿脑子里又装满了她，在一起待了一个多小时，却并没有捧心相对的感受。

荣利子熄了灯，借着书桌上的台灯和电脑屏幕的光浏览着。

翔子在回转寿司店里的生硬态度无法从脑海里拂去。基本可以确定，自己被误会成骚扰狂了，即使不是，至少也是个神经不太正常的古怪女人。一想到这个，荣利子顿觉呼吸困难，真难受，好想躺下来。

不知不觉，她伏在书桌上迷迷糊糊睡着了。

这样下去的话，又要重蹈当年的覆辙了。无论如何，必须设法消除误会。——这样想的同时，荣利子脑海里却又涌起一个令人绝望的预感：难道之前没有意识到，自己竟是一个可怕的人？！自己的言行不知不觉中叫别人心生恐惧？自己注视着翔子的时候，眼神是不是很吓人？可是，自己从上到下找不出半点儿伤害他人的恶意啊，自己只不过想和翔子成为好朋友而已。唉，三十岁的人了，还是学不会结交朋友。

一记尖利的刺激让她回过神儿来，原来手指绕在头发上，正在拔自己的头发。这个坏习惯，十六岁时曾拼命想纠正，拔下一根之后，那种曾经的强烈快感便立即复苏了。荣利子注视着手掌上的头发，禁不住有种怀念之情。她喜欢刺激头皮的感觉，尝过一次便欲罢不能。看到发根在灯光下晶莹发亮，不由得起了一胳膊鸡皮疙瘩。她不停地拔着，很快，书桌上黑黢黢地堆了一撮头发。

少女时代无辜被人冠上“加害者”帽子的屈辱和悲愤，从全身的角角落落里涌出。

然而，所有的一切统统失去，才造就了今日的荣利子的人生。十五年前，荣利子死去过一次，为了从死境中重生，她付出了各种各样的努力，原本性格大大咧咧的她，变得对周围人的举动非常敏感，说话字斟句酌，待人和蔼谦逊，尽量不去触碰对方的神经。为了彻底斩断女子中学令人厌烦的人际关系，荣利子选择了男女同校的综合大学，为此废寝忘食、发奋用功，终于得偿所愿考入了第一志愿的一流大学，并像父亲一样顺利进入国内最大的贸易公司。

对了，要多做解释，多用脑子。谁不说自己是个聪明有能力的人呢，想让翔子充分了解自己，就得尽量多给她发送邮件。哦，不，也许写信更好？在回转寿司店或者家庭餐厅碰面也行，还可以像在“吉赛尔”那样假装偶然遇见，当面向她解释清楚，反正她经常去的地方基本上都装在自己脑子里。如果无法碰见她，那就只好再找去翔子家了。

自己绝不是骚扰狂。只有孤独至极、得不到社会认可的人才会变成骚扰狂，只有毫无想象力、对人缺乏体谅和同情心的人才会变成骚扰狂。要让翔子明白这一点，哪怕偶尔稍稍地吓到她也是值得的。

荣利子忽然感觉到天花板上好像有什么东西在晃悠。她抬起头的一瞬间，还以为是条巨大的鱼的影子呢，原来是经电脑屏幕反射到天花板上的自己的上半身影子。

8

送走丈夫，收拾完早餐残局（其实也就是洗洗马克杯，将香蕉皮丢入垃圾桶而已。最近贤介有体重增长的趋势，为了减肥，开始尝试以前流行的早餐，只吃一根香蕉），翔子朝横放在窗前的沙发走去，将昨天洗好收起的一堆衣物往旁边推了推，便一屁股窝在沙发上。平时，她一定会在柔软剂的好闻的气味包裹下，让阳光暖暖地射在肚皮上，一个回笼觉一直睡到中午。但今天她没有沉沉睡去，而是从口袋里掏出手机，在阳光的照射下，手机屏幕像块沼泽似的昏暗，翔子不由得凝神盯视着。

翻看着邮件，突然感觉胃有点儿轻微痉挛，嘴巴呼出的口气也带着点儿酸味，大概是昨晚没有吃饭，只吃了一袋玉米味的薯片的缘故。

邮件发信人栏中显示了一长串志村荣利子的名字，从回转寿司店分手到现在还不满四十八个小时，荣利子发来的邮件已多达二十多封，且内容大多是颠来倒去重复着差不多的话。看着如雪崩一般海量的邮件以及发送速度，翔子简直蒙了，想回复也根本赶不上这速度啊。

博客上那讨厌的评论不是我写的。我绝不是骚扰狂。假如是我让你产生了误会，我非常抱歉。

你我之间似乎有点儿误会，我想还是当面说清楚比较好，什么时候方便？我都可以的，由你决定。知道你很忙，还请原谅。

我不熟悉回转寿司的吃法，弄得那晚气氛有点儿尴尬，真不好意思。

那晚迟到了向你表示歉意。那天我真是忙得不可开交哪。所以，我也根本没有空闲去当骚扰狂呀！……

说了些关于假冒标志的话，让你感觉不舒服，抱歉！你说过那儿很好吃，我本该假装不知道不要说的。

不知怎么的，对方连珠炮似的一个劲儿道歉，反倒让人觉得好像自己在受责备。

实在猜不透她到底什么意思啊。翔子两手交叉相握，又使劲儿向前一伸，闭上眼睛。没做什么事情，却感觉身体软塌塌的疲惫不堪。翔子不觉得那天晚上气氛有多糟糕，或者自己对她的态度有多刻薄，自己等她下班前来会面，两人并肩而坐吃着极其普通的寿司，最后在店门口分的手——仅此而已呀。到底挑的哪个片断、如何剖视的，竟会这样平地起风波呢？

难道同样的场景，在她眼里看来会是另一番景象？翔子努力回忆当时的场景。回转寿司、醋饭团、操作台后面的师傅白皙的手指、摞起老高的塑料碟子、吵吵嚷嚷的广播声……两人在那样的环境下拉拉杂杂地对着话。重新映现在心灵银幕上的场景，找不出一个晦暗的画面，为什么会产生如此负面的感受呢？

她一个劲儿地解释自己不是骚扰狂，但她那股偏执劲儿和咄咄逼人的气势怎么看都符合骚扰狂的显著特征。翔子从未将她看作骚扰狂，而且也不记得自己在她面前使用过“骚扰狂”这个词，自己只是提到过博客有过几条令人讨厌的评论。

当荣利子自说自话找上自己家门来的时候，翔子就想过，荣利子这个人有点儿自以为是和固执，对别人的感受视而不见，完全按自己的意思和情绪一条道走到底。虽然很不情愿这样去想，但又不得不打个问号：荣利子的精神状态会不会有问题？自己当然知道她不是个坏人，可能是因为工作太忙，精神压力过大造成的。她说过每次恋爱总是持续不了多长时间，难道是失恋受了打击？她那么漂亮，身边没有男人，也是件不可思议的事呢。

好想和她成为闺密呢……

想起初次见面留下的良好印象和在家庭餐厅碰头那晚暖心的气氛，翔子的心情一下子陷入了前所未有的沉郁。不错，荣利子是个耀眼得令她炫目，同时丝毫不想掩饰自己喜欢上她的难得的朋友，可当意识到她的精神状态有异，两人的关系恐怕很难回到之前那样了。一起骑在自行车上时，荣利子头发散发出的香气，她纤细的手臂搂住自己腰时那痒痒的、舒服的感觉，仿佛都已成为遥远的往事，想到此，翔子不禁感到鼻子发酸。

贤介说得对。和博客上素昧平生的陌生人走得太近，确实是自己轻率了。难得的深刻反省，使得翔子的胃难受地蠕动起来，她打了个嗝，带出来一股油腻气。

翔子慢慢起身，透过窗户向对面公寓望去。逐步和荣利子拉开距离恐怕是上策。如果将她拉入邮件黑名单，照眼前这架势，荣利子肯定还会找上门来。既然住的地方已经被她探知，无法轻易与她彻底断绝关系，就只能不急不躁地慢慢来。所幸荣利子平时工作很忙，一旦疏远战术偶获小成功，每天疲于应付繁忙工作的荣利子终会渐渐把自己忘记的。可是，这一切想想又是如此麻烦……翔子将视线收回至手机屏幕上。

"嘭！嘭！嘭！"谁家在拍打被子，声音在秋日的半空中回响。大概是隔壁家的大婶。翔子蓦地想起自家的被子好些天没有晾晒了，然而，身子不想动弹。沁溢着贤介和自己体味、略带着点儿潮气的被子，盖在身上沉沉的，很容易睡着，不是挺好的嘛。

没什么好害怕的，翔子自我宽慰着，努力让自己平静下来。最坏的结果是去荣利子的公司投诉——不不，那样子的话，她的处境也颇令人同情，不如去同"吉赛尔"的老板商谈，请对方通过家人提醒荣利子，这或许是最好的办法。当然，这也是最后的手段，如果可能翔子还是想尽量不把事情弄大。因为，假如第三方介入的话，需提供证据的时候别人就会发现，翔子在这件事情上也有过错。

这事被发现了会怎么样？事实上，博客上令人讨厌的威胁恐吓流言根本就没有过！

在翔子看来，这只是个完全没有任何恶意的小小谎言。因为这样，才会让包括贤介在内的所有人来关心自己、宽慰自己，否则自己一个没有孩子之累、成天在家附近自在瞎晃悠的家庭主妇，有谁会来关心？还有，那样说也可以让博客人气更高、关注的粉丝更多，这在网络世界里是司空见惯的无害小伎俩。这类谎言，一来少有穿帮的，再者也不伤害到任何人，谁会来指责自己呢？

没有吐槽灌水，这是翔子的博客的一大特点，但同时，也可以看作几乎没人对其倾注强烈的关注，这一点翔子自己十分清楚。读者大多觉得翔子优游自在的生活以及被垃圾食品填充的日常有趣，有笑点，但是谁都不愿像她一样生活，他们中的大部分人，应该只是看到别人的生活水准不如自己而心生安心感。翔子知道，有时候网络上的语言暴力会将人伤到体无完肤，但是一点儿嫉妒或反驳的声音都没有，也令她觉得很无聊。

那天晚上，下了班迟到赶来的荣利子难掩一脸的疲惫，然而却有着享受充实生活的人特有的容光，凌乱的头发、稍显急促的呼吸、褪了色的口红，反而让她看上去更有女人味。翔子当时就在想：荣利子不仅仅是外表优秀，内在也远比自己优秀得多，连坐在回转台前的男顾客都在目不转睛地注视着她。她应该是头一次光顾九十八日元均价的寿司店，所以时不时望望四周。看到她少女似的不安举止，翔子怦然心动：自己和荣利子刚好相反，自己慵懒，没有追求，满足于平淡肤浅的生活。想到这里，翔子忍不住想显示一下自己，想让荣利子知道自己也有骄傲和令人羡慕之处，于是随口编造说有人在自己博客上瞎评论，说些让人讨厌的话。她这么一说，荣利子立即流露出不安担心的神情。

谎言被当真了，这好像还是第一次。

高中的时候，翔子曾经故意拿着十分简单的数学算式对暗暗喜欢的男生说："这道题目我实在不会做。"于是这位男生从帮她解题发展到和她谈起了恋爱。工作之后，有一次深夜打电话给暗恋的男同事，说感觉被人跟踪了，结果成功地将对方诱入自己租住的公寓。翔子对此并没有丝毫的罪恶感，自己既不漂亮，又别无所长，要想俘获男人的心只有靠要些手腕，再说，在社会上混的人谁不是多多少少得玩点儿手段呀。

忽然，手机剧烈地振动起来，振得中指关节有些发麻。是花井里子打来的电话。翔子重重地呼了口气，将手机贴在耳朵边。

"早啊！现在说话方便吧？《梅拉妮》要举办一个新产品品尝会，您能参加吗？是下星期一，就在我们公司的会议室举行。商品是即将上市的一种火锅汤料……"

《梅拉妮》是里子工作的秀茗社编辑出版的一本面向年轻主妇的杂志，好几位人气颇高的主妇博主都在上面开设有连载专栏，它的服饰彩页专辑还专门有普通读者的模特模仿秀，不过，那些服饰看上去很高档，模特也叫人不敢相信是纯业余的，翔子可没有信心参与其中。

"哦哦，哎呀，谢谢您特地打电话来告诉我，可是我这个人不大喜欢抛头露面。"

"是吗？那作为普通参演者参加的话，您觉得怎么样？能够直接听到你们对商品的意见对我们会很有帮助，要是能交上几个主妇博主朋友的话，也能让自己进一步开阔视野和思路，而且还有样品赠送。

现场有专业人士用这些商品制作料理，然后还有小型的讲座，所以大家都说既实惠又能学到东西呢。”

出乎翔子意料，里子这么爽快就把话往回收了，翔子好沮丧。博文改编成书的事情还没有最终决定呢，干吗这么势利呢？

“噢，那……我就作为普通参演者去吗？”

“当然啦，您对抛头露面有抵触，我很理解，因为这毕竟是个可怕的时代。对我们来说，丸尾太太是我们非常重视的写手，所以我们不会勉强您的。您如果拿定主意把博文改编成书的话，我们一定会给您提供最有力的支持！”

第一次见面，里子给人留下了不顾一切、不达目的誓不罢休的感觉，然而此刻，里子的话里却似乎满含真挚，这让翔子的心顿时被融化。是呀，现在这种时候不正是求助于责任编辑的时候吗？翔子打定主意，向里子和盘托出道：“那个什么呀……其实我正好有件事情想同您商量。和您见面那次，就在那家店里，您刚离开，有位自称是我博客粉丝、就住在我家附近的女士上来搭讪，我们就算认识了，可我觉得她好像有点儿不正常。我是看她本人还有家庭好像都不错，所以才放心地和她来往，谁知她不停地发邮件来骚扰我，有一次还找到我住的公寓来……”

“啊……是吗？”里子的语气异常认真起来，“您还是注意点儿为好。如果真有什么事情，也许我可以帮忙为您做点儿什么。我因为负责联系好几位主妇博主，所以深有感受，来自女性同性之间的嫉妒真的很可怕噢……”

花井里子说着一连啧啧几声，还发出很夸张的慨叹，一副兹事体大的感觉。女人说同性可怕的时候，总是下意识地将自己排除在外。当翔子意识到这个群体中也包括自己时，不由得喃喃自语道："是嫉妒啊……"

"不是吗？"

里子电话里的背景声音非常嘈杂，像是从编辑部打来的，仿佛大海波涛似的一波一波此起彼伏，又像冬天的海面一样有种灰蒙蒙的感觉。

"可是，她什么都有啦，人长得漂亮，名牌大学毕业，有钱，在一流企业工作，出生在一个父母和睦的家庭，东京土生土长的，我根本没有什么值得她羡慕的呀……"

"不过越是这种给人完美无缺的印象的人，越容易出问题啊。您想想看，她是不是还独身？"

拼搏在媒体一线的里子竟然和贤介说的话如出一辙，翔子煞是吃惊。

"是呀，可是……"

"哦，您是问我？我结婚了，有两个女儿。"

里子用率直的口吻说完，又补充说新产品品尝会的具体事项过后再通过邮件联系，随后便挂断了电话。翔子隔了好一会儿才意识到，自己好像稀里糊涂已经答应参加了。

翔子折叠沙发上洗好的衣物，想借此重振精神，可马上又停住了手，才刚刚叠了四条毛巾，就已经厌烦得不想再叠了。这些衣物不用一一折叠好再收入衣橱，每次要穿要用的时候从这"小山"里面拣出来，直到把"小山"推平不行吗？回了一趟老家，翔子感觉自己越加懒怠了，大概是那两天的大扫除把自己身体内角角落落的精气全都用完了。

假如真像里子说的，荣利子对自己心怀嫉妒，事情就简单多了。

翔子朦朦胧胧开始意识到，荣利子极端行为背后的深层原因在于她内心有种声音想呐喊出来，也许荣利子确实是恳切地希望自己理解她？也许荣利子是真的喜欢自己，所以才那么在意自己的行踪以致无法自我克制？也许她是真心想和自己做朋友、做闺密？可是这么一想，翔子又从内到外整个人都凉了下来，感觉自己似乎要被拖入一个可怕的深渊，荣利子拼命从他人那里渴求友谊、渴求理解，她的孤独和忧郁深若九渊，根本就没底的呀。翔子现在明白了，自己仅仅是被荣利子的外表和社会地位所吸引，原本以为和荣利子在一起，她会将自己引领至一个灿烂、光明的未知天地，以为可以揭下有着好几层假面、光怪陆离的东京的面纱，认识那个本不属于自己的充满知性和未来性的世界，以为两人能够相互理解，可以息息相通、分享快乐和悲伤，现在看来，这一切是不可能了，即使有这种可能也是遥远的将来的事了。

至于荣利子，毫无疑问，她也只是被翔子在博客中呈现出来的没有任何污浊的清水部分所吸引，她喜欢的是优游自在、任情随性、满是幽默感的人气主妇博主“大比目鱼”，而不是活在父亲的阴影下、永远挥不去对母亲深怀罪恶感的翔子。

给荣利子发送一则充满温情的邮件再简单不过了。可是，一旦这样做了，这辈子就再也难以摆脱荣利子，自己将不得不一直扮演一个“好闺密”的角色。女人之间的关系不同于女人与男人的关系，是无法明确地画下一个终止符的。直到荣利子放手为止，自己都不得不当她的情感发泄对象。

——真烦人！

翔子脑海里闪过的这句话，是父亲的口头禅。拥有充足的闲暇，自己却视和他人交往为畏途，而荣利子成天忙忙碌碌，却拼命缠着自己不肯放手，这真讽刺。

翔子从小山似的衣物中拣出一件摇粒绒套衫，上面起了球，她胡乱地扯掉毛球，往身上一套准备出门，从套衫上飘出一股类似棉花糖的柔软剂的味道。翔子觉得自己是个一本正经过日子的人，她对自己很宽容。

9

晚上九点的家庭餐厅里，客人稀稀拉拉的。

荣利子在沙发座上落座，要了一杯苦荞茶，随后取下披在肩上的开司米披巾盖在膝盖上。

我为什么会在这里？荣利子省悟道。离这儿不远就是自己的家，为什么不回家呢？本来,她应该满面笑容地向父母道一声“我回来啦”，然后一家人围坐在餐桌旁，饭后做些明天的准备，但自己却不惜花费宝贵的时间跑到这里来，况且也不知道翔子会不会来呢。自己是不是有点儿不正常？

手头工作一结束，荣利子便急匆匆地离开公司，跳上电车，一屁股坐在爱心席上,拿出手机开始阅读最新的“‘大比目鱼’懒婆娘日记”。电车到站，她又一阵风似的冲出检票口，直奔这家家庭餐厅。出差前熟悉资料以及各种事前查阅等要做的事情不在少数，荣利子统统丢下不想做，心想反正可以早晨提早到办公室，总归能够补回来的。她知道自己开始形成了一种坏习惯，近来一心都扑在翔子的博客上了，上班时间变得越来越早。

魔王要参加公司的聚餐，自己一个人懒得做饭，怎么解决……现在正坐在图书馆自习室，挖空心思想呢。这儿可以随便充电，为充个电每天都要和大学生激烈地争抢。有人说，你就让一让那些未来的路还很长的学生嘛，呵呵呵呵……

荣利子没有特意统计过，但丈夫晚回的情况下，翔子一般都是来这儿点上一份鱼贝鸡米饭，或者是到车站前的咖啡店买份三明治套餐对付一顿。两天前，翔子刚刚光顾了那家咖啡店，还留下“这个汤还有罗勒鸡肉三明治差不多吃厌啦”的感慨，所以，今天换成这家家庭餐厅的可能性非常大。

和翔子在这里碰面那次，荣利子感觉店堂内窗明几净、空气清新，还暗暗懊丧自己怎么从未来过这里，但独自前来的印象却是空气凝滞、气氛冷漠。与自己相仿、三十岁、像是刚刚下班的男男女女，或者低头玩着手机，或者心不在焉地举着红酒杯，看上去好像都很自在放松，其实都是不想回家，而期待在这儿发生一些有趣的事情，让人总觉得充斥着一种耽于享乐的物欲。仔细观察，则发现桌子和地面上满是油渍。倚靠在墙上的中年男性服务员，视线呆滞地望向窗外。餐厅位于轻轨高架桥下，但除了电车驶过，安静得几乎让人忘记是在都市中心。

因为对翔子会不会来心里没底，荣利子干脆变换思绪，回想今天早上和高杉真织之间的对话，如果不这样，她简直坐立不安，时不时抬头朝餐厅门口张望。

今天去得太早了。一大早乘上头班电车，五点半就到了办公室。她像往常一样，正一边啃着翔子博客里介绍的甜面包，一边整理桌上的文件，派遣员工真织制服也没换突然就走进来，吓了她一跳。

“哇——这么早已经上班了？优秀员工就是不一样呢。”

荣利子无法跟她解释说不是工作上的事，只能暧昧地笑笑。今天是想在公司给翔子发送邮件，所以才这么早出门。看到从日本最大的综合贸易公司的服务器网址发送的邮件，翔子应该会认真打开看吧？反正不管用什么办法都行，荣利子只想尽快扭转目前这种一厢情愿似的关系。

不等荣利子张口打听，真织拿出套着粉色手机套的手机，滔滔不绝地说道：“昨天晚上和朋友一起吃饭的时候，忽然想起手机忘在更衣室了，本来没什么大不了的，所以不想回公司拿，可是又总好像放心不下，弄得晚上觉也没睡好，心想万一有人打电话给我怎么办，所以一大早就爬起到公司来了。”

“有人？不会是杉下君吧？”荣利子随口一说，真织立刻脸红了。

“你察觉了？哦，这事千万不要对别人说噢。”

“那当然，贸易公司的人最在意自己的名声了，我父亲也是这样的，所以我知道的。很多人本来进行得挺顺利的，可禁不住小道消息乱传，结果闹到分手，这种例子多得很呢。放心吧，我不会说的。”

“志村姐，你果然靠得住。感觉你就是个经验丰富的姐姐，朋友肯定不少，关键是你太漂亮了，又那么优秀，我们都不敢和你搭话，没承想你这么平易近人呢。以后，我碰到什么问题还请你多多指教呢！”

二十三岁的真织将两只白白胖胖的手交叉在一起，朝荣利子投来天真无邪的眼神。好久没听到同性向自己这样表白了，荣利子感到非常高兴，她也乐意帮助真织。自己能够切切实实被年轻人信赖和需要，而翔子却残忍地想躲避自己，绝对是误会了，是个错误，既然是错误就应该纠正。

餐厅来客门铃响起，荣利子抬起头，顿时抑制不住兴奋，腾地从座位上站起身，大声叫了起来："你果然来了！"

荣利子朝呆立在门口的翔子使劲儿挥着手，丝毫没有注意到翔子困惑的表情。翔子不大情愿地慢吞吞走过来，在荣利子对面坐下来，盯着荣利子的脸一句话也没说。看她不想开口说话的样子，荣利子连忙向她解释道："我猜我在这儿等的话，说不定会碰到你。"

翔子轻轻耸了耸肩，紧咬嘴唇。

为了缓和气氛，荣利子朝她露出笑容："我下个星期出差，想着要在出差前和你见上一面，好向你解释一下，全都是误会！"

服务员端来苦荞茶，翔子向他要了一杯咖啡，然后终于小声说道："你怎么知道我会来这里的？"

"那个……你的博客四点钟不是更新过吗？里面写着，今天晚上你丈夫有个聚会。你丈夫晚归的时候，你基本上都在这家家庭餐厅点份鱼贝鸡米饭配红酒对吧？八月二十日、九月十四日还有九月二十六日都是这样的，所以，我估计今天要是在这儿等的话你可能也会来。"

"荣利子……"翔子迟疑着抬起眼皮瞟了荣利子一眼，"你自己不觉得这样子不正常吗？"

荣利子看着翔子。她这样想也是情有可原的，但自己并没什么错，自己就是想让她明白这一点。

“不正常？我吗？不是，你搞错啦。所以说呀，为了消除误会，我才给你发邮件，在这儿等你，都是为了打消你的误会啊。可是你不想听我解释，你这样子怎么办呢？”

“你……这样子……就像个骚扰狂嘛。”

果不其然！不祥的预感应验了，荣利子顿时感到呼吸困难。自己竟会有被人当作罪犯的时候，这算什么事啊！她将手按在胸前，提醒自己不要过于激动，同时嘴角努力挤出一丝笑容，眯起眼睛说道：“你肯定是搞错了，我只不过是想和你解释清楚呀！”

“可是，你又是在这儿蹲守，又是找上我家去的，你说吓人不吓人？”

“那是因为你不理我嘛。我只不过……”

听到自己的声音不由自主地响起来，荣利子赶忙闭住嘴。自己怎么就和经常看的那种粗制滥造的电视连续剧中的骚扰狂画上了等号？本来就是翔子单方面这么断定，没承想翔子牛角尖越钻越深，认定了就跳不出来。荣利子想到这儿就不禁气恼。

“荣利子，你是不是有什么烦恼？”

“啊，烦恼？”

“比方说，你和恋人分手也有一段时间了，是不是觉得寂寞……”

听到这话，荣利子简直哑然无语了。她盯着翔子，翔子居然把自己看成离了男人就丢魂丧魄以致精神不正常的女人！

“没有烦恼啊。之前的男朋友我根本想都不去想他了，现在也不需要新的男朋友，反正我暂时还不想结婚。”

“是这样吗？可是，我怎么从你身上都看不到幸福的样子呢……

孤单单的一个人，不觉得寂寞吗？”

无语，正是荣利子此时此刻的写照。这话一点儿也不像冷静客观的“大比目鱼”说的呀，况且早已是十多年前陈旧的价值观了，难怪她一直以来都没有像模像样地干长过一份工作……荣利子觉得自己口干舌燥。

“说什么呀，难道结婚就那么了不起吗？”

翔子面红耳赤，于是不停地用勺子搅拌咖啡。

“哦对不起，我不知道该怎么说……我一时想不出合适的话来。荣利子，你各方面都很优秀，在我眼里绝对是我羡慕的对象，可为什么做出来的事情总让人觉得滑稽呢？偷偷摸摸查我的博客，事先蹲守在我出现的地方……”

“偷偷摸摸？”

“你没看吗？偷偷摸摸地……潜水在我的博客里，然后偷窥我的隐私，没有吗？”

荣利子似乎忘记了自己受到的屈辱，“扑哧”笑了出来。翔子将身子向后一仰，仿佛看到了一件令人恶心的东西。

这女人在说什么呢？脑子真是有问题。明明自己的博客面向全世界公开，又怎么会说我是偷偷摸摸地看呢？网络是个没有篱墙的地方，公开的博文不管谁读、在哪里读，博主都没理由啰里啰唆，她为什么会有危机感呢？稍有几句否定的评价，立刻露出一副受害者的样子，拼命想往安全的地方逃避。同为女性，不想和她计较争吵，但她一点儿也没有意识到自己身上释放出来的那股讨厌的矫情气味吗？

看来无法掩饰、无法回避了。荣利子拿定主意，既然如此，干脆把她从那个舒适安闲的栖身之所拉出来，两个人必须平等才能真正交朋友。这些天，荣利子连着好几夜都没睡好，想必翔子的心情也同样够纷乱的，作为朋友，有时候不得不说几句刺耳的忠言，这也是为她好，否则照此下去的话，最终丢人的还是翔子。

“有什么好笑的？”

“哦哦，翔子你老是把自己想象成女主人公，想象成受害者，像个孩子，所以我觉得真有意思，真可笑。”

此话一旦说出口，立即觉得确实可笑，于是忍不住又笑出来。翔子毫无表情，脸色渐渐发白。几个星期以来一直捉摸不透的翔子的想法，荣利子现在已经彻底开窍想明白了，她好像置身公司，回到了工作当中。没错，不就是人的感情吗？自己能够先人一步预见到非洲的经济发展趋势，能够引导日本人的餐桌变革，能够掌控数以亿计的资金，怎么可能连一个人的感情都把握不住？那岂不是很滑稽？

荣利子比任何人都更加了解翔子。反复阅读她的博文，熟到几乎能背出来，她的喜好、行踪、习惯，无不了然于胸，荣利子发现一个事实：翔子看似随性写来的博文中其实隐藏着强烈的自卑。呵呵，翔子，别以为隐藏得很巧妙，只有你自己才那样以为啊！

翔子的声音有些颤抖：“下次你要是再做这种事情的话，我会向你父母亲投诉的，那样子你也吃不消对吧？我求你了，以后真的不要再发邮件恐吓啦，在我出现的地方蹲守啦。”

荣利子朝翔子投去一瞥，心想：两人之间发生的误会至于夸大成这样吗？至于说得这样耸人听闻吗？现在翔子以社会信誉来威胁自己，说到信誉当然自己的信誉比她更高，所以她说的话根本不足为惧。

想到这里，荣利子吸了一口气，抬起头望着翔子说道：“我是为你好才想告诉你……”

“什么？”

“不正常的不是我，而是你自己。你的态度很有问题。你说过，经常被周围的同性讨厌，那是理所当然的啊，因为你一碰到问题就逃避，别人怎么解释你都不听，全部怪罪到对方头上，觉得全都是别的女人有问题。你把女人当成是一种动物。可是你仔细想一想，你回过头来想想你以往的人生，你和别的女人之间扭曲的关系，你敢说你自己一点儿过错都没有吗？”

看到翔子的眼睛恹恹地不知看向哪里，荣利子怒从心头起，恨不得冲她大吼一声。荣利子猛地身体前倾，在翔子眼前使劲儿拍着巴掌，将她的注意力拉回来，由于动作粗暴，引得餐厅里的服务员驻足朝这边观望。

“你看看你，一副彻底放弃思考的样子。你好好思考一下吧！用自己的脑袋！人为什么要长这颗脑袋啊？不要再逃避自我审视了！”

餐厅里所有人的视线都朝这边集中过来，但荣利子一点儿也不觉得羞怯。不这样做，自己的心声翔子就无从知道，这样掏肠剖肚当面说开了，反而感觉充实，视野中的景物变得格外绮丽美好，让人血脉偾张，有一种活着的真实感受。荣利子定睛看着翔子，继续说道：“稍有不顺，就怪周围人不好，觉得别人是在嫉妒你，事实上谁都没怎么把你放在眼里，又怎么会想到要嫉妒你呢？你说和男性朋友交往更轻松，但他们真的是你朋友吗？和你上床的不能算朋友，你掰手指头数一数，不管是男是女，迄今为止你有过几个朋友？还有你说职场中的人际关系搞不好，把它归罪于常见的女人背地里互相嫉妒，我看是你自己懒惰不思进取，无意当中给周围的人造成了不快，还大大咧咧地意识不到吧？最让人讨厌的应该就是你自己吧？你有没有迟到过？有没有别人让你转告什么重要事情你却忘记了？你老是把责任推到别人头上，因为对自己不利，你就逃避，不想承担责任，结果才遭到别人疏远呀！”看到翔子捏住咖啡杯的手指在微微颤动，荣利子停顿下来，觉得自己可能说重了，于是语气稍稍和缓了一些，“翔子，我觉得你还是把博客关掉算了。”

“博客……关掉？”翔子的脸都歪了。

荣利子把自己想说的毫不遮掩地一股脑儿统统说了出来，饱含着朋友的友情和深切关怀。

“翔子，其实你本质上是个优秀的人，你大有发展空间，不是个甘于待在家里无所事事的人，你并不满足于守着一个普普通通的丈夫、过着极其平凡的日子，但在网络世界，你被一些粉丝喜爱着、崇拜着，你就满足了。你应该通过工作赢得别人的尊敬和崇拜，在现实世界中获得成功，所以我觉得你太可惜了。你是装出来的悠闲自在，其实你是生活的胆怯者。”

“你太过分了……”翔子声音颤抖，眼睛充血，向上吊着，“你有什么权利这样恶狠狠地攻击我？”

“因为我们是朋友啊！”

荣利子没想到翔子会怒气冲冲。本以为即使话说得重些，翔子也会像博文中的那种态度，呵呵一笑，没想到她反应如此激烈，让人有点儿出乎意料。

“因为我们是朋友，所以有些话别人不可能说，我才当面说给你听的，我说这些是为了让你更好地成长，忠言逆耳呀！”

翔子脸色苍白，许久没有说话。沉闷的气氛令荣利子感觉难受，她有点儿不耐烦，刚想对翔子说“你说点儿什么呀”，冷不防翔子用轻得几乎听不见的声音说道：“什么才算朋友？我和你到现在一共才碰过五次面，还没到无所顾忌、想说什么就说什么的程度吧？”

两串泪珠从翔子眼眶垂落下来，荣利子倒吸了一口凉气。翔子继续说道：“请你以后不要再联系我了。”

说罢，翔子站起身，像来时一样，步履摇晃地走出了餐厅。荣利子的视线追向窗外，只见笼罩在夜幕中的翔子的背影看上去像孩子似的弱不禁风，仿佛一吹就要倒下。荣利子想追出去，但一转念还是放弃了。翔子座位前的咖啡一口都未喝。

荣利子安慰自己道：虽然翔子那么说，但她终究会明白的。她受到如此强烈的打击，也怪可怜的。刚才那一幕不过是常见的朋友之间的争吵，很快就会过去的，等她慢慢平静下来，自己再和她联系。

荣利子端起茶壶，壶里的茶水变得又稠又黑，茶叶像溺死的尸体一样膨胀开来。

10

不想去“吉赛尔”，可是，能够约花井里子碰面的稍有点儿档次的咖啡店除了这儿就不知道该去哪儿了，没办法，只得选和那女人家有点儿瓜葛的这家店。现在，整个街区都开始叫人讨厌了。这是那个女人出生和长大的街区，感觉自己就像在她的掌控之下生活。真恨不得抛弃一切，逃到另一个地方去。

“花井女士，不好意思，突然约您出来……真的很可怕噢！”

花井里子的视线落在 iPad 上，正入神地读着翔子的博客。博文下面的评论栏中有几条负面评论，这种情况以前还从未有过，肯定是荣利子写的——翔子立即给里子拨打电话，约她出来碰个面。此时，翔子忍住眼泪，视线落在洗旧褪色的牛仔裤膝盖处。

“真叫人讨厌。我在想……把博客关掉……”

“作为一个写手，别人评头论足是不可避免的啊，您记住：一只耳朵进，一只耳朵出就是了。”

里子的话语里含着笑意，视线从 iPad 上抬起来。翔子咬着牙心想，她什么都不明白呀。想到对方身处绝对不会受到伤害的安全地带，靠动动嘴皮子就可以安心赚钱，翔子的心里很不是滋味。非但如此，翔子甚至觉得她在幸灾乐祸地看着自己动摇。

自己是在被消费。没错，她从一开始就打算将自己作为一个消费的道具，并且精明地算计着，自己能否成为一枚有用的棋子，自己是否具备赚取大把大把票子的潜质，这些全都从她的眸子里毫不掩饰地流露出来。她根本不是考虑和自己一起工作，也没想过把自己培养成一名畅销书作者。难怪和她碰面之后，自己感觉那么疲惫。

怎么样才能不被人消费？翔子完全不懂得个中的防御术或者说战术，至少作为一名编辑，里子什么也没有教会自己。

假如是非纪实作品，问题自然简单得多，读者的意见只是冲着作品去的，和自己没有任何关系。但是自己写的并不是创作作品，而是博客，博客的特性之一就是将现实中自己的生活面一点点地展示给不特定的读者——这是受到荣利子指责之后才意识到的——因此，读者的批评就等于是对自己人生的否定，怎么可以一只耳朵进，一只耳朵出呢？负面评论必须化解，假如不能做成干干净净、清一色点赞的博客，就等于是自己认输。

花井里子的手机响起来，她打断翔子的话头，走出店外。隔窗望着里子身上那件昂贵的大衣，翔子觉得自己的胃在隐隐作痛。

虽然已经过去四天，那晚荣利子尖刻的话仍像一根刺，狠狠扎在自己心头。从来没有被人如此不留情面地叱责过。活到这把年纪，总是尽力避免同他人发生争执。翔子怒气难消，但另外又觉得，荣利子讲的也有一些道理，这让翔子这几天心情郁闷，做什么都打不起精神。这件事情无法对贤介说，因为丈夫是自己好不容易才寻觅到的避风港口，是自己的栖身之所，将自己感到羞耻的地方暴露给丈夫，是对自己唯一栖身之所的玷污。

“天天待在家，洗衣服之类的事情总该做做吧？我明天都没内裤和袜子穿了，太过分了啊！”

昨天晚上，下班回家的丈夫在沙发上的“小山”中翻拣着，忍不住发起了牢骚。翔子这才想起，洗衣桶里已经装满了替换下来的衣服，这几天连最基本的家务活都没做。

“你别冲我大声叫好吗，我哪有时间做呀？结婚时不是说好的吗，不要为这些事情吵架？不就是内裤和袜子嘛……”

“可是，你不是整天在家吗？我没有要你做全部家务，饭你不愿意做没关系，但是每天过日子必需的一些事情，像洗衣服什么的，总不能一点儿也不干吧？”

贤介的话毫不过分。内裤和袜子没有替换的可能引发大问题，不要说贤介，连翔子自己也很清楚。正因为这样，翔子尤其生气：让自己现在劳心劳神花费大量时间和体力的，还不就是那个该死的博客，它同丈夫的健康以及自己的未来、梦想没有半分关系，又生不出钱来，况且没人硬逼着自己去做——难道玩文字就是自己生活的全部内容吗？

深夜了，不可能拧开阳台上的洗衣机洗衣服，贤介只得出门去便利店买内裤和袜子。

“丸尾太太，您好像精神不佳呀，碰到什么事情了？”

翔子抬起头，看见临时工侍应生桥本冲着自己在微笑。洁白的牙齿和结实的肌肉让人看得心旌摇曳。

“您真厉害，和出版社的编辑讨论出书，简直像个专业作家！”

“什么呀……出书的事情还没有决定呢。”

“呃，丸尾太太，下次一起去看电影好不好？”

“啊？”

翔子歪着脑袋不解地反问。桥本赶忙解释道：“哦，没什么别的意思。您是成了家的人，我只是想作为朋友邀请您去看场电影而已，因为您是个有趣的人，和您在一起感觉很开心。”

翔子暗暗笑了，心想，男人和女人之间哪有什么单纯的友情。可是，知道自己在天真无邪的年轻男子心目中依然魅力不减，总是令人愉快的。翔子感觉心情有所好转。这时候，里子接听完电话回到店里，于是两人会心一视，桥本识趣地走开了。翔子蓦地想起荣利子说的一句话，不过现在她不愿意去多想。

11

“我真恨自己怎么这样不好学呢？”

荣利子喝了口杯中的马蒂尼，用夸张的口吻向坐在身旁高脚凳上的杉下说道。她不想独自喝闷酒，于是拉上同一年进公司的杉下，一起光顾位于丸之内大厦内的这间酒吧。

“坦桑尼亚的现状之前一直没顾上好好了解一下，马上就要出差了，现在才想到，真是的。”

国土面积相当于日本二点五倍的坦桑尼亚拥有广袤的农田和丰富的水源，是个很有潜力的巨大市场。从事农业和渔业相关工作的人中大部分所受的教育极为有限，加上资金和设备匮乏，产量低、效益差，因此多数人仍生活在贫困之中。所以荣利子所面临的现状是，坦桑尼亚基础建设的落后，以及加工设备和储存设施的严重不足。

“比方说，从事盲曹鱼捕捞的业者，有很多现在还在使用手划的小艇在捕捞，真叫人不敢相信。”

“是吗？”

杉下晃动着酒杯中的橄榄，有气无力地附和道。荣利子见状，语气一下子激动起来。

“公司应该以更具前瞻性的姿态投入到BOP战略当中去，否则是不行的啊……欧美的全球性企业早就在这么做了。就拿盲曹鱼来说，对方开个价我们买下来，然后运到国内再高价卖给业者，就结束了，这样岂不是又要重蹈经济高度成长期日本企业在世界各地的覆辙了吗？我们应该主动去发现市场需求，把帮助他们加快基础建设也列入视野中，从培育市场做起，帮助市场成熟起来。”

BOP是“Bottom of Pyramid”（金字塔底层）的缩写，就是指占世界总人口将近七成的低收入群体。面向BOP群体提供价格低廉的产品和服务，既能缓解他们的贫困问题，又能保证企业有一定的利润，这是个互利共赢的大战略。

“你之前不是给我推荐过纪录片《达尔文的悲剧》吗？我看了之后想了很多。好像有种批评说日本发展过于迅猛了……日本将自己的餐桌完全交付给发展中国家来掌控，我觉得也应该反省一下了。”

一种鱼类的出现，导致周边环境像雪崩一样遭到无情的破坏，这部纪录片讲述的就是这样一个故事。盲曹鱼被投放进维多利亚湖后，在很短的时间内，竟把原先栖息于湖中的两百多种鱼类几乎吃了个精光，它也被认定为世界上最具侵略性的一百种外来物种之一。随着盲曹鱼的捕捞量不断增大，当地的加工业被带动起来，然而经过初级加工的盲曹鱼大部分都被出口至欧洲，而端不到当地贫困居民的餐桌上。而由于湖中的生态链已经遭受破坏，水体被污染，原先当地居民吃得起的鱼已经捕捞不到了。孩子们用破布裹着盲曹鱼的尸骸在玩耍。以运输盲曹鱼的白人飞机驾驶员为对象的卖淫交易猖獗，治安状况日渐恶化。但是，罪不在盲曹鱼，盲曹鱼只是在拼命保住自己的生存领地而已。这一切只能说是本不该栖息在湖里的鱼类被人为迁徙至湖中而引起的悲剧。

终于，杉下的脸转向这边：“志村，你说得没错。可是，假如你无法重新打造一个坦桑尼亚的话，这一切还是得不到根本解决呀，而我们的工作是做贸易，不是政治，你说呢？”

“那是……”

“志村，你就是太较真了。举个例子，就说这颗橄榄吧，它是哪个国家生产的？谁采摘下来的？会不会是未成年的童工摘的？个人的工资是否合理？……这些事情要是较真起来的话就没底啦，什么事情都变得无趣了。”

今晚两人之间的话题围绕着工作是有原因的。这些天，荣利子始终无法将翔子哭丧的脸从脑海中拂去。荣利子有些担心，自己是不是给翔子造成了不可挽回的伤害？为了赶走这个念头，荣利子才故意装成一副忙忙碌碌、能力超群的样子。

“看得出，杉下君是这样的人，只要自己身处的世界舒适，其他都无所谓了……因为你这种性格，所以才会心安理得地伤害真织，她那么可爱的女孩真是可怜……”

“她这么和你说的？”

杉下重重吐了口气，两道浓粗的眉毛拧紧了。

“搞什么搞，那家伙！我再三关照过她，不要把我们的关系告诉任何人，要是说出去我们的关系就结束，那样子教她，她居然还会说！”

“教”这个字眼像根鱼刺卡在荣利子的喉咙。感觉将真织当作了一件私人物品，杉下自己毫无违和感吗？他居然是这样的男人？荣利子用冷峻的目光睨视着杉下的侧脸，和刚进公司的时候相比，他多了不少横肉。

“你别那样说，因为她喜欢你啊，你要是不好好待她，你会后悔的。”

“可是她太用情了也让人吃不消啊，我本来对这件事没那么当真的，是她一厢情愿忘乎所以，对我瞎起劲儿。不过，倒是有点儿出乎意料啊。”

“什么事出乎意料？”

“派遣员工碰到事情会向志村你来讨教呀。”

荣利子差点儿咧开嘴角笑出来，但还是忍住了：“是吗？出乎你意料了吧，我很受年轻女孩们的信任呢。在公司里讲话不多，所以可能让别人误会了，但是私底下有时会互通电话，有时还会一起去喝喝酒什么的呢。”

话说出口，感觉仿佛那就是真的，荣利子的心情也转而舒爽起来，真是不可思议。后来，随着和真织的关系逐渐亲近，刚刚说的也就成为事实，所以这不算说谎。只不过，自从说出“以后，我碰到什么问题还请你多多指教”之后，真织并没有来找荣利子搭讪。对了，也许是心有顾忌吧，没关系，自己也可以主动出击，找个时间，选好地方，尽快两个人约会一次。

“女人和女人之间各种各样的事情多着呢。说老实话，我现在就碰到件别扭的事情。”

踌躇迟疑了许久，荣利子最终还是决定将自己与翔子的纠葛统统告诉杉下。从住所附近的咖啡店偶遇自己非常喜欢的主妇博主翔子，两人意趣相投成为朋友，到翔子误以为博客上的恐吓性评论是自己所为，导致现在对自己避而不见……杉下默默地一直听荣利子把话说完。

“你和她在用两种话语对话呀，所以无法沟通嘛。”

“两种话语？”

“可能我的话有些刻薄，但是你们两个人的社会背景以及成长环境都相去甚远，就像生活在两个不同国度的人，这你承认吧？你是富家女出身，对工作认真、充满热情，性格直爽，有一说一，直来直去的；而她在一个单亲家庭长大，先是做临时工，现在又无业在家做家庭主妇，你对她来讲过于优秀、过于耀眼了，所以她根本没法接受你。这就是文化差异导致的悲剧啊！所以说，要是你觉得是自己哪里不正常那就大错特错了。不过话说回来，她也没有错，她的不幸在于结识了一个和自己不属于同一个文化圈子的人。”

“真的是这样呀……”

立在眼前的隔墙轰然倒下，眼前豁然展现出一派清新悦目的景象。原来是这样——荣利子如梦初醒，她情不自禁凝视着杉下的脸，呼吸平顺起来，手指和脚趾渐渐感到一丝暖意。

“我早说过吧，在你看她博客的时候，我就提醒过你要谨慎，不要和她走得太近。你从事的是这种工作，经常飞往世界各地，应该多想想国际化时代。生活在某个圈子里的人，一旦跳出圈子和其他文化圈的人相遇，往往会发生大悲剧的。”

“类似于生态系统遭到破坏……”

这样说来，自己岂不就成盲曹鱼了？不不，翔子才是盲曹鱼吧。总之，原本无缘邂逅的两种不同生物忽然被放进同一个湖里，导致双方都困惑、紧张、痛苦，这便是眼前自己和翔子的处境。说不定会发生什么无法挽回的悲剧。想着想着，荣利子感觉脊背一阵发凉。不过，她还是想挽回和翔子的关系。

“我和志村你能沟通所以聊得来。我不是讨厌真织……只是，我和她不是生活在同一个世界里。”

这个话题，荣利子一点儿兴趣也没有，她只想让经验丰富的杉下和自己一道规划一下今后的工作，还有请他帮忙出出主意解开与翔子之间的误会，这才是眼下最急需做的事情。

“她呀，乍看上去同时下的女孩子没什么两样，可是一接触才发现叫人太吃力了，说是在外面吃饭会紧张，所以喜欢自己在家煮饭做菜，可动不动就窝在家里的话，我好像突然间要面对一个老婆的感觉……”

荣利子不耐烦了。她没工夫听小情侣之间的牢骚话。杉下在众多女性间拈花惹草，挑来挑去的，最终还是属意于和他同期进公司、被称为“麦当娜”的自己，对此荣利子心知肚明，既然如此，就不要这样试探了，干脆跪倒在荣利子面前直截了当地表白岂不省事？

“哎，这个话题我们不谈论了好不好？我还想……”

“你这是什么道理？自己的问题叽里呱啦说个不停，我刚想说点儿我的事情你连听都不想听？”杉下顿时拉长了脸。

荣利子慌了。从小就被惯坏了的杉下，要是被女性怠慢会露骨地动怒，而今晚，自己绝不想让这个任性的男人离去。想听他说更多理解自己、认可自己的话，想得几乎眼泪都迸出来了。

“欸，我们要不要换个地方，定定心再多聊聊吧？”

“嗯？你和我不是明天都得提早到公司吗？再说，都这个时候了，哪儿还有店没打烊呢？”

杉下说着低头看了看腕表，一副兴致不高的样子，他的身体动作示意想要回家了。

“往神田那边走过去点儿的话，应该会有家庭餐厅什么的还开着吧？来点儿咖啡和糕点什么的怎么样？”

“咦，我是个男人，不喝酒聊天我不习惯。”

杉下哂笑着，似乎有点儿瞧不起人的意思。说来也是，每次和杉下在公司外面单独会面，差不多都少不了酒助兴。除非两人之间还有爱情或者非同一般的友情，成年男女在一起很难保持清醒不喝酒的，这和女性之间以茶或糕点增进感情不一样。

荣利子感觉仿佛一旦放走杉下，剩下自己一人最终将会沉入冷冰冰的湖底。她呼吸急促起来。

“杉下君，今天晚上和我在一起吧，拜托你了！”

说着情不自禁伸手挽住了杉下的胳膊，与此同时，将脸朝他凑去，稍稍迟疑片刻之后，身体也向他靠了过去。荣利子主动采取行动的话，基本上所有男人都会毫无抵抗之力，他们会被她包裹在开司米套衫下那柔软的肉体所征服。不用说，杉下的视线在向荣利子的脖颈和锁骨下移。即使拥有令人自信的魅力，但荣利子深知这魅力并不是连亘不断的，必须时常给予对方刺激和欣喜，像拳击中的碎拳一样不停地施以连击。

在酒吧外拦了辆出租车，两人互相抱拥着坐进车子。看着后座车窗外丸之内大厦的灯火渐渐远去，荣利子大胆地将头靠在杉下的肩上，乌亮的头发散发出的香气值得期待，它具有出奇的攻击力。

“真的不要紧？我一点儿也没想到，志村你对我原来是……”

杉下似乎仍不敢相信，他一边说一边握紧了荣利子的手。他的口气好像荣利子对自己迷恋到极点似的，这让荣利子觉得有一丝不悦，然而此刻，她迫切需要用一种看得见的牢固关系证明一下，于是，她没有说话，默默地点了点头。出租车驶上圣桥，透过车窗，可以看见越过神田川来来往往的电车。在到达汤岛的情人旅馆一条街之前，荣利子给母亲发了条手机短信，告诉他们自己今晚睡在公司里，同时也让自己下定了决心。一条发送给家人的短信，使得此时的荣利子彻底无法从一场冒险中临阵退却了。

杉下选的这家旅馆是幢洋溢着大正[1]怀旧风情的日式建筑。据说这儿类似游女穿着的宽大睡袍以及露天浴池是它的卖点，不过荣利子可没有闲情游玩。杉下和她一样，一踏进装饰陈设都被统一成朱红色的房间，便扑了上来。

荣利子许久没有做爱了，所以感觉有点儿痛。身体里面好像被撕裂，辣乎乎、麻酥酥的，实在是种说不清的难受。被下腹部的钝痛提醒，荣利子想起自己已经很长时间没去妇科做检查了，嗯，得预约去检查一次，不知道双休日接不接受预约，或者，平日请个半天假去？早晚会想要个孩子的，只是，这“早晚”肯定不是明年，甚至也不会是五年后。尽管如此，在大多数女性看来天经地义的这种经验，自己却迟迟无法体验到，难免令她产生一丝焦虑。随着时间推移，翔子说不定也会怀孕，那样的话她距离自己会越来越远。两人再也不能像普通女性那样约会碰面了。假如自己也怀孕了，也许就能以“妈友”的身份重塑良好的关系吧。

啊，叫吧，大声叫吧！叫得更浪些吧！照着成人录像片里的做，没什么好羞耻的。荣利子扯住床单，手指甲在杉下后背抓出道道血痕，紧咬牙齿，身体紧紧裹住杉下的性器，剧烈晃动着，迎送着，下体散

---

1 大正：日本第123代天皇嘉仁在位时使用的年号，自一九一二年起至一九二六年。——译者注

发出浓烈的体味并随着晃动发出声响——怎样都行呵，比起在这样的夜晚自己孤零零一人要好多了。杉下的汗水黏黏的，外表看起来精瘦，但身上已经开始堆积起脂肪了，平时喜欢用的古龙水的那股味道，从大腿间也散发出来。当一切结束时，杉下心满意足地将瘫软的身子倒向一边。

“哎呀呀，真棒！这会儿跟平时的反差太让人兴奋了！噢，志村和我……你说要是公司里的人知道了，还不得大吃一惊啊。”

杉下得意地笑着，伸手一把握住荣利子的乳房。

“志村，你说这种事情是不是很常见啊？”

“嗯？”

“我觉得很好啊。只要不像东电 OL[1] 那样过头了，有什么不可以的呢？换口气，调节一下紧张的生活节奏嘛。”

“东电 OL？你说的是那个东电 OL？”

荣利子被这个词吓了一跳，这种时候冷不丁冒出杀人事件的话题来，也不知道他是怎么想的。看起来，杉下热衷于“白天是淑女，夜里是娼妓”的老套模式，只是在荣利子面前有所忌惮，没敢直白地说出来。荣利子想，这样终究比猛地成为恋人来得容易接受些，尽管两

---

1 一九九七年三月十九日下午，东京都涩谷区圆山町一栋木造公寓发现一具女尸，死者是任职于东京电力的高级职员渡边泰子。时年三十九岁的渡边泰子毕业于日本私立名校庆应大学，在公司工作的十几年中一向打扮朴素，不与其他同事往来，收入颇丰，却每晚在涩谷区圆山町一带卖春，此案件轰动当时的日本，被称为“东电 OL 被杀事件”。——译者注

人之间发生了这样的事，杉下仍是自己的朋友，也许杉下会沉溺于恋人的关系，但自己应该毅然决然地表明一贯的态度。

“欸，还是先前说的事情，那个‘大比目鱼’……”

“抱歉，我这会儿有点儿累了，让我安静一会儿好吗？”

粗暴的语气真叫人来气。既然身体都献出了，难道还不能做一个倾听者陪自己说说话，至少在天亮以前？不是朋友吗？——啊，荣利子差点儿叫出声来，杉下已经不是自己的朋友了！

——和你上床的男人不能算朋友。

之前对翔子说过的话现在扔还给自己，刺穿了自己的胸膛。莫非，自己又丢掉了一个朋友？

“你后天不是要出差吗？好好休息休息。抓紧时间睡一觉，然后一块儿去乘头班电车，听到没有？”

赤裸的后背响起的声音既不像是恋人，也不像是关系密切的朋友，而仿佛一个完全陌生的人。看起来，荣利子不知不觉中把职场的人际关系这一生态系统也摧毁了。

唉，如此一来，翔子就越发成为不可失去的朋友了。翔子！翔子！荣利子心中焦虑地呼唤着蒙上被子。翔子和荣利子，谁会是盲曹鱼？总有水落石出的一天。如果翔子是盲曹鱼，即使被她啃噬也无怨无悔。与此同时，荣利子脑海里又清晰地浮现出翔子被撕咬得血肉模糊，湖水被染成殷红一片，而自己赤身裸体游弋在其中的景象。

杉下发出了鼾声。

不知不觉，荣利子的手抓住了自己的头发。被子上，被荣利子拽掉的几根头发闪射着微弱的光。

12

邮局前的这幢红色砖墙高级公寓，在橙色街灯的守候下，矗立在夜色之中。骑自行车送过她一次，所以记得清清楚楚。现在是九点多，她应该已经下班回家了吧。她说过，公司不提倡加班，自己尽量赶回家和家人围坐在一起吃晚饭。

好久没有像模像样做一顿晚餐，今天想下厨做一顿，于是去超市采买食材，没承想竟糊里糊涂来到了荣利子住的公寓前。就在刚才，翔子给花井里子发送了一封邮件，告诉她已经同意将博文改编成书。

“……今后将以图书为前提，增加博客的更新频率，并且也可以考虑参加杂志社主办的活动。”

想到自己的博客将曝光于不特定的众多女性眼前，胃就感觉不舒服，两腿也发颤，但翔子鼓励自己：怎么可以认输呢？要成为全日本主妇的样板。哦，不，应该是懒惰主妇们的样板，要把自己悠闲自在、不求上进的人生态度变成日本主妇的国标。再也不许别人小瞧自己，自己和父亲完全不是一路人，自己一定要出名，争口气给那个瞧不起自己、劝自己把博客关掉的女人瞧一瞧。

十月的夜风吹在发烫的脸颊上，感觉非常舒适。

“我会努力上进的，绝不会输给你。你如果想刺激我、让我生气，甚至恐吓我，请自便吧……”

翔子起草了一封邮件准备发给荣利子，不过又删除了。既然下了这样的决心，干脆当面向她宣战。主动和跟踪自己的骚扰狂会面，翔子觉得自己似乎哪里有点儿不对劲儿，明知对方不正常，可还是忍不住想见她一面，想斩却斩不断，牵丝攀藤，这到底算是什么心态？可是不这么做的话，又觉得内心永远也得不到宁静。

“你是来找志村荣利子吧？她不在。”

冷不丁的搭话把翔子吓了一跳，定睛细看，一个穿一身运动套装、像是这个公寓住户的女人站在面前。没等翔子张口，对方又继续说道：“她去坦桑尼亚了。”

对了，听她这么一说，翔子记起来了，在回转寿司店碰面那次荣利子说起过。翔子不知所措了。荣利子从自己眼前消失的话，所有烦恼照理都会烟消云散，可是现在她却高兴不起来，反而有种被戏弄的感觉。想到再也见不到荣利子，翔子不由得感到丧气，虽然两人无法成为朋友，但荣利子的存在对于现在的自己来讲似乎很有必要。

“不要这副面孔嘛，她就是去坦桑尼亚出差几天呀。”

刚刚松了一口气，猛地发现对方的脸竟然近在咫尺，想往后退已经来不及了，只得被动地吸入从对方口中呼出的气息，像婴儿般带着乳香的气息。

“你和她真的是朋友？怎么连这事也不知道。”

“这个……我们是最近才结识的……”

“就是说，关于她的事情，你什么都不知道？哦，我叫小笠原圭子。”

圭子说着笑了，露出泛黄的牙齿。

“我看到过你好多次呢，因为我没事干，成天在这一带瞎转悠。你好像经常一个人光顾家庭餐厅、快餐店什么的，是不是也没什么事情干呀？”

面对圭子直来直去的发问，翔子使劲儿点了点头。

“我告诉你吧，有关志村荣利子的事情，我和她从小学到高中一直都是同学，她的事情我全都知道。你不觉得有点儿怪吗，这个人？”

“呃……”

“她每天那么忙，可是头发还有皮肤总是保养得那么好，你看到就会想和她缩小距离对不对？看着稳重大方，待人又和蔼可亲，可是在一起时间长了，有没有感觉透不过气来？我并不是背后说她坏话噢。”

原来不止自己一人有这样的感受啊。想到这里，翔子感到一阵轻松，也为自己对荣利子抱有违和感而暗自羞愧。像自己这样一无所长的人对一个每天追求精致生活的人找碴儿、挑毛病，鄙视对方的价值观，绝对是傲慢不逊。

“你觉得为什么会这样？”

“这个……”

“因为一点儿都不自然，她呀，简直是个人造的偶人，浑身上下全都是该死的权宜假象堆积出来的。”

圭子的眼睛在黑暗中扑闪扑闪的，眼珠子看似盯着自己，却哪儿也没看。这个人才不自然呢，和她路归路桥归桥的好——翔子本能地意识到。尽管如此，她还是想听听有关荣利子的种种故事，就算将灵魂出卖给恶魔，还是想听，她企望把那个伤害过自己的人从高高在上的地方拉下来，和自己同处一样的水平，甚至比自己还低。假如掌握了荣利子是个假象堆出来的女人的证据，之前她对自己的批评就落空了，自己也不用时时想起那些话，一次一次地受伤害了。除此以外，好久不与同性交谈也令她饥渴，即使是这个没照过面的陌生女人，也想听她说话，也想和她说话。翔子感觉自己太想和他人交谈了，似乎已经很久很久没有与人对话，总是独自对着电脑，和谁都没有面对面交谈了。

不是说贤介有责任，但夫妇间的对话，不能保证将心里的郁积和盘托出。对翔子来说，丈夫是自己的指南，是生存所不可缺少的主心骨，她不想让他对自己产生一丁点儿厌嫌，自己令人讨厌的丑陋部分绝不想让丈夫看见。而这部分，或许才是自己最本质的东西。

说来矛盾，但因为不善与之交往，因为互相厌嫌，因为背负着同样丑陋的东西，所以女人需要与同性交往。

互相展示内心的脓包，一下子就能增进彼此的了解，朝着共同的敌人扔出一通毒骂，呼吸便会自然而然地合拍，女人会生出一种连带感，仿佛很久以前就是战友了。这种事情即使缺少经验，但凭借身体就会明白。只有在和同性一起非难其他同性的时候，翔子才能感觉与他人息息相通，心和心连接在一起。况且那是很久以前的事了，现在早已想不起来。

黑暗中的飞蛾争相朝街灯扑去，到处是撞破、碎成粉状的飞蛾翅膀的残骸，纷纷扬扬地落到地上。

13

——怎么样才能轻而易举地打开别人心扉，息息相通呢？

从飞机起飞开始就在心中反复自问的这个问题，随着飞机的剧烈晃动，差一点儿脱口而出。

两只耳朵之间仿佛一根针穿过。高度一点点爬升，熟悉的日常生活一点点离自己远去，一张张熟悉的面孔变得模模糊糊，怎么也拼不出清晰的轮廓，不过这倒让荣利子稍觉轻松。

“亚美，你和我一样，容易浮肿，你穿上加压弹力袜试试是不是好点儿？”

“哇——感觉机舱里好干燥啊！”

“我就想到会是这样，所以把雅漾[1]的活泉喷雾带来了，还有眼罩。”

“不愧是藤枝，准备得真细致。啊，这儿离厕所太近，要不你和我换个座位？”

经济舱中央五人一排的座位，荣利子偏偏是中间那个座位，因为她的存在，四人一伙的女乘客被两两隔断，而被夹在中间的感觉也让荣利子心情糟透了。她想和她们换一下坐到边上，可又被对方的喧闹气势压倒，始终没有说出口。又是互相关怀，又是拿眼罩和保湿喷雾横过荣利子的膝上交换着，看她们欢快热闹的样子，掩饰不住要尽情享受接下来的旅行的兴奋，甚至从她们的只言片语中连各自的性格和身体特质都能了解个大概。她们此行的目的地应该是这趟航班的中转地迪拜。

荣利子即将前往的却是更远的坦桑尼亚城市姆万扎，航班一经迪拜，再转机飞往达累斯萨拉姆的朱利叶斯·尼雷尔国际机场。这次出差的目的是与分散在维多利亚湖周边地区被称为“打包工”的盲曹鱼捕捞业者会面，甄选和锁定供应商，然后与他们签订意向合同。预定

---

1 雅漾：皮肤护理用品品牌，由法国 Rocozel 伯爵创立。——译者注

的停留时间是三天两晚，但是中间包括换乘在内的往返时间总共大约三十个小时，是一次艰苦的旅行。为此，荣利子想尽量在飞机上好好休息，积蓄体力，但由于负责订票的同事失误，没有订到商务舱。而经济舱内连电脑的电源插接口都没有，本来还想在飞机上查点儿资料，做几个表格，结果彻底泡汤了。

然而，无法利用网络的糟糕环境倒是给了人出乎意料的充裕时间，荣利子已经好久没有这样什么事也不做，平心静气地发呆了。最近这段时间，就连上班的时候，心里也记挂着"'大比目鱼'懒婆娘日记"是否更新，对邮件的接收也变得相当敏感。

"May I help you? Would you like something to drink?"

有着蜂王浆色的皮肤、脸上刻着深深皱纹的空乘员来到跟前询问需要什么服务，荣利子要了一杯橙汁和一块薄毯。

白人空乘员看上去已不年轻了，而且妆化得很浓，说话惜字如金般非常简洁，也很少展露笑容。可是，在一个四处不着边的密封空间中，担负着上百人的性命，空气干燥，又始终站立着服务，似乎也情有可原。与其和日本的空乘员打交道，荣利子觉得白人空乘员会让人更加轻松。像电影明星一样的美貌、白皙润滑的肌肤，丝毫感受不到疲倦的和蔼可亲的笑容，日本人对于女性的品位要求之高，从整个世界来讲可以说也绝无仅有，甚至超出了正常范围，将一些勉为其难的事情也视作天经地义的事情而强加要求，不只是来自异性的评价，贞淑、年轻、稳重大方、工作、兴趣爱好、笑容、身材、细心体贴……更有同性的评价，不受同性好评的女性被视为毫无价值，这种风气似乎越来越盛。

比起爱情电影，描写女性同性之间友情的电视剧在日本更加风行；在 Facebook 和 Twitter 上，女性竞相晒自己和女性友人在一起的照片；翻开杂志，还专门推出特辑教女性如何去赢得同性的友情；而在企业界，经常会进行以女性圈子为假定消费对象的调查。此外，晚婚化、少子化在不断加速，女性抛弃由男性制定的价值观和各种体系，尝试建立起自己的共同体和价值观念的趋势已经成为一种显而易见的社会主流。

两侧的年轻姑娘们摊开海报，热烈地讨论起打算观赏什么电影。三十年间，荣利子从未和女性朋友一道旅行过，同既无血缘关系，又非恋人关系的他人共寝、素颜相对，得需要多么大的勇气和自信啊。而眼前这几名女性，看上去还像少女一般，应该都将近三十岁了吧，无论容貌还是随身用品都不及荣利子，估计在职场也算不上出挑的人物，很可能是不被男性看上，所以才与同性结伴出来旅行的，通过向他人展示同性之间的亲密关系，从而勉强保有自我的同一性吧。想到这里，荣利子不由得鄙夷起自己。

她们没有半点儿炫耀的意思，为什么自己会对她们怀有恶意呢？和四人相比，自己身上缺少的是什么呢？是细心体贴，是有趣，还是体察周边氛围的能力？又或者这些自己都不缺，但有什么多余过剩的东西？比如就像现在动辄挖掘对方不足的怪癖，而又被对方敏锐地觉察到，以致遭人疏远？

疏远？没错，被疏远。自从青春期以来，自己一直遭到同性的疏远，这是无法否认的事实，有的女孩最初与自己亲近，但单独接触超过一个小时，对方的态度就会冷淡下来，下次再也不和自己玩了。如果直接说出来还算好的，大多数情况却是脸上装出笑容，然后一声不响地走掉。

为了转嫁责任，荣利子想过，是不是父母的教育方法有问题？但是，无论从哪方面来看，自己从小都是在父母的关心下长大，父母给予自己最大的爱，给了自己最好的成长环境，母亲亲自下厨给父女俩做可口的饭食，现在仍是自己离不开的后援，只要自己开口并说得出理由，不管什么东西父亲都舍得买给自己。然而父母也不是一味溺爱，他们不仅教会自己勤奋努力，还让自己养成了节俭的美德，对于品德父母要求是很严的，踏上社会至今自己从没做过丢脸的事情，这得归功于父母，荣利子对他们一直感激不尽。

唯一与普通人稍显不同的地方，就是父亲从事的是国际贸易工作，由于工作会经常出差。父亲每次出差归来都会买好些当地的礼物带回家，有时荣利子学校放假，还会和母亲一同去父亲出差的地方与父亲团聚，那是荣利子最快乐的记忆。父亲从国外回来时，母亲和荣利子总是一大早就整理好屋子，准备好父亲最爱吃的东西，盛大地迎接父亲。父亲走向广阔世界的背影每每令荣利子感到自豪，因为这个，大学毕业后她才选择了贸易公司，她清楚自己有着一种恋父情结。

说起来，父亲的朋友似乎也很少。退休之前，邀请过一位荣利子现任上司的男性同僚来家里聚饮，后来突然就不怎么来往了，再后来，父亲和同僚几乎就不再保持个人交往。退休后，除了有时外出散散步，整天待在家里。近几年，荣利子没见到父亲和母亲以外的人并肩走在一起过。但是父亲这种内向性格并没有让他遭到周围人的厌嫌。比较来说，母亲倒是外向型、社交型的性格。荣利子读女子学校的时候，学校组织郊游，母亲热心地当起 PTA[1] 会员，照顾同学，配合老师做许多工作，“吉赛尔”咖啡店设立之初，母亲也成天帮着张罗、招呼客人。可惜，自从出了圭子的事情之后，母亲不再去学校了，工作也辞掉了，同以前关系不错的圭子的母亲也拉开了距离。母亲重新赢得同性朋友的欢迎花了相当长时间，荣利子记得是高中毕业之后，母亲才和在舞蹈教室认识的主妇们慢慢熟络起来，和她们成了朋友，荣利子当时总算放下心来，自己也终于可以从某种罪恶感中解脱出来。所以，将自己的问题归罪于父母是绝对说不通的。

有段时间，荣利子将问题归因于自己的容貌、自己出众的工作能力引得同性心生嫉妒。可是，一位比荣利子美丽数百倍的美国好莱坞女星在受访时津津乐道的却是自己默默无闻时好友如何支持自己、激励自己，另一位荣利子引以为学习榜样的著名女企业家也在讲演中向自己的同性战友表达了感谢，这让荣利子不得不承认，女性不管多么美貌、多么优秀，那些能够结交同性朋友的人总是能够结交上，看来是自己身上某种性格，把同性朋友从自己身边赶走了。

明知为了人际关系弄得自己心烦意乱没必要，但是，丸尾翔子的影子却始终无法从荣利子的脑海中消失。最初只是小误会，聪慧如自己本可以轻易消解误会，没承想事情却变得越来越糟，翔子对自己采取了敬而远之的态度，因对方的寡情而深感受伤的荣利子当面对翔子说了一通激烈的话语之后两人便断了联系，至今翔子还拒绝接收荣利子的邮件或电话。担心的事情越是害怕，它越是加速到来。翔子恐怕

---

1 PTA：Parent-Teacher Association 的缩写，意为家长教师联谊会。——译者注

已经彻底不愿和自己交往了。

是该忘掉翔子了，不能再这样子和她纠缠不清了。翔子从自己的人生中消失，不会给自己带来任何问题，像她那样的女人，不过是个懒怠的家庭主妇而已，放下翔子，自己的人生才能回到原先的轨道，一步步向上攀升。——可是，荣利子仍愿意相信两人息息相通的那个家庭餐厅之夜是真实的，那一刻的荣利子才是真实的荣利子，翔子也是真实的翔子，假如没有某种阴错阳差的误会，荣利子和翔子不是仍沉浸在那个夜晚，愉快地聊着天吗？荣利子意识到自己又在山南海北地胡思乱想了，她扯了扯毯子，将它一直盖到脸上。

对自己冷淡的还不只是翔子，就连之前总是扮演理想倾听者的杉下，自从借着醉意上过一次床后，也变得和自己生分了。本想对方如果由此而厚着脸皮向自己表白，一定要毫不犹豫地回绝他，谁料杉下似乎对那一夜并没有当回事。出于对杉下的表现不太满意，荣利子故意在他面前似有若无地进行暗示，但每次均以失败告终。向异性献媚示好，这让荣利子对自己充满了厌恶。甚至和杉下调情嬉戏的那个高杉真织，明明是她主动来接近，说要请教什么的，左等右等见她没有任何动静，荣利子故作随意地问她："随便什么事情都可以和我说说呵，你什么时候方便？"结果，真织仿佛撞见宇宙人一样张大嘴巴、满脸诧异的表情反问道："你说的是什么呀？"让荣利子不知所措。

如此以别人所想为自己所想、处处顾及别人的感受，为什么所有人都当自己不存在呢？

看到身旁其乐融融的几个姑娘，想想自己年已三十，荣利子蓦地感到很受伤，她心怀恶意地向她们扫视一眼：谁知道是真的息息相通，还是装出来的热络，水面下肯定充满了丑恶的嫉妒和钩心斗角，相互之间必定存在一定的利害关系——她甚至咬牙切齿地这样希冀着。假如她们真的亲睦友爱，并且这种关系能够一直保持十年、二十年，那岂不是唯独自己坠入黑暗的深渊了吗？想到这世界上竟有一方自己从未踏足过、和睦谐顺的天地，恨不得抛开一切以求一踏。想着想着就要落眼泪了。真想把周遭这一切全都搅个七颠八倒的。她不知道世界上还有不论怎样努力都无法得到的东西，年届三十，从来没有人教过她如何结交朋友，也没有任何范本可以参考。这个世界真不公平。

会不会怀有同样感觉的，不止自己一个？

当今的时尚就是，将“女子会”不屑地视作“一把年纪”的同义语，而且不论男女，一律觉得“女人聚在一起保准会牵缠不清”“女人之间不可能有真正的友情”，而当看到女性其乐融融聚在一起，便不由分说地开始自我否定，陷入一种顾影自怜的凄惘。难道女性间的友情和由此带来的欢愉，不是可以让人宁静、给浮躁不安的自己一个肯定的理由吗？

“哦，不好意思……”

一声轻唤将荣利子从恍惚中拉回，抬头一看，眼前是一张和蔼可亲的圆脸，那个叫作“藤枝”的年轻姑娘满脸歉意地望着自己。

“我们是不是吵到您了？”

荣利子目不转睛地看着藤枝。飞机降落之后，和这名姑娘不会有第二次相遇，既然如此，何不问一问她自己不知道却又想知道的事情？

——欸，怎样才能结交新朋友？你是怎么和她们几个认识的？你们不会吵架吗？是不是有时也会不高兴？有没有什么让彼此关系不疏远的诀窍？如果感觉自己被疏远的话，怎么才能和对方拉近距离？什么情况下才会互相以昵称或者绰号称呼？

自己并不抱有多大的幻想，只想和他人建立一种健康的关系，没有性和利害关系介入其间的关系，互相包容、让自己放松、舒缓紧张的关系，和家人以外的其他人，看看电影、喝喝茶、发发牢骚或听对方发发牢骚、互相体贴关心对方的身体状况、有朝一日结婚了记得叫对方参加婚礼、分享各自的兴趣爱好、想找人倾诉的时候毫无顾忌地煲一顿电话粥，荣利子梦想的就是拥有这样的好友，偌大世界中哪怕就一个人也好。这个愿望难道很奢侈吗？

“不，一点儿也没有……”

——你们兴致勃勃谈笑风生的时候，该记得有人会因此而受伤的！

“看你们聊得这么高兴，有点儿羡慕呢。”

荣利子说罢，为了免受进一步的打扰，她戴上眼罩，并且敷上了防止干燥的面膜。

14

冰糕表面用生乳脂和冰激凌拉出一圈圈的螺纹，并且用草莓酱描出一幅几何图案，上面堆满了各类水果切块、玉米片和起泡奶油。这个水果杂烩冰糕内容丰富，而且分量感十足。就一个三十岁女人晚上九点钟吃的东西而言，虽富含营养，但热量着实太高了。

圭子既没有显得特别兴奋，也没有半点儿拘谨，她手持长柄的金属勺，慢慢地插向冰糕。它看上去似乎口感一般般。圭子漫不经心地举起小勺，在勺尖轻轻舔了一口，随即了无兴致地放下了小勺。

“荣利子是不是小心翼翼地老是一副想讨好你的样子？”

坐在对面的翔子喝着可乐，一听到荣利子的名字立即坐直了身子。圭子则开始将手中的餐巾纸撕成细细的长条。

“她会经常关注你的表情，好像在征求你的意见：这样子行吗？这样没问题吧？从青春期开始，她就开始显出一副高高在上的优等生态度，不光是学习成绩，包括体育、人际关系等各方面，好像全都必须追求一百分，那副拼命的样子叫我们都感觉没法子和她在一起玩，她总是让我们觉得自卑。”

昏暗的家庭餐厅一角孤零零的一盏吊灯照射下来——就是那种感觉。没错，就是那种烁烁倾动的感觉。和荣利子在一起莫名其妙感到疲惫的原因，在于她时时刻刻射向对方的谨慎而急切的视线。翔子觉得似乎一切谜团开始解开了。和荣利子关系搞成这样，既不是自己嫉妒，更不是自己冷酷造成的。想到这里，翔子松了一口气。如此看来，和眼前这个奇妙的女人待一会儿还是有所收获的。

圭子将撕成碎条的餐巾纸在手指上缠绕着继续说道：“记得是刚进高中的时候，有一天我突然意识到，和荣利子在一起我特别压抑，她这个人不是说谦虚不谦虚的问题，而是只想着自己永远高高在上、高人一等啊。”

翔子心里直发痒，她想要插话，于是“咕嘟”喝下一大口凉可乐，将心里的话猛地倾倒出来。

“就是就是！而且她心目中对朋友有个理想标准，就照那个标准拼命要求别人，哪怕稍有一毫米偏差就大发雷霆，好像全是别人的错似的。”

眼前这个一针见血指出自己心中困惑的女人，翔子对她简直抱有一种近似尊敬的感情：像睡袍似的运动套装，不化妆的娇小脸庞，凌乱的头发，钻出袖口的手指甲上涂着重彩的指甲油，浅红、粗糙的肌肤上扎眼地长着几根汗毛。

在荣利子家公寓前不期而遇的这个自称是荣利子竹马之好的女人，比不施粉黛、穿着家居服跑出门的翔子还要慵怠和邋遢，可翔子觉得，她是可以引导自己脱离这个世俗世界的特别存在。虽然才刚刚认识，但翔子似乎已经对她五体投地了。

圭子丝毫不在乎翔子的感受，她继续说：“不光是女人和女人，人际关系本来就是因人而异的对不对？相互包容、相互改变才能保持关系不断向前对不对？有句话怎么说来着，山包海容？友情，是不能用打分来决定的，况且世界上哪儿都没有一百分的友情。她这个人好极端，当然这或许正是她的优点所在，总之理想过高，或者说她总以为只要努力就一定能得到她所希望的东西，但是对于别人来说不知道意味着多么大的痛苦啊，要是她能够认识到这一点就好了。”

本以为圭子会歇斯底里地将荣利子狠狠数落一通，但出乎意料的是圭子却是站在高处冷静客观地看问题，翔子顿时泄了气。她多希望圭子和自己站在同一立场上，达观的说教谁想听呀。

“荣利子小时候真的就像公主一样呢。聪明、文静、亲切、正直，从小学到中学一直都是别人羡慕的对象，她的父母和老师都信任她，我母亲就老是拿我和荣利子比，现在回想起来，大概母亲是对她母亲由衷地感到羡慕吧。我母亲经常说：‘你看看荣利子，你得多向她学习啊！’不过我觉得母亲没错，那么优秀的孩子，谁都希望自己的孩子向她靠拢，作为一个母亲这样想是理所当然的。她真的是我引以为傲的好朋友哪，当我听说荣利子进了私立学校，我想也没有多想，立即刻苦用功，一心想和她进同一所学校，后来我是递补进去的，当结果出来，我知道自己终于也进入那所学校的时候，简直高兴死了。穿着一样的制服，乘同一辆电车一起去上学，我感觉非常得意。那时学校不准骑自行车上学，我们就乘电车，虽然住的地方和学校都在世田谷区。”

翔子想起在这家家庭餐厅初次会面时荣利子说过的话。从地图上看学校离家不远，可是特意乘电车绕个圈子去上学，她很不情愿，她憧憬的是二人合骑一辆自行车上学。莫非，圭子在青春期的时候也有过什么剧烈变化，就像自己和荣利子有过的那样？

“哎，你还记得吗，高中一年级时班级里的那种氛围？班里的女生一下子分成了两堆，一堆小女人，一堆小屁孩……”

翔子情不自禁地使劲儿点点头。几乎从不浮上心头、紧挨着有条小河流经的那所高中又在脑海中复活了。自己是属于“小女人”那一堆的。那年翔子第一次尝试了性的体验，从此看班级上的女生一下子感觉就像一群毛头小孩。单单与恋人合骑一辆自行车，就能让她感觉十分满足，虽然家散了，学习成绩一蹶不振，但每一天都过得很充实。那段日子，翔子感觉自己有生以来终于能够静下心来呼吸外面的空气了。

“我高中那会儿，和外校转来的几个女生特别要好，她们和之前班里的女生还有荣利子完全不一样，每天化着妆上学校，和男生们也都有交往。那时候，我们可真快乐啊，放学后要么去唱卡拉OK，要么去涩谷一带玩，疯起来简直没边的。说得夸张点儿，那时候我才体会到什么叫自由。至于荣利子，她已经不再是我所追赶的目标了。”

圭子手上继续缠绕着餐巾纸碎条，感情未现丝毫波动，面前的冰糕似乎没有一点儿要去碰的意思。

“其实我认真想过的，自从七岁搬到那幢公寓，整整八年，人生的一半一直都是和荣利子在一块儿玩耍，所以我向往自由，我想领略外面更广阔的天空，活到十五岁，我才明白，世界上还有许多我不曾见过的东西、不曾接触过的人，他们比我之前见过的、接触过的更有意思。可是，她却容不得我远离她，她的反应那叫一个吓人哪——当时‘骚扰狂’这个词还不大流行，可是现在想起来，她当时的举动的的确确就像个骚扰狂一样。”

为了挽回渐渐疏远自己的圭子，在上学、放学的路上堵截算是客气的，荣利子甚至不顾圭子母亲的白眼直接闯入圭子家，翻看她的抽屉。无奈圭子只得谎称自己有了男朋友，没时间陪她玩了，谁想这样一来事情却越弄越糟糕。

“男朋友？是谁？在哪里？你哪有什么男朋友？明明是想躲开我才故意骗我的对不对？你把他叫来我看看，真有男朋友的话就叫他来啊！”

望着怒目圆睁、扯着自己头发、哭哭啼啼、简直发了疯似的荣利子，圭子从心底感到害怕。

“没办法，我只好继续骗下去了。我对她说：‘那个人已经结婚了，比我大好多，而且很有社会地位，所以我对谁都不能说，绝对不能说出他的名字！’”

啊！——翔子恍然大悟。她终于明白了：荣利子绝对无法容忍别人对她撒谎、欺骗她，哪怕只是一点点小事。

“荣利子还是不依不饶，于是我就骗她说是在电话俱乐部[1]认识的，心想这样子她就追查不到了。那时候，援助交际[2]什么的不是很流行吗？果然，这之后她不再来纠缠我了，我刚刚放下心来，没想到很快就闹出一桩大事件来。你猜她做了什么？”

结果不用问也知道，这一个月来，翔子已经基本掌握了荣利子的行动特点。她情不自禁地双手紧紧攥在一起。荣利子身上具有的普通人的一面和异常的一面没有明显的分界线，她会理直气壮、长驱直入地宣示她的所谓正确观念，将别人逼到退无可退，并且像完成一项工作似的将对方的退路一点点全都扫除，却完全意识不到有任何不妥。

“整个学校都传开了，说我在从事援助交际，原来她不光给班主任，还给学校理事长写信告发了我！老师到我家来了解情况，弄得鸡飞狗跳。因为她是优秀学生，周围的人都相信她，连我父母都相信了传言，害得父亲把我狠狠揍了一顿。你看，这就是那时留下的疤。”

圭子轻轻抬起下颌，只见下巴上有块胎记似的疤痕。

“当然，过了好长一段时间，误会是消除了，但是已经回不到原来的生活了，不论我还是荣利子。学校里的人都觉得荣利子是个‘骚

1 电话俱乐部：日本的一种性风俗店，男性在提供这类服务的店内通过电话与陌生女性通话、电话约会，也有发展为真人约会的。——译者注

2 援助交际：初为伴有金钱援助的男女交际，多发生在成年男性和年轻女性之间，后成为代指未成年女性卖春的专有名词。——译者注

扰狂’，后来应学校方面的要求，她家里好像还带她去精神科做过心理疏导，和我自然也不说话了。那件事之后，我算是明白了，多年来的友情可以在一瞬间烟消云散，家人什么的碰到事情真的是一点儿也靠不住，再好的朋友也可能会成为你的敌人。”

说到这里，圭子抬头望向窗外的黑暗，凝视了许久。碎纸条在桌上散了一桌，冰糕融化，成了糊状。路过的服务员脸上露出厌恶的表情，似乎在嫌弃这张桌子上的卫生状况。

“自那以后，我就对任何事情都失去了兴致，随便什么事情都无所谓了，读书、交友、别人怎么看待我，全都不在乎了，学校几乎不去，多亏老师的同情，总算让我高中毕了业。大学考砸了两次，后来虽然进了大学，但是也没怎么上课。工作也没有一份做得长久，打零工也一样。后来心想干脆早点儿结婚算了，就和当时交往的男人登记结了婚，不过很快就离了。我苦恼过，为什么我的人生会这样乱七八糟？直到最近才想明白了，原因不在周围人身上，也不在荣利子身上。”

“可是，就算跌倒了一次，也不应该从此对人生失去信心啊。”翔子小心翼翼地插嘴说道。

圭子突然瞪大了眼睛：“为什么我什么事情也不做就不可以？为什么我闲着无所事事就不可以？你不也一样吗？只要你愿意，靠丈夫挣钱过日子不照样可以吗？为什么不承认自己毫无价值呢？难道你有什么可以做的事吗？不做也没关系啊，什么都不用做！”

虽然圭子的语气不紧不慢，却压过了餐厅里所有的嘈杂。翔子似乎悟透了：为什么十五岁的荣利子对这个古怪女人如此执拗不肯放过，既不是因为她长得漂亮，也不是因为她有什么突出的长处。

“什么都不做……”

翔子不由自主地附和着。什么都不用做——仿佛有无数只看不见的手向自己伸出，将自己朝某个不明所以的深处拽去，那是个安宁而和谐的世界。

“和谁也不相干，谁的眼光也不用在意，什么事都不做，就这么任情随性地飘荡着，就像鱼缸里的鱼一样，感觉特别舒适。对了，你也一样对吧？”

突然，圭子握紧金属勺，抬起眼皮看着翔子，用小勺在冰糕上搅起来。

“你和我一样的对吧？从一生下来，就注定了人生充满艰辛。你也从心底害怕麻烦，不愿为了别人而活，也不会凭空想象，不愿意为了得到自己想要的东西而费力气去努力对吧？我也是。”

“不是的。”翔子舔着干燥的嘴唇说道。为什么要点可乐？这会儿手指都感觉凉透了。

“哦，我知道。我经常在街上看到你，你总是走进到处都有而且毫无差别的快餐店或连锁便利店，目光空虚，不知道在看什么——可能什么都没看。”

这点和父亲一个样儿。翔子有点儿相信，父亲很孤寂，尽管有时候觉得他无聊又没出息。说不定，父亲对这样的人生感到很满足，自发地企求这样的人生呢？也许对父亲来说，这就是幸福。自己的真正愿望大概也是，什么都不用做，就这样任情随性地飘荡吧，不想为了别人而动脑筋，为了别人而工作。如果可以的话，最好一个人生活。这才是她的真实愿望。

常常什么事情都没做却感觉十分疲惫，这种感觉近来尤其明显。之所以会有这么多令自己身心疲惫的事，也许是因为事情从来东京之前就搞错了吧。是的，从一出生开始，一切对她来说都是麻烦，各种传统仪式活动和各种喜庆活动让人心烦，记住别人的名字让人心烦，按照约定时间前往约定场所做某事让人心烦，认认真真写字不要出错也让人心烦。参加工作不久，有一次忘记转告同事一句话，结果造成发货出错，被前辈狠狠批评了一通，但是没过多久又发生了同样的事情，其实并非工作能力低下，而是翔子打心底觉得认真过好每一天，在工作中一天天成长起来本身就让人心烦无比。当她意识到这样下去不行，开始严格自我约束、自我要求，总算渐渐融入这个社会的时候，身体却出了毛病。现在彻底明白了，自己潜意识中的真实愿望原来是什么都不想做。

——圭子小姐的眼神真像条死鱼一样啊。

翔子心里暗暗想着，忽然感觉胸口发凉，于是急慌慌地起身："啊，我得走了，我突然想起来还有点儿事情……"

圭子没有责怪，只轻轻说了声："是吗？"便继续拿小勺在冰糕上搅来搅去。

翔子将自己那份可乐的钱放在桌上，然后逃也似的疾步走出餐厅。十月轻寒的夜晚十分舒爽。头顶上的轻轨电车轰隆隆驶过，翔子这才回过神儿来，她加快脚步，匆匆地穿过高架桥，一直走回商店街才一个深呼吸，松了口气。

看来荣利子的确是个瘟神，最好还是和她保持距离，假如继续来往很可能会变成圭子那样——精神萎靡，神思恍惚，简直像个废人。

荣利子是个能将人逼至溃灭的天才。

手机的短信接收音似乎响了一下。翔子掏出手机，原来是“吉赛尔”的桥本君发来的。桥本邀约翔子一同去品川看电影的短信还一直保存着没删，好像应该回复他一下，不然怪可怜的。自己对桥本君没有什么非分的念头，但一同去看场电影换换心情也许不是件坏事。

不怕，自己和圭子不一样，除了丈夫，自己还有像桥本君这样的大男孩倾慕。更重要的是，自己拥有博客，拥有读者，有那么多的人在支持、鼓励着自己，只要将读者放在重要位置，自己的人生就不会误入歧途，只要活在读者的视线中，自己的人生就不会虚度，他们就是自己的制动器，他们就是自己的避风港，他们会将自己打磨成一个真正的人。

想到这里，翔子感觉呼吸轻松了一些，她加大了步伐，拐进一家超市，准备买些色彩各异的新鲜蔬果，明天做一顿色香味俱佳的家庭餐，可以放到博客中晒一晒。

15

吹得人发烫的热风向脸颊狂乱地扑来，一望无垠的碧蓝天空在天边与印度洋上下连成一片，晃得人眼窝隐隐作痛。这里是非洲的热带海岸。摇摇曳曳的棕榈树叶撑起一大片树荫，代替了露天咖啡座的凉篷；摩登的白色建筑吸引着人们的目光；路面铺砌得平整笔直的道路堵满了汽车，但丝毫没有给人混乱的感觉。达累斯萨拉姆这座城市充满了悠闲恬逸的气氛，这和它的阿拉伯语含义“和平之港”十分相称。

“虽然雨量不多，但现在正是雨季呢，用当地的话来说这叫小雨期。志村小姐，你来这儿的最后一天碰上这么个大晴天，真是好运气啊！”

咖啡座内坐在对面的赤城直美是当地的中介，在坦桑尼亚已经生活了五年，原先在一家旅行社做导游，后与当地一名公司职员结婚，现在住在市内的一幢高级公寓，听说出版过一本有关坦桑尼亚的游记。她三十多岁，长期日晒的肌肤上有明显的雀斑和皱纹，背心式上衣露出的胳膊以及随意扎起的发型却让她显得十分年轻。和简单随意的服饰形成对照的是她的日语非常谦恭，给荣利子留下了良好的印象。据说她在女子大学研究生院读的专业是南美洲文学。

“真的很不好意思呢，中丸商事方面特意指定要我陪同您，谁承想就最后一天在市内这么转转而已……”

“哪里哪里，现在的捕捞业者基本上都是印度人，和他们交流用英语就可以了呀。”

前一天，在距离维多利亚湖不太远的姆万扎参观了十多家渔业加工工厂，与捕捞业者直接面对面交流，询问了有关劳动条件以及品质管理等方面的情况。荣利子还生平第一次见到了未经加工的盲曹鱼，硕大的鱼身上银色的鳞片闪闪发光，鱼肉白得像雪花一样。倘若不是亲眼所见，荣利子简直不敢相信死去的鱼竟然还这么美。

“工厂的现代化程度如此高真是没想到啊，装备有欧美的传输装置和金属探测器，有的还实现了计算机控制的全自动化操作，最关键的是卫生管理让人非常放心呢。”

“没错吧？亲自看过之后印象就完全不一样了。日本人对于坦桑尼亚的认识基本上还是以前那样子……哦，对了，我不是说志村小姐您噢，主要是我们的信息普及做得还很不够，在我们的观念中好像说起来就是疟疾、霍乱等疾病肆虐，再不就是教育水准低下等，其实它是实实在在地在改变。您就看这儿，城市的生活水平并不差，即使对外国人来说它现在也是个适宜居住和生活的地方呢。”

如果时间充裕，不光是工厂，荣利子还想上维多利亚湖周围的渔村去看一看，因为她很清楚，自己现在所看到的仅仅是这个国家极为表面的一部分。

“可是，沿湖地区那些工资低廉的劳动者生活还是很悲惨啊。虽说经济在稳步发展，不过整体的基础建设方面还远远没有得到改善，各种创新型经营虽然已经显现势头，但是融资体系还跟不上，所以说，这个国家目前还只能说是资源和人才丰富、很有发展潜力的国家，这一点还希望你能真正理解。对了，我们点些什么呢？”

赤城直美急忙打开皮制封面的菜单。

白天的咖啡座顾客嘈杂，只有一名侍应生在麻利勤快地照应着。

赤城直美似乎是个吃货，她看菜单时的表情流露着欢愉。

“哎，有罗非鱼哎。盲曹鱼的海外需求强劲，不过在坦桑尼亚人气并不高，主要因为它口感清淡，鲜味不足，比较起来，还是这种被凶残的盲曹鱼捕食得数量日渐减少的罗非鱼更受欢迎，肉味有点儿特别，不过吃起来口感绝对不输给盲曹鱼噢。还有，我推荐这个香蕉炖汤，虽然用的是香蕉，但它不同于其他水果，炖出来非常浓稠，有种芋头的清香气，再加进去一些番茄和土豆一块儿炖煮，是坦桑尼亚比较普遍的一种吃法。主食也有好多种呢……”

“哦，那我就点这个吧，看上去不错。还有，我还想尝尝那个肉味有点儿特别的罗非鱼。”

赤城直美听荣利子这样说，抬起头盯视着她，露出很惊讶的表情：“志村小姐真是从事贸易的人当中难得一见的，怎么说呢，很有变通性……您说今天不去高级餐厅，就在当地人常常光顾的路边小店里吃点儿什么，我当时听了就很吃惊呢。”

赤城直美似乎感慨良多。此时荣利子忽然想起在“笑盈盈寿司”和翔子的对话，翔子说，管它什么鱼什么部位完全没必要了解，只要美味好吃就行啦。一直到现在，荣利子对这种说法仍无法赞同。

“说穿了真不太好，不过在日本，盲曹鱼还有罗非鱼有一阵子真的大多是用来假冒别的鱼的，把盲曹鱼称作白鲈，把罗非鱼称作鲷鱼……当然，不管是什么食材，只要运用适合它的料理方法，做出来的菜肴肯定是美味的。不知道什么原因，日本人对于淡水鱼总有些抵触，大概是鲤鱼和鲫鱼给人的印象太深的缘故吧……以前，日本从南美智利进口过一种栉鳍鱼，怎么也卖不掉，因为它和六线鱼属于同一目，于是改称为六线鱼，结果一下子大卖。假冒标志被视作问题以后，它又恢复叫栉鳍鱼了，不过那时人们已经接受了。所以说，在日本，人们首先关心的不是味道如何，而是叫什么名字，可如今日本人的餐桌必须依靠海外供应才能支撑，在这种状况下，最好还是丢弃先入为主的观念，积极尝试去接触不同文化背景下的食物和口味。现在，日本应不应该接受移民似乎成了一个话题，我觉得这也是同样的道理，首先，我们应该具备多民族共存和多种文化共存的一种积极姿态，这是先决条件，但事实上，大多数日本人自己什么也不想改变，却一味地抱怨劳动力短缺……”

“是啊，您说得太对了。我就不喜欢将这儿的食材硬按照日本料理的口味来做，看来我们是志同道合呢。”

赤城直美微笑着赞同道，随即口齿伶俐地将选好的菜名报给侍应生。荣利子心满意足地吐了一口气，借助工作，竟还能与同性有这样随意亲近的接触，没有过度的期待和紧张，就这么轻松地坐在了同一张桌子旁。她愿意相信，这才是真实的自己，那个毫不客气地数落翔子、在网络上侦察其行踪的人不是真正的自己，而是个假冒者。

“说起来真难为情，我父亲也在同一家贸易公司工作，两代人不约而同进了同一家企业，可见我们这个家庭是个十足的贸易商家庭。我这个人呢，又非常顽固、非常保守。”

“这么说，您小时候经常搬来搬去的？”

“没有啊，是我父亲独自去外地工作，我和母亲一直留在东京没搬离过，据说是出于我的读书问题才这么决定的。老实说，我为此一直有种负疚感呢，祖父、祖母也有点儿怪罪母亲……不过，我一直很羡慕我的父亲，感觉他就像童话里的旅行者一样。”

三天前和她还素昧平生，此刻不知为什么竟有这么多私密的话想和她说，是极具开放感的海潮气息的缘故，抑或是湛蓝天空的缘故？嗯，这种温暖而慵懒的氛围与台湾有几分相似。没错，是台湾。父亲住过的公寓位于台北市中心，有一次母亲在按摩屋接受按摩治疗时，父亲领着自己逛过台北的夜市，看着那一望无际的旖旎灯光情不自禁瞪圆了眼睛。父亲得意地说：

——像过节一样热闹吧？不过这可不是过节，这是夜市，每天晚上都这样热闹，晚饭就在这儿解决了。

时近晚上九点，和荣利子年龄不相上下的年轻姑娘们嬉笑着在夜市里逛来逛去。排成一长溜的摊档上，摆满了各种盛着大肉的盖浇饭、春卷、鸡的各种部位炖煮而成的香锅。

——在这个城市生活根本用不到刀、铲子什么的，人们也没有在自家做饭的习惯，你看就是这样，随便在哪里都可以买份饭回家，这样的店和摊档多得数也数不清。

多便利、多自由啊，母亲为一天三顿付出的操劳以及饭后洗洗刷刷的麻烦，和这一比简直像是天方夜谭，常识也是可以根据环境而改变的。想到这里，荣利子不禁心情激动。那一晚，荣利子央求父亲买了草莓糖，裹在滚烫的饴糖中的草莓软软的，又酸又甜，不小心把舌头烫破了，不过，那难忘的味道此刻又被唤醒了。

“我到过许多不同的国家，接触到各种全新的价值观，感觉真的非常好呢！”

很久没有像现在这样把心里想说的话说出来了。当然，工作是绝不可以放弃的，不光是为了收入和地位，即使是为了能赢得眼下这放松的一刻也是不能放弃的。赤城直美不会伤害自己、背叛自己，因为她和自己是工作上的伙伴呢，也许正是这种安心感，让荣利子变得不那么强势、不那么咄咄逼人了。

“对了，等会儿我带您去海滩吧，今天相对来说海浪比较平和，白色沙滩和椰子树林真的很美。”

真是个好闺密——荣利子眯起眼睛望着赤城直美。和同性在一起愉快地会话是一件多么令人高兴的事啊！蓦地，她想起昨天一位捕捞业者说的话：

——盲曹鱼你必须喂给它很多的饵料，因为它毕竟是肉食性的鱼，要是肚子饿了，就会互相吞食的。

即使成为志同道合的闺密，一旦陷入饱和状态，也难免会互相杀伐。和赤城直美如果在工作之外继续交往，恐怕也难维持良好的关系，她会疏远我、离我而去，而我一定会拼命阻止，自己就是这样一个人。想想可悲，但这却是事实。

既然注定这样，不如珍惜眼前这一刻，将两人的友情和海天一色的美景一同深深烙在心里。

16

玄关门拉开的声响传进来，翔子没有招呼“你回来啦”，而是将视线落在盛得满满的盘子上，同时发出一声得意的喊声：“看！”丈夫贤介一走进厨房，两只眼珠子便不由自主地瞪得老大。今晚的料理是从纪子那儿学来的“番茄酸豆蒸鲈鱼”和用微波炉做出来的“白酒蚬肉意面”，虽然不很复杂，但看上去却不像是轻易就做得出来的。事实上成本可是不低，为了凑齐这些西餐配料，翔子还专门跑去了以前从不涉足的进口食品超市。

“太了不起啦！这是吹的什么风啊？”

“你快尝尝看，然后给一个评价嘛。”

“感觉像我们超市里的品尝会的特别版哪。”

贤介苦笑了下说道。对了，品尝各种食品是他的工作内容之一。

“给我来点儿平常吃的永谷园的梅干泡饭汤料就行了。”

那可不行。自己已经不是从前的那个翔子了。

昨天，在《梅拉妮》举办的新品品尝会上，翔子结识了许多主妇。她已经好多年没和这么多的同性聚在一块儿聊天了。前一晚由于紧张，加上不知道穿什么衣服出席，以及考虑到了会场该说些什么，弄得觉都没睡好。谁承想踏进出版社宽敞的会议室，却发现大伙儿穿得都很随意，大概是习惯了和媒体打交道，她们个个都很擅长与其他人保持恰当的距离，对翔子这个新人既不特别热络，也没显得特别见外，只是像对普通人一样。“我是‘大比目鱼’懒婆娘日记的粉丝。这么看起来，我也是个懒婆娘啦，虽然心里很不甘呢。”像这样一面夸赞对方，一面夹着自嘲，虽说是社交辞令，但既不让对方感觉有压力，又审慎地不越过一定的界限深入对方领地，可见其细心体贴，让翔子颇有些感动。她们中间和翔子最合拍的是人气极高的主妇博主纪子。说实话，见到本人之前翔子对她毫无好感，因为每次读她充满正能量的文章，都感觉像是在挖苦诘责自己。家务、育儿、商品企划特邀反馈员、模特……作为一名知名博主，明明衣食无忧，却仍喜欢以庶民派自居，还有那排得满满的日程，她却能够做到轻松应付，这些都让翔子心怀敌意和厌恶感。谁知道见了才发现，原来是位干净利落、为人爽直的人，给人印象极佳，一头短发，配一件宽松粗棉布衬衫，看上去十分干练。那个便利的大手提袋据说是她自己设计的，她像变魔术似的从袋子里一会儿掏出个记事本，一会儿掏出个小型数码相机，一会儿又掏出个素描本。品尝会时，她刚好坐在翔子旁边，翔子很快就对她着了迷，不知不觉，还向她倾吐了自己的烦恼，什么在大庭广众面前抛头露面有抵触啦，什么碰到了怪怪的粉丝啦，等等，而她一边耐心地听着，一边不住地点头。

“理解理解，和粉丝走得太近的话，很大概率上会碰到这种事情的，说起来，我自己就碰到过好几次呢。”

纪子一边笑着一边说道，似乎这种事情完全没有往她心里去。

“一方面你不要太在乎它，这点很重要；另一方面，只要对方知道你已经不再是之前的你了，我想她也会慢慢放弃的吧。对我们来说，现在正是好时机，所以应该再下点儿功夫把博客做得更好才是真的呢。”

纪子果然厉害，好像不管遇到再怎么负面的事情，她总能将它转变为磨炼自我的绝好材料，同时也转变为个人事业的创意出发点。尽管如此，她却完全没有那种贪欲难填的感觉，而是轻松安闲，会话中还充满了幽默，让翔子情不自禁地对她产生了好感。

看到翔子和纪子谈得起劲儿，花井里子心里隐隐生出一丝不悦。她喜欢站在一个安全的地方，看着这些主妇博主互相竞争、互相暗斗，然而，拙于和同性打交道的翔子居然通过纪子得以踏入这个圈子，却大大出乎里子的意料，也是她不想看到的事态。品尝会结束后，里子给翔子发来一则短信：“很高兴您和其他人聊得非常开心，看来以后用不着我了（笑）。”

翔子在脑海里构思起今天的博客内容：

——今天的晚餐是新结识的朋友纪子教给我的，总共只花了二十分钟！我这个懒婆娘是不是可以毕业了？

事实上，加上蔬菜洗切、所有材料准备停当的时间，总共是四十多分钟，但稍许夸张一些又何妨呢。拿出买了之后一次也没用过的方格餐垫，刚刚将盘子端上桌，电话铃响了。

“你接一下电话！我现在腾不出手啊！”

翔子大声喊道，可是声音被吸油烟机的换气扇吸走了，在房间里换衣服的贤介没听见。没办法，翔子只得在围裙上擦了擦手，伸手去接电话。是弟弟洋平打来的。电话里洋平的声音一改往常，带着走投无路的绝望感。

“姐姐，不好了！丽美这次真的走了，在房间里留下一份离婚协议书和一张字条，字条上写着有什么事情和律师联系。老头子都傻了，这次真的糟了！”

什么，又来了！——翔子心里感到阵阵刺痛。主妇博主当中有人当众宣称，自己的父母都住在东京，因此可以给自己帮上不少忙，可相反，自己的父母为什么就不能帮上自己哪怕一点点小忙呢？家里人既没生病，也不是穷得揭不开锅，为什么从来就不替翔子想一想呢？根本就是个徒有其名的家，完全不具备任何家的机能。

“真的不行，我现在回不去，你自己想想办法！”

“啊，为什么啊？”洋平的声音里分明透着慌张。

“要是真到了紧要关头，爸爸会自己打电话来的，你别管了。”

“话是这样说，”洋平斟酌着用词，“可是老头子绝不会主动开口要人帮他的，你看他多孤寂、多可怜啊，所以说，还是姐姐……这种时候不就应该女人出面好好安慰他一下吗？”

这是多少年之前的价值观？平常油嘴滑舌其实胆小懦弱的弟弟太可爱了。大概是自己太宠他了。想到这里，一直压在心底对那个家的怒火此时突然喷涌而出。

“谁规定安慰人就一定是女人的责任？你也可以安慰的呀！你出面安慰一下爸爸不可以吗？你和他住在同一个城市，应该你去安慰的呀。你一直这样子，所以才把妈妈和丽美吓跑了，她们是被压垮的！难道你想让我做下一个牺牲者？开什么玩笑，我可不想成为任何人的牺牲者！我之前才回家去帮着爸爸打扫过屋子不是吗？”

“可是，我……我看到他就头痛呀。”洋平的声音低得几乎听不见。

翔子顿时火冒三丈：“我也弄不过他呀！没有人看到他不头痛的，这个世界上就没有这样的人！好了好了，你先不用管他，反正他喜欢一个人待着，喜欢像个被全世界抛弃的人一样。但是，这次必须由你负责想办法把事情解决掉，我的博客已经忙得我喘不过气来呢。”

翔子怒气冲冲地挂断电话。贤介小心翼翼地从身后说道：“也怪可怜的噢，洋平君还像个学生呢。你回去一次也好啊。再说，网络在什么地方都可以连接的呀。”

“不行！我的博客在东京，在你身旁写下来才叫‘大比目鱼’懒婆娘日记呀，有很多读者还有编辑会等待我更新，我要是不写，那谁去面对他们呢？”

贤介那线条柔和的嘴角嘲讽地向旁边扯了一下：“好厉害啊，你像个了不起的大作家嘛。”

“干吗这么嘲笑我？你心里是不是在想，不就是个博客吗，有什么大不了的？可你要知道我为这博客付出了多少心血啊……”

声音尖细得不像她的声音。贤介的脸僵住了，眼角有点儿发热，他不明白翔子为何如此不高兴。原本只是一时兴趣，不知什么时候却变成了一种义务，夫妇二人的日常生活变成了公众的谈资。一扇看不见的门扉悄然关上。贤介转过身朝玄关走去。

“你去哪儿啊，这么晚了……”

“我到外面去吃点儿。”

见贤介正要将脚往轻便跑鞋里套进去，翔子急忙奔过去，一把捉住贤介的胳膊：“干什么呀？人家特意做了两个新菜呢。”

等会儿还要拍照放到博客里去呢，还想听听“魔王”画龙点睛的点评呢。“什么情况？这样高档的料理，有朝一日在自己家也能吃到啦（笑）！”现在倒好，计划全都被打乱了。图文并茂的博文看来写不了了。

“我看我还是出去比较好，今天晚上你就定定心写你的博文吧！”

贤介轻轻挣脱胳膊，看也不看翔子一眼，将手握住了门把手。

房门关上，撇下翔子一人。发生什么事了？自己好不容易做了一顿可口的西式料理，然后迎接丈夫回家，为什么会落了这么个气鼓鼓、一团糟的结局？

翔子想起那个女儿节父亲吐出“太难吃了”这句话的情形。母亲的那张脸，辛苦劳累一天做的料理，父亲只动了一下筷子便甩头离席。翔子气哼哼地返回厨房，她捏住盘子刚想使劲儿倒入水斗，猛然意识到还没拍照，于是停下了手。

不拍照片可白瞎了呀。

17

部长特意关照了，回国后的第二天可以请半天假，可荣利子仍像往常一样早早就到了公司。几天不在，桌上堆满了传阅文件和邮件，只整理了一半，一个上午就泡汤了。

下午出外勤回到办公室，已经是晚上七点钟了，桌上依旧堆着一大堆文件。荣利子只好叫来派遣员工山村惠美子，请她帮忙找个纸箱来，将文件统统装进纸箱再说。惠美子跪在地毯上拼折着纸箱，忽然想到什么，抬头望着荣利子说道："啊，对了，志村小姐出差的这段时间里出了件大新闻，早上开早会的时候，杉下君和高杉小姐向大家宣布，说是年内就要结婚了。那个高杉呀，好像已经怀上了呢。"

"哦，是吗？之前一点儿都没注意到嘛。这可是可喜可贺的事呀。"

"看来真织马上要'喜庆离职'[1]了。下个月，我们打算帮她庆祝一下，顺便欢送欢送。"

惠美子离开后，荣利子将好不容易清理出来的桌面上的电脑打开。眼看就要进入十一月了，可是还出汗不止，连裤袜都粘在腿上了。办公室一角，难得加班的真织被一群派遣员工围拢着，嘻嘻哈哈喧闹着，气氛很活跃。那个小妮子似乎总是女员工们的中心。

自己难道只是个小丑[2]？那对狗男女说不定正在背后嗤笑自己呢。

---

1 喜庆离职：日本企业中对女性员工因结婚而辞职的通俗说法。——译者注

2 原文为法文 pierrot 的音译，意为在轻歌剧、哑剧或杂技表演中登场的丑角，身穿宽大的白衣，面部敷白粉。——译者注

搞什么呀？自己本来对杉下就没什么感觉，更不要说想过结婚的事，他结婚，为什么自己心里会感觉不快呢？

杉下和真织二人从相识到结婚的过程，同自己的父母亲如出一辙。当年就是在这家公司，作为销售员和内勤事务员的父亲和母亲明来暗往，后来母亲怀孕，两人正式结婚，母亲也辞了职。对于这段往事，荣利子从未觉得有什么可指责的，但是这会儿听到杉下和真织的事情，却忽然感觉父母亲好像也并不那么正经，心头不由得涌上一股不快感。

这与高中一年级上学期时的情形惊人地相似，身边所有的人都离自己而去。荣利子对班级上交了男朋友的女同学毫不羡慕，对化妆以及泡夜店等也毫无兴趣，可不知为什么，总觉得心里空落落的，不得安宁，尤其是亲如姐妹的圭子也疏远了自己，荣利子简直像死一样难受。

好像整个世界都在否定自己，这到底是怎么回事？在坦桑尼亚感受到的那种闲适，在她身上已经荡然无存了。

电脑启动，荣利子没有点开收件箱，而是先点开了收藏夹中的“大比目鱼”的博客，现在，上班时间读她的文章已经不觉得有什么不妥。哦，又是关于女性朋友的话题。自己出差的这段时间，这个“大比目鱼”参加了主妇博主的活动，和一帮同样无所事事的主妇搅在一起。

我觉得纪子最了不起的地方在于，作为一个在社会上取得成功的超级妈妈，却丝毫没有给人以女强人的感觉。一般努力工作的女性，除了精明干练外，大多举止威厉，对别人挑剔得不得了，但纪子可不是这样！她待人特别宽和，和她在一起一点儿也不觉得累人，相反，十分放松随意，竟像多年以前就相识的闺密。

说什么呀！这段话看在荣利子眼里，她觉得这绝对是针对自己的讥讽，字里行间似乎隐藏着某种暗示，知者自知。还以为翔子不是那种会玩含沙射影、扬此抑彼之类小伎俩的人呢。但最刺痛荣利子的，莫过于“闺密”这个词。

“大比目鱼”不是这样的。丸尾翔子不是这样的。

由于愠怒，荣利子觉得脖颈发烫。她键入“大比目鱼”“懒婆娘”“糟糕”几个关键词在网上进行搜索，不消喘口气的工夫，立即跳出来某个类似话题的贴吧，里面排列着若干评论，且多是负面的。“面对生活的那份慵懒和从容本是其最大的魅力，可是最近变得和一般的主妇博主没什么区别了。”“还是之前有趣，不知是不是瞄准单行本要出书了所以收敛了特色？”失望的声音居多。因为还不是特别有名的博客，所以评论有限，但先前胃部的不适多少减轻了许多。当看到这条评论时，荣利子更是感觉呼吸畅快：

怎么搞的？最近这个“大比目鱼”好像越来越引不起同感了。

这正是荣利子心里想说的话。看来不仅仅是自己抱有这种感觉啊。自己没有错，其他人也有同样感觉呢。网上有这样的评论，就说明自己的感觉绝对是对的。荣利子觉得，应将这条评论打印出来，贴在记事本上。

这世界上最有价值的东西就是共鸣。

不只是荣利子，换作谁也一样，都会甘愿忍受身心痛苦去追求这种共鸣，为此付出多少金钱都在所不惜。因为追求共鸣，所以才不能对网络上的东西漠不关心，人人都恨不能拥有穿越时间和空间的法力，一眨眼让整个网络都充斥了“和我想的一模一样”的发言，如果和自己的意见相左，不管对方多么优秀，文字多么漂亮，在自己眼里全都一文不值。没错，只要给予了某个人发言权和发言的环境，就必须将其拉入自己的阵营，让她与自己共鸣，否则就要将她孤立起来，没有共鸣的女人应该由这个冰冷的世界对其进行杀伐。“大比目鱼”的博客和自己缺少共鸣，所以它是有罪的，它理应对荣利子产生更多更多的共鸣。对，应该让这种人在寒夜中燃着孤灯，饱尝孤凄的滋味，并且让神对她说：“你活该如此，这是你应得的报应。”享有光热的人有义务去纠正她、拯救她。凡是错误的必须纠正。

至于和什么俗里俗气的妈妈级博主纪子搞在一起，更是对读者的背叛行径，是可原谅，不可原谅？想象着纪子和翔子一起聚餐的情形，荣利子忍不住想喊出来，她怎么不想一想读者的感受？稍稍想一想就不至于这样。和纪子那样的有名博主在一起，不论是谁，明摆着对方只会肯定、鼓励，以为和对方搞在一起，自己就提高了，任何缺点都不见了，说什么对方都会容许，今后也用不着继续努力了……想到这里，荣利子联想起自己因仰慕而与“大比目鱼”相识的情形，不免心情沮丧。没有闺密也照样乐天派地过着潇洒自在日子的“大比目鱼”，从她身上，荣利子才能感受到某种共鸣。什么微波炉，什么番茄酸豆蒸鲈鱼，什么白酒蚬肉意面……这些毫无兴趣的单词，荣利子是越看越生气。

为什么不再是以前那些便利食品？为什么再也没有了充满娱乐节

目和漫画常用词语、轻快曼妙、令人捧腹的文章？

网络上对纪子没有批评？荣利子又键入了几个单词，果然，有了有了！荣利子忍不住扬起嘴角无声地笑了，网络上对与企业合作开发商品的纪子的漫骂铺天盖地。

呀——荣利子停住手，往身后看了一眼，以确认没人在后面。不行，这样搜索下去的话会没完没了，明天还有个重要会议，自己要报告出差情况呢，整理资料、统计数据、将拍摄的照片制成幻灯片……都还没做完哩。可是，眼下除了“大比目鱼”，其他事情都顾不得了。

对，自己可以睡在公司啊——荣利子感觉肩头一阵轻松。这样一来，自由的夜晚一下子可以攒出许多时间，这里不只是办公室，还是自己的私人空间。这里有工作，还有网络，所以没必要回家，既可以省下通勤时间，更不会迟到，反正自己一个人，也不需要什么周末，还可以免掉许多烦恼，有没有朋友也不必往心里去了。就像往昔的盲曹鱼，如果生存在一个合适的环境中，就完全不会迷惘、没有伤害，只要寻觅到这样的场所就好了。自己想拥有的，正是这样一个平和、互相理解、充满共鸣的世界。那个世界一定存在。在找到并栖身于那个世界之前，自己还将不得不忍受多少个这样的夜晚。像自己这样的人，想要在这个极度混沌的社会中经营良好的人际关系几乎不可能，承认多样性、顾及对方的感受和心思、同时又要坚守自己的个性和价值观、积极敞开心扉：如此高难度的尔虞我诈，自己绝对应付不来。

员工全都下班离开还得有一会儿，嗯，暂且装作没事一样，在电脑上敲敲打打。

一颗泪珠顺着脸颊滚落下来，滴在键盘上。荣利子吃了一惊，赶忙将视线向四周扫视，幸好没有被人看见。自己没觉得心里特别难过呀。是眼睛发涩的缘故？她从抽屉里取出滴眼液，往两只眼睛里各滴了一滴，眼前的影像顿时变得模糊起来，隐约感觉有人在盯着自己下颌至胸前完全暴露的曲线，不管他，随他去好了。

从坦桑尼亚出差回来后，她越来越觉得自己这具柔美的胴体惹人心烦。

盲曹鱼在不断进化。为了生存，同类也是可以吞食的，谁也不知道盲曹鱼可以长到多大。荣利子脑海里清晰地浮现出一幅景象：一条体长达数十米的巨型盲曹鱼，在别无他物的维多利亚湖中闲适地游来游去，身上的鳞片泛着银光。仅有一条，但它丝毫不觉得孤寂，因为在它体内寄宿着被它吞食掉的数十万条鱼的魂。

无论如何，也要让“大比目鱼”回到原先的模样。为了不让这个世界再增加一个像自己一样可能会伤害到他人的人，她只能继续写那种能引起读者共鸣的博客文章。作为朋友，嗯不，作为打磨培育了“大比目鱼”的读者，这样的要求是天经地义的。自己并非“大比目鱼”的敌人，而是她的热心粉丝，比任何人都更加关心她，所以只有自己的话，“大比目鱼”才肯侧耳倾听，不像那个才刚刚认识的纪子，自己之前就已经是“大比目鱼”的理解者和共鸣者，纪子应该尊重我志村荣利子，将“大比目鱼”从错误的轨道上拉回来的，除了既理解她，又知识丰富、事业出色的我，还能有谁？“大比目鱼”除了我，没有其他朋友。

不知什么时候起，办公室暗了下来，人陆续走光了，只有一台电脑及其周围还泛着一点儿亮光。整整一个晚上，荣利子倾注了全部的热情，不间断地敲打着键盘，在“大比目鱼”的博客评论栏内填满了长长的文字，从毫不留情的批评到热情鼓励，再到有理有据的忠告。

18

有多久没看书了？

十一月的阳光透过树枝穿进窗户，照在书页上，令纸面的粗糙质感甚至凹凸都显现得清清楚楚。如此静谧，让人恐惧。仿佛这个世界只剩自己和书上的文字，这种感觉叫人不安；与此同时，每次翻书页之际，手指与纸面的紧密接触似乎从书中汲取到了什么东西。时间在嘀嗒嘀嗒轻快地流逝，好像浓汤从漏勺里向下垂滴一样。

坐在公寓附近的“吉赛尔”咖啡店的窗边，手里拿支荧光笔，就这么静静地看着书，也不知道过了多少时间。

不经意间，翔子抬眼看到墙上的挂钟，才发现进到店里到现在才二十分钟。她暗暗吃惊，感觉挂钟的指针走得似乎比往常慢许多。在醉心于博客之前，自己每天的日子好像就是这样过来的吧。不过，翔子不想再回到那平凡的生活中去。

她的视线从上到下仔细地将每一篇文章扫过。她不讨厌文字，当然不是内容深奥的文字，而是描写日常生活轻松易懂的随笔或娱乐性小说，为此她经常上图书馆。可最近，眼睛追逐着液晶显示屏上的文字，一天很快就过去了。有时候吃着饭，视线却一刻也不离开手机，并且将自己的日常生活场景以极高的频率在网络上公开出来，对此贤介已经无语了。自从上个月争吵之后，虽说两人的关系还不至于破裂，但氛围总有点儿别别扭扭的。

丈夫是个大度的男人，每每将别人的成功当作自己的快乐，相信他会慢慢习惯的，对此翔子看得比较乐观。本来嘛，他没有理由不高兴，没有理由反对呀，因为这段时间以来，翔子较之以前对家务积极主动多了。为了写出更精彩的博文，就要烹制更漂亮的菜肴，屋子也必须整理得干干净净的，她不再有时间悠闲地坐着发呆。眼看着软文广告的收入逐渐增多，要是博文再修改整理成单行本出版，从贤介的角度来说也是件好事啊。

和花井里子继续保持着联系。关于单行本之事，尚未有明确的说法，但是翔子的兴致却一下子被调动起来了。

前辈博主纪子推荐的这本《美食博客让她们实现了人生梦想》，翔子立即上网买了来。此刻，翔子正一篇篇认真读着，仿佛在汲取营养一样。书末附的自测卡片果然如纪子所说，很有参考价值。

■你是不是注重文章换行、选词讲究语调等，使文章读起来更加朗朗上口？

■你知道读者对你博客中的什么内容感兴趣吗？

■拍摄配图时是不是尽量选择自然光，使菜肴看起来更可口？

对呀，之前自己关注的只是如何让读者注意到自己。翔子反省道。要不要买个专业点儿的照相机呢？不行不行，这么拼命可不是“大比目鱼”的风格，再说有的读者可能会因为无法仿效而踌躇，还是像之前那样，就用手机拍照，只需拍摄技术再提高一点儿应该就可以了。自己即将迎来人生的转型期，从一个普普通通的主妇博主向职业博主进发，以后不能因害怕抛头露面而拒绝采访什么的。

翔子将一口气读完的书合上，伸直了腰，拿起杯子，将已经凉了的薄荷茶一饮而尽。

昨天，翔子第一次接受了《梅拉妮》杂志的采访，以“搜一搜下一个超级星博主会有谁：年轻人妻的代表‘大比目鱼’登场！”为题，文字配上照片共两页，作为该期重磅稿子隆重推出。对于一个无名主妇，这可是破格的处理呀——责任编辑花井里子难掩兴奋的口气告诉翔子说。不用说，这背后肯定也有人气博主纪子的大力举荐。杂志发刊是本月末，届时书店、书摊都会上架。到那时，自己就不再是今天的自己啦。翔子已经做好了思想准备。

——我的原则就是悠闲舒适，不管是做家务还是“造人”这件事情，都不会硬去和别人比较。与其为了洗刷锅碗这种琐事争执，不如索性开开心心出去上“大户屋”吃，或者叫个比萨外卖，一边吃一边观赏录像片，这已经成为我们夫妇二人的共识。

虽然采访前一晚紧张得没睡好觉，但是一走进出版社的会议室，在专业摄影师的镁光灯下，翔子却以破竹之势滔滔不绝地说开了，伶牙俐齿，连她自己都暗暗吃惊。翔子把结识纪子后从她身上学到的东西一股脑儿都发挥出来了。

虽说和纪子只见过一面，但那之后两人仍通过博客和邮件一直保持着联系，纪子的价值观以及生活态度给了翔子很大的启迪。从外表上来看，纪子柔静，待人和蔼，没有架子，实际上她的性格非常冷静、客观，观察事物不失理性，并且很有市场化头脑。

——你之前“大比目鱼”的形象好就好在真实、贴近生活，但今后你还是得想办法形成不同于一般人的独特风格。你就是一个信息发信源，至于是不是什么了不起的人你不用去管，只要时刻记住自己是发信源就可以了。你是发信源，读者就会侧耳倾听你说什么。

翔子仿佛得到了一根魔杖似的。人可以靠形象和语言成为自己想成为的任何人，自己学了什么、会什么并不重要，最重要的是不能妄自菲薄。坐在里子准备好的麦克风前，翔子的心彻底解放开来，曾经为自己一无所成的人生感到自卑，可是，人人都差不多呀，谁的人生没有缺憾？自己的天职就是为这一人群代言，她要为充满闭塞感的主妇们的生活带来一缕新风，将既有的“人如果不能为这个社会创造价值，那么他就失去了在这个社会中的生存价值”的陈腐观念纠正过来。自信起来！就该这样生存，随性任情地生存。这个贴近生活、真实的自己，才是最能感动别人的自己。自己的日常生活满是混乱、妥协，但是鼓足勇气加以肯定的话，它也不失为一种有意思的生活方式呢。

虽然家庭经济状况并不宽绰，但自己不想去做临时工，眼下也还不想要孩子，我翔子什么都不是，我就是一个瞄准了职业博主的懒婆娘。翔子知道，一定会有人吹毛求疵，但她拿定主意对种种批评置之不理，并且也堵死了这个渠道：听从纪子的建议，已经将博客的评论功能关闭了。

上星期二深夜至清晨，网上某个贴吧内居然挤满了评论，简直令人不敢相信。这些评论，无论谁读了都会觉得是出自同一个人。

之前那个开朗快活的“大比目鱼”哪儿去了？想法多多、张张狂狂的样子，感觉变得和其他博主没啥两样了，呜呼！

看到你独自在一个我无法进入的圈子里自娱自乐，不由得感觉自己被排挤、受冷漠，有种说不出的滋味！我不是说你不可以拥有自己的朋友，但总该顾及一下周围人的感受吧？如果能有这份时时想到他人的体贴，你会比现在活得更好。同为女性，我真替你感到遗憾！

你能行的！现在的你不是真实的你，你还可以走得更远、飞得更高。赶快摘掉面具、剥掉伪装吧！这是一个粉丝对你的殷切期望。

开始还算是恳切的批评，可是随着文档发送时间临近清晨，语气越来越激烈，内容也越来越前后矛盾。

不要居高临下无视别人的意见！地球不是以你为中心旋转的！

这是对读者的背叛，强烈要求你向所有读者道歉！

你只不过被媒体利用了却不自知，你这个没文化、无知又可怜的人！看来你从没读过像样的学校啊！

你的博文假如推出单行本，我就一直不断写文章批判你！你根本就是无才无德的女人，从来没有觉得你哪怕一篇博文写得生动有趣！像你这样的主妇博主满大街都是！只要你的博客还在，我就一直穷追猛打到底，一直批判到底！

感觉歇斯底里的攻击要一路到底了，不想最后却又像汹涌的海浪退潮一般以颓势收场。“请你回答：为什么对粉丝视而不见？难道不是我们一路支撑着你走到今天的吗？希望从前的‘大比目鱼’早日归来！”

这样的思维方式加上这样的措辞，怎么看都应该是志村荣利子所为。然而，翔子对于这样的恐吓文字没有半点儿恐惧，情感上也没有受到丝毫的伤害，因为大多数粉丝对自己是同情和支持的：“不要屈服于这种脑子不正常的人写的东西！”“有人脑子有问题呀，分明是嫉妒吧。”对荣利子，任何强烈的感情波动都早已消失，如今，翔子已不再生气、愤怒，她开始以平静的态度冷冷地对待这一切。

今天特意来和荣利子母亲有某种关联的“吉赛尔”，正是想向自己证明，她根本不值得自己恐惧。

就在不久前，翔子还把荣利子当作女神一样崇拜，在她面前感觉目眩眼花，现在想想，自己多不成熟、多不谙世事啊！那时的自己，只看到别人比自己强的地方，什么学历、美貌、出生地、职业等，其实这些都是没多大意义的，它不构成一个人的内核——看着荣利子在评论栏内大唱独角戏，翔子终于明白了这个道理。荣利子拘执于一文不值的所谓地位，而忽视了更加重要的东西，以致总是感觉不满足、缺少安全感，渴望与他人建立起牢固可靠的友情。这种心情是能够理解的。翔子既为她感到可惜，可又没有办法帮到她，况且自己也没有义务非帮她不可，她的所作所为已经构成了妨害人身自由。

“要不要添水？”

翔子抬起头，只见桥本君眯着细眼站在面前，手里提着一个玻璃茶壶，茶壶里的茶叶片涨得老大老大。已经是肌肤稍觉凉意的季节，可为什么看到桥本君裸露出T恤的胳膊，身体就由内而外感到发热呢！

今天来“吉赛尔”可能是潜意识中还有另一个原因，就是想顺便见上桥本君一面。趁店堂内没有其他人，桥本将手撑在桌子上，俯下身子，狠狠地盯着翔子的脸看，翔子感觉就像王子跪在自己面前一样，不由得回想起高中的时候，男朋友和自己就是这样子在教室里调情的，自己和他在班上都不是出挑的学生，但两个人老黏在一起的身影，还是引来同学们的关注，那种羡慕的眼神让翔子感觉很满足。

“上次一起玩得很高兴呢。”

上个星期，两人一同去看了场电影。这事没有对贤介说起，其实也不是什么出格的事，结婚以前，翔子也经常和男性朋友一起出门游玩。两人在涩谷看了一部美国的滑稽喜剧片，之后在星巴克喝了点儿东西，然后乘电车回家，在车站前分的手。和这个高高大大、略带点儿稚气的大男孩在一起，翔子由衷地感觉到有股活力和自信被激发出来了。和贤介一起钻进热乎乎的被窝里那种日常当然是不可缺少的，而且自己丝毫也没有舍弃那种日常的意思，但是，桥本若无其事的肌肤触碰以及带着荤腥的玩笑话，却猛地让翔子意识到，很久以来几乎忘记了自己是个女人这一事实。在道口前等待电车通过的时候，翔子心里在想，这种仿佛舔食某样美味、令人感觉醉心的交往不妨继续下去，它既不会伤害到任何人，也无须提防背叛什么的。

自从拿定主意，决心朝职业博主方向发展以来，每天都过得十分快活，一种前所未有的充实感几乎充溢了每一根手指。现在的翔子，自信满满，什么事情都难不倒她。

“翔子和其他同龄的女性不一样，你稳重不轻浮，又不会盯着我问怎么还不去找份正式的工作啦，所以和你在一起我特别轻松，好多话能同你聊到一起，感觉烦恼一下子都没了。”

桥本说着，两片薄薄的嘴唇噘在一起，简直像个吮吸奶头的婴孩。

听说他今年二十五岁，起初以为他只是个临时员工，其实他是附近一所大学的学生，和父母住在一起。之前考大学时考砸过一次，上了大学又留级两年，大概因为这个，桥本特别害怕跨出校门踏上社会，动了种种脑筋，一心想着能尽力将眼前这种无忧无虑的日子延续下去。翔子十分理解他的心情，因此从未对他进行过任何说教，相反还帮他一起想各种办法，总之就是想要生活得轻松一些。

“下次我们更正式一点儿约会好不好？”

“喂喂喂，不是说过了不是同你约会吗？对了，要不，下次去水族馆玩？”

在老家的时候，要说起约会无非就是逛水族馆或者逛商场。哦，对了，说到老家，也不知道丽美离家之后父亲现在过得怎么样——然而这只是一瞬间的牵记，望着桥本君天真的笑容，这个念头立即无影无踪了。桥本君胳膊上的肌肤十分光滑，可是下巴到脖颈那一段却满是青春痘，皮肤凹凸不平，带着一丝神秘感。要是用手指轻抚一下的话——咦，怪叫人难为情的。

“好啊，就水族馆，回头短信联系噢。”

看到窗外有顾客似乎准备推门进来，桥本君迅速直起腰，舒展着胳膊，以一个游泳似的花式肢体动作朝门口迎去。两位中年女顾客边说边走进店堂。翔子稍稍有点儿落寞，将书放进挎包，顺手拿出手机。趁着还没忘掉，得赶紧把读后感想写下来，不然一个好好的博文由头可能就会从身边溜走了。

墙上的挂钟突然“嘀嗒嘀嗒”地响起，先前停滞片了刻的时间又开始流动起来。

19

要不是真织拍了拍她的肩膀，她根本没意识到真织就站在她身后。

“志村姐姐，早啊！莫非……你干了一个通宵？哎呀，你牙齿都发绿了，趁大家还没进办公室，赶快照照镜子拾掇一下吧。哦，脸上也有东西！哇，好可爱啊！”

在真织尖厉的笑声中，荣利子的脸腾地发热了，她急忙伸手朝桌子一隅的纸巾盒去抽纸巾，很不凑巧，刚才正在啃蕨菜口味的京都宇治茶巧克力羊角面包代替早餐呢。这是“大比目鱼”在昨天的博客中介绍的便利店新产品。“混乱至极、异想天开的美味！脆、酥、韧的三重奏。”近来“大比目鱼”似乎对料理产生了浓厚的兴趣，对这类便利食品介绍得越来越少，因此，偶尔看到一次竟让荣利子生出几许感激，一冲动就狠狠地买了三个。

荣利子夜宿公司办公室不归，进入十一月以来这已经是第五次了。

头发凌乱、脸上没化妆、眼镜片后面是一对充血的眼珠子。而眼前一头鬈发、脸上略施薄妆的真织，仿佛是从另一个世界来的人，虽然姿容称不上漂亮，但沐浴在晨光中，跳动着妩媚光辉的丰满白皙的脸庞和茶褐色的头发却有着难以抵敌的正式感和整洁感，无论是谁，都会对其产生好感。自从和杉下确定结婚以来，她似乎人气大增，在她周围总是聚集着不少年轻女员工，就像池水的涟漪一圈圈越漾越大。荣利子觉得，论天授命数，她的和自己的也就只差那么一点点，自己虽不羡慕她，但假如两人的命数对换一下的话，自己应该就能够从对“大比目鱼”的纠结中解脱出来，过上普通的生活吧。

荣利子正出神想着，真织的视线越过荣利子朝电脑显示屏看过来，瞳仁中显出一小团阴影。荣利子吃了一惊，赶忙将注意力转向前面。

伸手抓住鼠标，关掉当前页面，不知她有没有看到。荣利子心虚地瞥了真织一眼，自己能听到心脏的快速跳动，感觉到脖颈处的脉搏也在剧烈地跳动，同时觉得喉咙痒得厉害——太不凑巧了，打开的页面上恰是气势汹汹写给“大比目鱼”的留言。这个专用的贴吧是荣利子发起的。本来对这种方式，荣利子是有抵触的，但是，电话或短信翔子都拒接，博客的评论功能也被关闭了，表达意见或者表示自己的友情也只有通过这种方式了，表面上装作一副大大咧咧、满不在乎的样子，其实自我意识相当强的翔子，过不了多久一定会关注到这个贴吧。在贴吧内表达意见的读者人数虽不多，但还是有三四位读者对“大比目鱼”最近的变化表示了不满。说实话，这些人的意见大多击不中要害，缺乏具有知性的见地，相反，充满了见不得阳光的那种女人特有的醋妒味。虽然从未谋面、素昧平生，但荣利子仍然对同为女性的她们的素质之低感到无语。为了鼓舞这些同道，荣利子不惜废寝忘食，仔细阅读“大比目鱼”的全部博文，不停地书写富有建设性的意见。这是荣利子与翔子唯一的联络通道，她打算一直写下去，直到翔子采纳自己的意见，痛改前非。

“志村姐姐，上次你好像也通宵没睡吧？手头有什么特别忙的工作吗？”

“也没什么……我也不知道，好像上了瘾似的……”

荣利子朝身后部长的座位望去，其实是为了避开真织刺探的目光。晨光洒在部长的办公桌上，收拾得整整齐齐的桌面上，摆着一个立式相片夹，里面是夫人和两个女儿的合照。部长以前是父亲的直属部下，没提拔之前经常来荣利子家造访，一口一个“荣利酱[1]、荣利酱”的，两个女儿也从小就和荣利子非常熟。也许是晨光的缘故，荣利子感觉除了自己，她所认识的人一个个都在迅速成长，一刻也不停歇。这世界真让人炫目。

窝在办公室里过夜，不光是为了追着读“大比目鱼”的博客，最近自己似乎非常疲惫，工作效率大大降低，以致积压了不少活儿没做完。

工作告一段落，乘坐电车回到家里，和父母围坐在一起吃晚餐，泡个澡，合计一下明天要做的工作，看看书，做做伸展体操，美美地睡上一觉，化妆，穿衣，再乘坐电车去上班——之前天经地义的生活节奏，最近却不知怎么的老感觉无法忍受。一旦抛开这一切，一下子就赢得了大把的自由时间，这是自走出校门以后从未体验过的。深更半夜的办公室独自一人，是快乐的暗箱。看着同事们陆续下班离开，荣利子拿出卸妆纸拭去脸上的妆，摘掉隐形眼镜，用发卡将前刘海夹住，在公司前面的便利店连晚餐带早餐一并买好，感觉就像即将出门远足一样，抑制不住激动的心跳。利用起草企划书或查阅资料的间隙，不失时机地打开“大比目鱼”的博客，关注对方的动向，并进入贴吧发表评论。为了不引起夜巡保安员的觉察，累的时候就拿出手机，调好闹钟，在茶水间的沙发上休息一会儿。挨到天亮，趁同事们尚未到公司，化上稍浓的妆，描一描眼影，洒上香水掩饰一下身上的体味，

1 酱：源于日语“ちゃん”的谐音的网络新词，加于人名等之后，常用于可爱的女孩子身上。——译者注

用发簪将头发箍紧定型，谁也不会轻易发觉荣利子夜宿不归的。一旦品尝到其中的快乐，荣利子便停不下来了。

“我们几个派遣女员工都有点儿担心呢，有什么需要帮忙的尽管告诉我们呀。志村姐姐，你就是太拼命了。”

真织的话里含着关切，但也隐隐透着一丝嘲笑。对此，荣利子心里非常不快。那话里分明在炫耀自己拥有同性的朋友，这和“大比目鱼”最近博文里动辄晒“纪子、纪子、纪子”如出一辙，真叫人讨厌。年纪轻轻，工作上一无是处，居然……加上睡眠不足，一股攻击的冲动向上涌来。荣利子眯起眼睛，抬头看着真织。

“真织啊，你变漂亮了呢，好羡慕你啊。”

“哇——没有的事啦，和志村姐姐你怎么能比呢。”

“大概是结婚大事定下来了，特别幸福的关系吧，恭喜你噢！”

荣利子字斟句酌，尽量让自己的话听上去不那么带有恶意。当然，也没忘记将毒素裹在微甜的糯米纸里，朝得意忘形的真织嘴里塞去，就像其他女性所做的一样，即使当场不见效，随着时间流逝毒素终将一点点被体内吸收，她会感觉身体各处莫名的不适，不得不向别人倾诉以博取同情，荣利子得注意自己的语气，故意在言辞间掺杂一丝不安，只需微量的毒素即可。

荣利子语带同情地说道：“可是，我对你总是放心不下哪。哎，你就这样结婚了吗？嫁给杉下君真的会幸福吗？如果有了孩子，可就没有退路了，即便他对你信誓旦旦过，可谁知道到时候又会怎么样呢？你只是个派遣员工，没有什么保障……结婚和生孩子，会让你的人生全部都得重新规划，想到这种巨大风险……”

"……你想说什么？"

真织丰腴的脸庞顿时扭曲变形，双下巴也绷紧了，两条眉毛向相反方向张开，露出一副气势汹汹的样子。

"你刚才这话是什么意思？性别歧视？对一个职场新人进行性别歧视是吗？这事很严重的知道吗？当心我告你！如果告你对同性进行性别歧视，你会吃不消的！"

真织的反击出乎意料，主动发起攻击的荣利子倒软了下来，呼吸也急促起来。

"告我？"

"虽然只是二十来万日元的小额诉讼，但是也会有律师介入进来，一旦证明我没有过错，是你有问题，这事不光公司里，还有你家邻居也会知道的，考虑下后果吧。"

眼前这个小妮子，比自己年轻，地位也不如自己，工作更是一无是处，估计顶多就是大专毕业，然而在这一瞬间，却显得比自己更出色、更优秀。荣利子集中起注意力，必须确保自身的安全，至少在公司内不容受到任何伤害。要不是努力意识到自己比这个小妮子不知强多少，荣利子差一点儿被她吓唬住了。

"哎呀，我的话让你误会了？抱歉抱歉。我是觉得你是个好人，所以才特意往严重了说，提醒你来着，其实这种话我本来不想说的，我是为你好才说的呀。"

荣利子深深呼吸一口气，随后视线直盯着真织。杉下朝自己压过来时的炽热气息，执拗地抚摩自己身体的手指，一下子清晰地浮现在脑海，即使是这个时候，荣利子的脚底心仍感觉到隐隐刺痛。

“杉下君并不像你想的那样，说不定他在外面和其他女人乱搞呢。”

“哦，是吗？那又怎么样？我可以走了吗？我还有事情要做呢。”

真织听了面不改色，转身准备朝自己的办公卡座走去。荣利子碰了一鼻子灰，感到受到了重重的伤害。唉，老是这样，好不容易找到和对方对话的由头和话题，准备就绪，刚要一步跨出去，却被对方冷冷地一把推开。

“等一等！喂，不要再搪塞自己了，不要自己骗自己了！”

看到真织吐了口气，好像很吃惊的样子，荣利子不禁耳根子发热，无论如何，要保住自己的优势。

“我是为你好……”

真织回转身来，使劲儿攥住了荣利子的手腕。头发散乱、声音尖厉的荣利子忽然意识到这一幕如果被第三人看到了算什么呀，不是成笑话了吗？对方只是个二十三岁的新人，自己追着她死缠烂打居然还不是她的对手，自己到底在干什么，到底想干什么？真织和杉下都不是那种对爱情抱有忠贞观念的人，自己没道理去羡慕他们结婚，也并不想去掺和他们的关系。

真织的面部变得凶悍起来，只见她嘴角下拉，露出压根儿瞧不起对手的表情，恶狠狠地盯着荣利子。

“喂，你想干什么？！”

听到真织说出只有在电视剧中才听到过的恶声恶气的话，荣利子觉得心脏快要停止跳动了。真织此刻的表情仿佛看到小儿撒泼胡闹而无可奈何。

“看你一副眼馋的样子，嬉皮笑脸地和我套近乎，你想让我做什么啊？”

荣利子紧咬嘴唇，无言以对。

“你大概自己都不知道自己在干什么吧？”

也许正是。荣利子只是想融入那种亲密无间的人际关系中去——切入别人的人际关系，以此来确认自己的存在，仅此而已。现在怎么办？看来选错了对象。

真织一改平时笑容可掬的样子，气势凛然地伫立在晨光中，胖乎乎的身影横在地毯上，冷冷地盯着荣利子，用毫不知耻的口气大声说道："你说康行喜欢在外面玩，不诚实，可我对这些一点儿也不在乎。我父母早就离了婚，我看着母亲独自辛辛苦苦走过来，所以我对婚姻这种事情根本就不抱什么不切实际的幻想，相反，只要男人赚得到钱，家里家境好点儿，靠得住，嫁过去让母亲放心，这才是最重要、最实惠的。弟弟只要高中能顺利毕业就行了。我已经厌倦了那种只知道给家里攒钱的日子，也不想再惴惴不安地担心派遣合同是不是能够顺利续签，还有，每天午饭不敢超过三百日元，这种日子我过够了！我的理想就是，让我不为金钱操心也能生孩子，把孩子养大，还能和独身时代一样同闺密们保持友谊。说老实话，只要拥有闺密，其他什么都无所谓，我对男人从来就没抱什么希望，只要他身体健健康康不要来麻烦我，就谢天谢地啦！”

荣利子感觉真织身后的背景好像突然间膨胀起来。是眼睛太疲劳了？无数样式单调的办公桌连成一线，仿佛一直延展至地平线。荣利子惊呆了。这沙漠似的场所，竟然能够窝在里面整整一晚？那真的是自己吗？

杉下不无得意地说过，真织和他像是住在两个不同世界的人，与此同时，他拼命夸赞荣利子，暗示荣利子和他才是同一层次的人。现在算是明白了,根本不是那么回事,如果说杉下和真织不是一类人，那杉下和荣利子不也不是一类人吗？学历、职业、个人的成长环境等将人造就成千人千面，这世界上没有两个人是一样的，好比无数不同种类的鱼被放养在同一个大箱槽中，这就是社会这个巨大的空间，正因为这样，生存于社会的人必须时刻保持一种紧张感。真织紧紧攥住了自己的手腕这一举动让荣利子意识到，自己做了件蠢事，冒犯了一个不该触犯的对手。真织的实力以及真织将会采取何种攻击手段无法预料，她根本就是个未知的对手。现在怎么办？荣利子的双腿开始打战。

“你说康行在外面胡搞，那他和谁胡搞来着？你说呀，老姐！”

“这个……嗯，实在不好意思……我不好说。”

荣利子拼命挣扎着，试图从真织手上挣脱，可是……好大的劲儿呀！真织贴着串珠的肉色水晶甲片深深掐着荣利子的手腕，眼看就要掐出血来了。平常看上去和气温婉的真织，指甲竟如此充满攻击性，她的本性已经全部显现在了指甲上。妈妈、爸爸……荣利子像孩童时代那样暗暗在心里求助。这时，一股夹杂着人工甜味剂的温热气息扑入耳朵。

“你不会说就是你自己吧，啊？！怪不得你口口声声说得这么肯定呢。”

真织终于松开了手。一瞬间，空气变冷了。真织往旁边一张椅子上重重坐下，同时发出一阵冷笑。从真织的手上逃脱出，似乎让荣利子感到一丝安心，但只是片刻，真织用无礼的目光在她周身上下打量，仿佛在掂量对手的分量。荣利子无法回击，她已经说不出话来，此刻她能够做的就是双手紧紧护住自己的身体，除此以外，她不知道还应该做些什么。

“哦，康行和你是吗？哼，你在同期进公司的男员工中好像挺有人缘的啊，但是，你知道派遣员工们是怎么看你的吗？”

不想听！——荣利子只想把耳朵塞住，她不想听从真织那张奚落的嘴里说出来的任何话。

“八婆！装腔作势！一副酸老太婆的样子，高中时居然还当过学习委员？明明没有谁嫉妒她，非要假装大度装出一副不在意的样子，真叫人受不了！和那个女人一起吃午饭，还不如不吃呢！……我敢打赌，你一个朋友也没有！‘我的完美人生中的唯一缺憾就是没有女性朋友，啊，我多想拥有朋友啊，假如拥有了女性朋友，我人生拼图中缺少的最后这一块就天衣无缝地嵌进去了！谁来同我说说话呀！谁来同我做好朋友啊！’……”

真织模仿荣利子的声音连说带比画，扭动着腰肢，双手握在胸前，就像一个受人欢迎的演员。看来平时没少在众人面前表演。荣利子感觉喉咙被什么东西堵住了，像发烧一样全身发烫，她心想：只要能从这儿逃出去，花多少钱都不会吝惜。

真织垂下手，面对面地看着荣利子：“你也知道，康行就那副德行，不把他捧在手心里供着他就不是滋味，既然决定和他结婚，他和别人搞不搞的我也不计较，可是你，简直叫我恶心得想吐！明明自己有错，还假惺惺装作亲切的样子凑上来，别人说你果然没说错啊。你大概觉得我的学历、教养很让人瞧不起是吧，告诉你，要我说呀，倒是你比我更加让人瞧不起！哦哦，好不容易把婚事定下来，却被你搞得心情糟糕透了。我婚礼请了营业部所有人参加，当然不能单单落下你一个，我只想办一场完美的婚礼。我能走到这一步，是忍受了多少委屈你知道吗？我连高中都没能毕业，虽说只是个派遣员工，可我是怎么在大手町这种高级的地方当上一名白领的？因为我有一帮好朋友，是他们想尽办法来帮我，因为我拥有朋友，我信得过他们！为了他们，我也要实现我的梦想。你说说看，你想怎么补偿？像你这种一帆风顺、不知道世事艰辛、从来没受到过伤害、完全不理解别人辛苦的人，你打算怎么抵偿你的罪责？我猜你现在心里只想着怎么从这儿逃走吧？”

说到这里，真织气势汹汹地站起身，一把按住了荣利子的肩头，荣利子用手去撑桌子，无意中撑到了桌面上的电脑键盘，电脑发出一阵刺耳的怪叫。真织的目光直瞪瞪地盯着荣利子，脸色变得赤黑，青筋突起，就像漫画书里的鬼一样。

“实在……抱歉！”

荣利子强忍住泪水，低头向真织赔不是。真织说得没错，荣利子此刻其实顾不上什么道歉、赔不是，恐惧已经占据了大脑，她只盼着现在这个局面早点儿结束，好返回原先的居处，然后像什么事情也没发生过一样，躲在一个安全的地方继续关注“大比目鱼”的博客。只不过，有一件事她还是想弄清楚：“……既然信不过男人，为什么还非要这样隆重地举办婚礼？”

“那是为了把我的女性朋友全都叫来。这些重要的朋友，我一定要好好招待她们一下。康行的朋友还有同学当中，尽是优秀男人，我要把他们介绍给我的朋友，替她们牵牵线。还有，将捧花抛给我独身的好朋友，这是我最大的梦想。”

真织毫不掩饰地回答道。荣利子心想，拿她可真没办法，眼前这个女人，自己绝对不是她的对手。想到这里，她不禁沮丧地低下头。

“我让你感到心情不愉快了，是我的错，我向你道歉，我会想尽一切办法向你赔罪。只要你高兴，让我干什么都可以。”

“干什么都可以吗？”

“干什么都可以！”

“那好，你得和我们营业部二十三个男人，除了康行，和他们每个人睡觉！”真织用理所当然的语气放肆地说道。

荣利子喉咙渴得要命，她发出一声悲鸣，声音简直不像自己发出的。

“你给他们所有人做共用便器！老实说，你所做的事情就像一根针扎在我心上，不过，你要是和所有来参加婚礼的男人全都睡了，你就只不过是针山当中的一根针而已，你和康行的事情我就可以不计较，从此不再往心里去，因为既然你和部长、科长、主任等所有人都睡了，和康行睡过觉就算不上什么事了。所以你想让我高兴，就只有和他们睡觉！每和一个人睡，都要用手机拍下照片，作为证据向我报告！”

荣利子不敢应声，真织便又使劲儿将荣利子的肩头往桌子上按下去。真织不再怒气冲冲了，她此刻就像能干的上司冷静地在给下属发号施令，完全不带个人情感。

“既然你不喜欢康行也能和他上床，其他人也没问题了。什么？不行？你刚才不是说干什么都可以吗？原来你是在骗人！你不是真心赔礼道歉啊！是不是？骗人！你伤害了我，居然还不肯向我赔罪？”

“没有……骗你，可是，那种事情……”

荣利子眼泪都快要出来了，她朝办公室门口望去，想看看有没有人进来，有没有人可以求援。

真织横跨一步，用身体挡住通往门口的视线，同时眼睛一眨不眨地盯住荣利子。一切都被她识破了，荣利子不由得从内心深处发出一声低低的呻吟。

“这家公司的正式女员工大都和你一样，出身良好，从一生下来一切都安排好了，所以我每天都切身感受到，不管我多努力都没用。你老是摆出一副靠自己的努力才赢得今天这一切的样子，可一旦碰到什么事情，你的本性立刻就暴露了，巴望着别人来帮你解脱，这一点我想你自己心里最清楚。你这样的女人，真让我反感，反感得倒胃酸！成天被别人宠着，想要什么就有什么，一把年纪了还在啃老，可偏偏还要装成一副职场精英的样子，臭不要脸的贱女人！我们派遣员工成天得小心翼翼的，你们正式员工就可以成天上网，还装作干活，真有你的啊！你老爸是这儿的重要干部吧，你是想得到你老爸的夸赞才积极开展就职活动，终于如愿以偿地进了这家公司，现在你又想邂逅一个像你老爸一样的男人，所以每天打扮得浓妆艳抹的是不是？真可笑，你太让人感到可笑了。为什么你没有朋友？我来告诉你吧：因为你总是不考虑别人，只考虑自己！”

不行了，再也听不下去了。荣利子的神经已到了极限，她顾不得鼻涕淌下来，一把抱住真织的粗腰：“我尽量按你说的去做！……对不起，我、我尽量努力，和食品营业部的所有男人上床！我照你说的去做，请你原谅我。”荣利子双膝跪地，低下头恳求道，几天没洗的黏糊糊的头发垂落到地毯上。

真织一把攥住荣利子的头发，弯下腰凑近荣利子的脸威吓道:“真的？假如骗我的话，你知道后果的对吧？”

头上重重挨了一记。荣利子感觉头皮燃烧一般疼痛，眼睛直冒金星。她站起身，胡乱地收拾了下东西，然后从真织面前穿过，一路小跑地冲出办公室。走廊上、电梯中、一楼的玻璃幕墙大堂，陆续来上班的同事纷纷和她打招呼，可她没有停下脚步，每当有男同事的目光扫过来，她就有种错觉，觉得自己浑身污秽不堪。荣利子在公司大楼门前拦了辆出租车，上车，告诉司机地址，随后坐在后排座上重重地闭上眼睛。手机铃响了好几次，她都没有理会。

这是她第一次无缘无故旷工。

东电 OL——

不知怎么想起了和杉下共度一宵时半开玩笑聊到的事。那是上大学时社会学课上知道的事件，荣利子对它并无兴趣，偶尔见到对此事饶有兴趣的职业女性，那也不过是个别春风得意的人为了表现自己的与众不同。一个高学历女性进入与她所尊敬的父亲同一家企业，不料理想破灭，终于迷失自我，自暴自弃成为一名站街女郎，最终被杀害——情节宛如当时粗制滥造的电视剧一样，想不到自己如今的境况与那个事件惊人的相似。

那个东电 OL 一定也没有闺密吧——荣利子一面从高架桥上向下望着河水，一面想象着东电 OL 的日常景况——没有好朋友可以诉说烦恼、分享快乐，每天两点一线往来于公司和家，自己都不明白自己究竟喜欢什么、忧愁什么，像个透明人一样过着每一天，所以，她才试图从素昧平生的男人身上去寻找真正的自己。一个同性朋友也没有的女人，只能通过和男人上床才能确认自我，别无他途。难道……和营业部的所有男人睡觉，可以让自己寻找到生存的意义？可以得心应手地把握和周围人的距离？荒唐！荣利子知道这种念头简直是愚蠢。可是，也许到最后只有这条路可走，真织说过，她对爱情和工作都不相信，只相信闺密，闺密的友情才真正有价值。想想真织恍如换了个人似的气势和难以抵敌的威严，她的话似乎很有说服力，从某个角度来看，她是对的，是无可置疑也不容置疑的。真织信任自己的闺密们，她的闺密们也信任她，这种信任让她拥有了令人炫目的光芒和气场，信任她、像她那样，说不定可以挽回翔子的友情。——此时此刻的荣利子不想开动自己的大脑思考，只想顺从某种强大的力量，自己只要踏踏实实按照给予的规范去做就行了。之所以会有这样的感觉，一定是因为自己太疲惫了，虽然并没有做什么事情。总之，现在赶快回到家里，好好休养。父母那里总有说辞搪塞过去。

出租车停在公寓前。荣利子两腿打晃地走进门厅，早晨的阳光刺得她头晕眼花。没等走到一楼尽头的电梯，不经意又和圭子相遇了。圭子像往常一样，倚在走廊的扶手上，一只手拿着个饮料瓶，另一只手夹着支烟正吸着。她穿着一套运动便服，视线也斜着朝荣利子投来。

“怎么了？还没到中午呢，忘记东西了？”

“……我不大舒服，所以早回来了。”

荣利子简短地答道，尽量避开圭子的视线，不和她对视。对了，今天是每月一次销售战略例会的日子，还约好了要和新客户商谈的，然而，现在的心境叫她怎么和营业部那些男性同事坐在一起说来说去。

将重要工作抛之脑后跑回家，是不是正应了真织说的：自己太任性，从不考虑别人？

“别再那样了好吗？别再和‘大比目鱼’来往了，还有，不要在网上再写那些东西了。”

经过圭子身旁的时候，圭子忽然喃喃说道。荣利子侧转脸看去，圭子仍然一动不动地倚在扶手上，表情和平常一样，悠然地吐着大大的烟圈，仿佛窥破了荣利子心中的秘密似的。

“我知道的，只要了解你为人的人都知道的。你自以为做得很巧妙，但是你的行为多少有点儿怪异呀，公司里的人，还有你父母，你以为他们都没有察觉吗？那个骑自行车送你回家的人，是不是网名叫‘大比目鱼’，是个主妇博主吧？我和她一起聊过呢，你做的事情可把她吓坏了呢……”

够了够了，不想再听下去了！荣利子赶快打断道：“不是的！都是误会！所有的事情都是场误会！”

荣利子无法让自己笔直站立，她靠在扶手上，倒和圭子成了并排站的姿势。多年以前，在学校操场的单杠旁、楼顶露台上、冰激凌店的柜台前，两人并排一站就是几个小时，说不完的话，那情形情不自禁地浮现脑海。和圭子在一起的美好时光是任何东西都换不来的呀！想到这里，荣利子不由得眼泪溢了出来。

“和‘大比目鱼’……和那个人，有一次晚上约在家庭餐厅碰面，那天我们聊得很开心，感觉非常谈得来，真是一段幸福的时光啊！她还说，我们住得这么近，以后可以常见面。回家的时候，两人是合骑一辆自行车回来的……我没有撒谎，你也看到的对吧？”

圭子一直默默地吸着烟，等荣利子把话说完，将烟头丢入喝光了的饮料瓶子里，一股烟雾从残余的水中升腾而起，随后又渐渐沉落。

“那个什么，我和你说，那只不过是非常非常普通的见面和聊天，没什么特别的意思呀。”

荣利子哑然望着圭子，好像在听一个小孩子开导自己。

圭子不慌不忙地继续说道：“因为你随便和谁都无法息息相通，所以你会把一些很平常的聊天当作非同一般的交流，给本来没啥特别含义的事情硬赋予它一些含义，并且拼命往好的方面去想象。”

“不是的！‘大比目鱼’她……”

“对你说的她只是笑着并没有反驳是吗？相反不住地点头，表示是呀是呀的，对不对？可是，这些都没什么特别的含义呀，不过是女人之间聊天时的潜规则，全世界到处都一样的。也许她确实不讨厌你，也许她很认真地听你说话，但是，这并不代表什么呀，这就好比一种礼节性的表示。”

“可事实不像你说的……”

“可惜啊，不管你再怎么使劲儿，那天晚上的情形都不可能再复活了，如今的‘大比目鱼’和你所处的立场不一样，看到的东西也不一样了。”

荣利子的身体沿着扶手一点点往下滑，最后蹲在了地上。圭子见到她这样子，却并没有停下来的意思。

“过去的事情就让它成为美好的回忆吧，即使只是幻觉，毕竟带来过片刻的快乐，所以就将它好好保存在记忆中好了。虽然我没办法确认，但是听你那么说，我相信那天晚上你们确实聊得特别开心，息息相通，那一晚就好像宝石一样耀眼，对吧？但正因为它不可能再复活，所以才是一段美好的回忆。它就像是奇迹，你应该心存感激才是呀，可是你非但没有，相反觉得那是天经地义的，还执拗地要求对方不断给予这种奇迹，能不能不要再这样了？”

圭子怀着怜爱之情，谆谆开导着荣利子。两人之间十多年的空白，被圭子以光一般的速度一下子填补掉了，令荣利子突然动摇起来。是啊，圭子就是这样，读书、运动样样落后，在班级上一点儿也不起眼，可是两个人单独相处的时候，她就像个姐姐似的，从容不迫，什么都知道，时常劝慰开导固执、不知变通的荣利子。和班上那些物质欲望强烈的女生不同，圭子很早就懂得了分寸感，懂得什么是自己该追求的，其余一切她都能以达观的心态淡然视之。

意识到从前那个对圭子产生了极度依存性的自己将要苏醒，荣利子故意装作面无表情，缓缓站起身来。

“你知道什么呀！大学也考不上，也不找个像样的工作做，朋友一个也没有，你能知道什么？你看看你现在这样子，什么事也不做，成天游手好闲、懒洋洋地混日子，然后还想把责任推到我头上是不是？醒醒吧，从头开始，重新安排自己的人生吧！就因为你成天这副可怜兮兮的样子，在公寓附近转悠来转悠去的，害得我和你之间没法从高中时代进一步往前了！”

“哎，这不应该是加害者对被害者说的话吧？”

圭子哧哧笑着说道，好像一点儿也没受到打击似的。

“升学啦，工作啦，全都努力做到最好的你，不也一个朋友没有吗？真是不可思议呀！”

荣利子移步转身，准备去乘电梯，这时圭子以温和的语气说了句：

“换句话说，并不是说只要你努力了，一切就都能如愿的，当然，除了友情。”

20

翔子怀着焦躁不安的心情撕开出版社寄来的褐色大信封。《梅拉妮》正月特刊的卷首特辑，身穿和服的纪子等明星主妇博主齐齐登场，煞是精彩，而自己的照片要在后面才刊出。翔子翻看着，不由得发出一声失望的叹息：在起居室的日光灯照射下，杂志彩页上的自己看上去一点儿也不出彩，脸部扁平，面无表情。

“挺漂亮的嘛，拍得不错！翔子怎么说也是美女啊！”

坐在矮桌对面的贤介喝着罐装啤酒，由衷地夸赞道，可是翔子并不这么觉得，她想象中的自己除了身材稍显纤瘦、容貌不算特别出众，应该是一个气质优雅、浑身散发着知性气场的女人呀！拍摄的前一天，翔子早早起来，走进美容院（她已经很久没进过美容院）做了个脸部按摩，又花了好长时间精心化了妆，在新宿伊势丹踌躇斗争了几个小时才下决心买了件衬衣和一条流行的条纹长裤，谁承想拍出来竟和平常的居家服没什么两样，全身上下看上去顶多值两千日元。到底是什么地方出了问题？翔子没有时间去沮丧，她立刻开始查找问题点，以备今后改善。她心想，要是纪子的话，一定会这样做的。

很快便找到了问题所在：添置时装、剪发、皮肤护理、化妆等，普通三十岁女性的话这些都是天经地义每天必做的功课，而自己却是粉黛不施，素颜一张，穿着皱巴巴的衣服一天又一天地混日子，临阵磨枪地上美容院镀镀金、拾掇一下，当然不会有什么效果。要注意形象啦，自己以前是人气时尚服饰店的店员，所以应该很快就能找回那种时尚的感觉——翔子对自己充满信心。加油！今后要经常在媒体上露脸了，说不定什么时候在什么地方就会被人认出来呢。

桌上的手机响了，是桥本君发来的短信，桥本君还记得翔子说过的去水族馆玩的提议。翔子脸上露出了微笑。“买了两本刊登有你照片的杂志，说实话，翔子你真漂亮！”看着短信，翔子刚才的失望顿时烟消云散。

“这个星期天，我和朋友一块儿出去玩，没意见吧？”翔子的视线仍没离开手机，她低着头问丈夫。

“朋友？哎，翔子的朋友……”

糟糕。没错，自己根本没有什么朋友。翔子的脑子急速转动，忽然笑吟吟地向贤介解释道：“咦，上次在公寓前碰到过的那个，你忘了？志村荣利子。”

“啊，她？不要紧吧？她不是有点儿像骚扰狂似的吗？还有，之前博客上奇怪的帖子也是她发上去的吧？”

看到皱起眉头的丈夫，翔子差一点儿笑出来。怎么听到荣利子的名字，贤介像个小孩似的，竟然就这么轻易地信以为真了。总体来说，贤介是个感觉迟钝的人，连他都能识破，想想荣利子的所作所为实在愚蠢得让人好笑。

“那倒不是，我们还是好朋友啊。她人好可爱的，那时候刚好工作上，还有恋爱方面碰到点儿情况，所以情绪稍稍有点儿不太稳定而已。”

“还是注意点儿为好，女人嫉妒起来很可怕的。”

“女人的嫉妒……”

“是啊，女人之间互相下套、使绊子根本没有底线的，让人看了都害怕。还好翔子你没有这种坏毛病，为人大方爽直，太好了，所以我才喜欢你哪。”

丈夫根本不明白，不要说女人了，世界上全然不知嫉妒的人根本不存在。自己之所以被排斥于普通的女性同性关系之外，是因为自己比别人自卑，而不是因为爽直，这一点自己十分清楚。其实，最配得上嫉妒这顶帽子的，正是自己。

“不过话说回来，最近翔子你好像变得生气勃勃了，和以前比简直像换了个人哪。那个……你父亲要不要紧啊，真的就全叫你弟弟去应付？”

翔子一声不吭，她把一个曲奇罐子拿到面前。这是花井里子带给她的礼物，是东京一家有名的老铺生产的糕点，翔子喜欢那种带有浓重乳化剂香味、口感脆脆的糕点，不过有这个也不错。自从接到弟弟的电话后和家里就再没有联系过，也许丽美已经回家，父亲和弟弟照旧过着得过且过、悠然自得的日子吧。反正他们对翔子毫不关心，翔子也没必要一天到晚惦记着他们。

“先不说这个……我想注册个 Twitter 账号，你觉得怎么样？纪子说我写的东西更适合用 Twitter 发布。”

“翔子果然是越来越不一样了。”

丈夫的嘴巴朝一旁歪斜着，似乎语含讥讽。贤介这是在嫉妒自己吧？——翔子一边嚼着曲奇饼干，一边给桥本回复短信。

21

荣利子手扶着电线杆蹲下身来，发出很响的呻吟，惹得行人回头朝她投来诧异的目光。神泉车站站舍仿佛一个研钵。蹲下身子，四周插入夜空的建筑群以及密密麻麻矗立着的情人旅馆招牌显得更加高耸，仿佛要折断砸向这边似的。荣利子感觉路上行人好像都在咧嘴嘲笑着自己，是因为喝醉吗？她低下头，只见电线杆底下满是烟头，还有狗粪，晒干了的狗粪已经裂开，在灯下反射出白突突的颜色。

“喂，志村，你不要紧吧？”

荣利子感觉有一只硕大的手掌托住了自己的骶骨处，那里热乎乎的，她产生了错觉，好像自己又变回了小姑娘。

怎样才能撕开那道看不见的篱障？能不能去到对岸？一直以来，自己受到老师、父母还有上司的呵护，他们是不会同意自己去到真织她们所在的对岸的吧。荣利子抬头看了一眼，只见街灯照在年届五十的部长头发稀疏的脑壳上，亮晃晃的。

“我好像要吐了……”

荣利子说着，被自己口中喷出的气息的味道一刺激，胃里一阵抽搐，有股热乎乎的东西从胸口深处翻卷着，渐渐向上涌来。

“啊！你、你稍等一下！”部长慌忙道。

荣利子弓着背，不让部长看见，伸出右手的食指塞入喉咙，一直触到里面硬硬的骨头。这是以前常用的手法，用来勾引对方中套。以呕吐为目的，然后倒过来算好，吃多少，喝多少，才能把戏份儿做足，这种关窍，荣利子一走进居酒屋、打量着菜单的时候便再度了然于胸，加上酒精的魔法作用，目的自然轻易就达到了。所以走出居酒屋后，荣利子摇摇晃晃、弯腰下蹲，并不是演技使然。

荣利子使劲儿闭上眼睛，她想象自己的身体缩小成五毫米大小，钻进自己的喉咙，站在凹凸不平的舌头上看到里面的景象：通往喉咙的舌头仿佛低缓的坡道，向下递降，而坡道深处那片黑暗犹如走进居酒屋前看到的井之头线轻轨的那条隧道，自己只要稍有失足，就会摔入隧道，落进沸腾的液体之渊，再也回不来了。

喉咙感受着自己又干又凉的肌肤，指尖也感受到喉咙里又热又黏的黏膜，两种感觉搅拌在一起，令本来好不容易保持的平衡一下子被打破，一团带着苦味和烧灼感的胃液急攻上来，顿时呕吐物四散喷溅，吐得到处都是。胸口的淤塞得以疏通，感觉好多了，荣利子用手背拭去嘴角上热兮兮、黏糊糊的东西，用媚惑的眼神抬头望着部长。

“啊，衣服弄脏了，这副样子出租车也不肯载的，我想到附近的旅馆里去洗一洗，等干了再回家，不过一个人怕人家不肯接待，部长，烦劳您陪我一下好吗？”

霓虹灯光的逆光照射下，部长的脸看上去十分木然，所有表情全都像干枝被树叶遮蔽了一样，一点儿也看不出。

“别这样，这样不妥噢。我马上和你父母联络，让他们来接你回去！”

这怎么行？！荣利子再次夸张地发出一声呻吟，同时甩着头发，伏下头，将脸埋起来。如此一来，部长走也不是，扶又不好扶，只得站在那里，不知道该怎么办才好。荣利子踌躇了一阵，用满是呕吐物的手一把抓住部长的西装，借着这股劲头，将部长向装饰成南国度假胜地的情人旅馆拖去，她能感觉到部长的皮鞋底渐渐离开了柏油路面，可是很快，部长停住了脚步。虽说已开始稍稍发福，但毕竟当了近三十年的业务员，部长的身手依旧十分矫健，坚定的意志力使得他的脚底像在地面生了钉子，纹丝不动。于是，荣利子将湿漉漉的嘴唇凑近部长的耳朵。

“哎，站在这里会被人看到的啦，听说营业三科的人最近时常来这儿附近喝酒，被他们看见了不太好吧？万一传出去就麻烦了，您太太和绘美子小姐她们一定会很难过，您在公司里也尴尬啊。去了旅馆之后，我保证和您分头离开。”

说出尚在高中读书的长女名字似乎起了作用，趁着部长犹豫不决，呕吐过后身体发软的荣利子攒起全身力气，将部长拖到了隐蔽在合成树脂制成的椰子树后面的旅馆入口。旅馆自动门前装饰有喷泉，一个裸体天使扛着一个倾倒的水桶，水从桶里落下，发出很大的声响。

部长似乎已经绝望，他放弃了挣扎，拖着沉重的步子跟在荣利子身后。平时发号施令起来一副容不得别人置疑的样子，此时忽然显得那样渺小。一切似乎都在荣利子的掌控之中。在服务员与客人互相看不到对方的前台，随意要了个房间，拿到一把拴着透明筒形扣的钥匙，走进电梯时，荣利子竭力向部长堆起一脸可爱的笑容。到了三楼，荣利子走在前面，用钥匙打开房门，眼前出现一个小小的客房，亮着蓝色灯光，一张大床几乎占据了整个房间，只是一股烟味迎面扑来，荣利子差点儿抬手捂住鼻子。

稍早的时候，她根本想象不出自己的内心居然潜藏着一股巨大的破坏冲动，毁灭世界的按钮不在自己手里，是一件令她觉得轻松的事。可事实上，谁都掌握着这个毁灭世界的按钮，只是她没有意识到，而一旦意识到之后便再也无法从脑海中挥去，渐渐失去了对于启动这个按钮的诱惑的抵抗，整个世界的重压也似乎变得越来越轻了。

荣利子放下挎包，一屁股坐到床上，眼睛紧盯着部长。

真织给自己的指令总得有所执行吧。食品营业部除了杉下，共有二十三名男同事，杉下和真织的婚礼眼看就要举行，差不多每天都得和一名男同事上床，否则根本来不及，没时间踌躇磨蹭了，每次在办公室与真织视线相交时，都能感觉到她恶狠狠的眼神。荣利子不得不暗暗给自己鼓劲儿，于是才主动约了部长一起喝酒。

小时候，荣利子和部长的关系就像亲友，一口一个“叔叔、叔叔”，没少撒娇发嗲，部长也抚摩着荣利子的脑袋，陪她玩过家家游戏，一玩就是几个小时，还经常领着夫人一同登门。绘美子升中学时，荣利子还和母亲一道花了好长时间在百货商场挑选了双运动便鞋当作礼物送给了绘美子——不过，这些都已经顾不上了，不能为感情所牵绊，害得自己的人生失败，一码事是一码事。

借口晚上有事情请教，荣利子将部长约到了神泉站附近的居酒屋，事先预订了包房。一进包房，荣利子便将身子靠了过去。神泉是最适合此类小伎俩的地方，情人旅馆和吃货们趋之若鹜的食肆共处其中，到处都隐匿着深不可测的场所，客人们仿佛被魔法驱使着一般，纷纷来到此地。最让人心安理得的是，在这里，黑夜撕下了白天的现实面孔。

部长的身上没有普通中年男人特有的脂油味，却散发着一股柑橘的清香气，和点缀在磅蛋糕[1]上的柠檬片的味道相似。部长曾经带磅

1 磅蛋糕：用大量的黄油经过搅打再加入鸡蛋和面粉制成的一种面糊类蛋糕。——译者注

蛋糕到公司，放在茶水间，得意地炫耀说是夫人做的，弄得女员工们好自卑。部长的夫人应该对其周边的动向非常警惕，好在荣利子本来就不觉得生分，因此大着胆子若无其事地施展起诱惑，没承想部长并不搭理她。

——志村，你最近是不是累了？累了就休息一下吧。

平时说话老喜欢打哈哈的上司，现在眼睛里透着从未见过的体贴关怀。荣利子刚进公司时，部长便给她打过预防针："希望你把我和你父亲的交情彻底忘掉，你进了这个部门，我对你会像对其他人一样，该严格的地方绝对不会客气！"自那以来，两人从没有像今天这样相处过，荣利子打算将之前累积起来的上下级关系，亲手击得粉碎。

"啊……啊，弄得这么脏！部长，我们一块儿洗澡吧？"

荣利子努力不让自己的声音发颤，同时微笑着，解掉开襟羊毛罩衫和衬衣的扣子，扔在脚边。她能感觉到，锁骨下方的肌肤充满了紧张。最近顾不上好好打理自己，身上没洒香水，涂的指甲油花了，甚至……穿的哪条内裤一时都想不起来。但是，至少自己比眼前这个男人年轻许多，年轻就是优势，自己必须采取主动，突破两人间的信赖关系。也许，父母知道了会晕倒吧。荣利子预感到，眼前这个人一旦两眼射出男人的光，势必某种旧的东西要毁灭，与此同时生成某种新的东西。将自己的人生抹掉，再重新构筑——荣利子大脑一片空白，唯有这片希望之光。

那样的话，自己就能成为真织的闺密。荣利子满怀期待，抬头望着部长。部长站得离床远远的，紧挨着房门，双手交叉。

"你一定在想，只要具备了某种条件，然后采取某种手段，就可以让别人按照自己的意愿去想、去做，你从小就是这样认为的……但是，陪你玩过家家的游戏时，老实说，我心里特别反感你知道吗？”

这不应该是此时此刻说的话，过于冷静，甚至带着几许同情。荣利子盯着部长的眼睛，那里面看不到一丝杂念。这个局面倒是没料到，本以为对方准把持不住，说不定亮出性器，几近变态地发狂呢，因为她坚信只要自己发出诱惑，对方一定会乖乖就范的。

“你父母亲也是这样的人，所以我很理解。他们都不是坏人，我并不讨厌他们，况且对我多有照应，我对他们是心怀感激之情的。我每次去你们家，家里都是干干净净的，你母亲又年轻又漂亮，做的饭菜也好吃。他们两个从来没有吵过架吧？叫人羡慕啊！不过，我和你父亲敞开心扉，互相毫不隐瞒地说心里话，却一次也没有过，不光和我，他和谁都一样，安慰也好，鼓励也好，夸赞也好，全都是似曾听过的客套话，泛泛而谈，就好像背诵事先准备好的台词一样。慢慢地，我不去你们家了，其实就是因为这个。工作中遇到挫折，想向谁倾诉一番时，首先不会想到你父亲。你和你父亲一样的性格，身在福中不知福，对别人严苛得不得了，完全不考虑客观情况。”

荣利子一声悲鸣，她不想听，恨不得把耳朵塞起来，她不能容忍别人这样审判自己的家人，她体内仿佛有东西在火辣辣地燃烧。这比让自己在所有同事面前脱光衣服，任由别人对自己的身体评头论足更让她感到屈辱。

蓦地，她脑海中浮现出父亲深更半夜独自凝视手机的形象，像个年轻女子，低着头，视线直直地盯着屏幕，最后总是失望地叹口气，摘下老花镜，怔怔地望向半空。荣利子不敢出声叫他。大概是想和谁联系吧。父亲也很落寞，他肯定也想拥有几个聊得来的同性朋友。与其承认问题出在父亲身上，荣利子宁愿相信是周围的人对父亲缺少理解，以致不愿意接近父亲。

是不是因为自己的反应不像他所期望的，便批评起父亲来了？这个男人的依存心太强，所以一把年纪了仍止步于部长这个位子。

现在不是性欲的问题，而是必须好好调教一下这个无礼男人的强烈意念从上下左右涌出来，荣利子下定决心非把他拿下不可。

一定要让他为刚才的话付出代价。荣利子半弯着腰，胸部贴紧部长，用手钩着他的腰。可是，不论荣利子怎样发出娇喘，怎样渴求亲吻，部长只是移开视线，看都不看她，到后来干脆用手肘狠狠地推搡她。荣利子身子一踉跄，幸好抓住了床架。如此屈辱怎能善罢甘休，荣利子用威吓的眼光从下往上瞪着部长。哪怕是为了父亲和母亲，也一定要将这个男人征服！

部长的声音里掩饰不住疲惫和吃惊："你是打心底里对人不信任对不对？所以，没有一个人愿意接近你，像你这样认死理儿、只认准一个价值观，其他都不屑一顾，时刻把自己武装得严严实实的人，谁会真心真意地和你交往？你在工作上也是一样。"

这样说着，部长又用手肘狠狠搡了搡荣利子。疼痛深入骨头，荣利子不由得栽倒在床，席梦思弹簧颤动了几下。一直以为对自己疼爱有加的上司，居然也一针见血地指出自己没有朋友这一事实，羞臊加上懊恨，使得荣利子口干舌燥，真想伸手在喉咙使劲儿搔两把。

"为什么只说我……"好不容易挤出点儿声音说道，却感觉有股呕吐物的味道随着声音往上涌出。

走在大街上，随处可见两个一把年纪的女人无所顾忌地大声说笑着，即使是平常言行谨慎的妇女，和闺密在一起的时候也会毫不顾忌地炫耀其同性间的友情。那种动辄炫耀的女人，要说比自己更优秀、更具内涵，荣利子实在是不愿意承认。

“把自己武装得那样严严实实的，为什么还要有求于人呢？你一个人过好了，一直到你对别人产生信任为止，那样也没什么好羞怯的呀。你好好想一想，早点儿真正成熟起来吧！”

荣利子感觉部长高高在上，她仰起头来依旧看不到，比神泉的夜空还要高。父亲从未如此说过自己，父亲总是肯定荣利子，而且面对面平视地和自己说话。

——荣利子，你有什么想法，说出来听听。

在被尊重和被宠爱中长大的荣利子居然受到如此粗暴无礼的对待，一定是什么地方出了错。荣利子想不出其他可能。她不想独自待着，她内心的真实想法是，无论什么时候，都能依偎在某个人身边，将手放在他手里。

部长为什么如此冷酷无情？假如自我封闭起来真的独自生存的话，大概就变成圭子那样的人了，放弃一切努力，不再坚持，并且将过去的自己彻底切割抛弃，兜兜转转和她又搅在一块儿，荣利子实在是不情愿。但部长的话确实令她沮丧万分，眼前发晕，站立不稳，几乎死的心都有了。没有人帮她一把，她已经无法走出这个惨境。

她避开部长的目光，视线落到墙上，一团鲜艳的色彩抓住了她。墙上贴了一张海报，上面印着：“……女子会：错过末班车特享节目/轻松享乐直到清晨/各类风格客房应有尽有/威士忌畅饮/价目一览……”

笑容灿烂的女子、红色和绿色的水果、三层点心架上的蛋糕上溢出的金黄色蜂蜜和奶油……这世界上竟有人在情人旅馆举办女子会？如此秽乱的房间里，女性会由衷地发出欢快的笑声、心满意足地享用丰盛的水果和蛋糕？看来身在情人旅馆也不是非要男女交合。真正的女性之间的友情，能够将这房间本来的意义彻底颠覆。她们是如何做到的呢？是基于互相的信任，她们从未受过伤害、从来没有被背叛过？真幸运啊！抑或是受到过伤害却仍维系着相互的关系？那种强韧的关系又是如何构筑起来的呢？

"……好呀，部长你敢说你没有将自己武装起来吗？你表面上对待每一个人都像父亲一样，但其实看我怎么都不顺眼，这你敢说从来没有过？或者，那个自小看着长大的小姑娘，出落成一个成熟性感的女人了，这种念头从来也没有过吗？"

荣利子说着使出全身力气，脱下裙子甩在一边，伸手朝部长的裆部摸过去，热乎乎、软塌塌的。部长则仿佛被火烫到一般，浑身一哆嗦，肩膀使劲儿发抖。

"瞧啊，你还不是也有点儿发硬了吗？唉，嘴上说得好听，其实你也武装得严严实实的，不肯把自己的真实想法向别人透露。这身笔挺的西装和像模像样的笑容背后，隐藏着一个男人的卑劣本性呢！"

荣利子拍着手，兴奋地叫道。很久以前，两个人一起玩奥赛罗棋[1]的情形浮现在脑海，荣利子老是不肯停歇，除非赢下一局，部长

---

1 奥赛罗棋：一种双人棋盘游戏，在划分成64格的棋盘上排列正反面为黑白色的圆形棋子，夹住对方棋子时可将其翻转变为己方的棋子，以此分出胜负。——译者注

对这一招似乎特别无奈，累得眼球滴溜溜转到忙不过来，脸涨得通红。哼，今天一定要让这个男人把隐藏的热情释放出来！如此屈辱绝对不能容忍。想到这里，荣利子手上更加使劲儿了。

“人哪，剥掉伪装的外表之后就像这样子吧？为什么不可以呢？有的人事先没有准备，和别人就是无话可说呀，我一直在努力，想被别人接受，想和别人建立良好的人际关系，这样做不可以吗？部长你太傲慢了，像你这样的人，别人如果像普通人一样，不加倍努力一点儿，你是根本看不上的，能被你看得上的也就是极少数吧……”

这时候，荣利子感觉头颅里发出“嗡”的一声响，“咚”的一头栽倒在床上。只见部长手上握着台灯座，这才意识到自己挨了台灯座一记。手往额头上一摸，热辣辣的，鼓起了血包，荣利子想哭，可是却发不出声——自己会不会被杀死啊，就像那个东电 OL？

“努力？要说努力的话，你就真正做出点儿努力来看啊！”部长吼道。

像自己这么努力的人还找得出第二个来吗？部长还想要自己如何努力啊？荣利子用手捂着额头，疼痛让她的视线变模糊了。

部长喘了口气继续说道：“努力并不是要你把你不具备的东西假装有，给别人看样子，不要去做那种无谓的事，而是尽量多做一些能够让别人赞许的事情，积累起别人对你的信任，这才叫努力呀！先学着信任别人吧，哪怕一点点信任也好，日积月累也会有大惊喜的。志村啊，你最近的状态确实古怪，举止完全不像个跑业务做营销的，大家都很担心你知道不知道？开会无故翘会，和客户商谈也无缘无故缺席，违反出勤规定夜宿公司，经常浏览些可疑网页，写的报告差错百出……我早就想和你好好谈一谈了，我觉得你应该向公司请个长假，好好休养一阵子，也好好自我反省一下。今天晚上，我送你回家，我还要和你父亲谈一次。”

部长说着使劲儿抱住荣利子的肩膀，硬将她扶起，将她的衣服扔过来。随后，就像呼吸困难的人急需补氧似的，部长一把拉开房门，冷冷的空气吹了进来，荣利子慌忙将满是呕吐物的脏衣服扯过来遮住身体，并迅速穿好。这时她才注意到，照在走廊和房间内的灯光是不同颜色的。

走廊和房间的界线处洒着一道紫光，荣利子刚才脱下的平底鞋，左右错位地横在那里，鞋尖指向不同的方向。

当天夜里，部长和父母亲说了什么不得而知。但自从部长深夜拦了出租车将荣利子送回家之后，第二天起，母亲就坚决不让她再跨出房门半步。

荣利子像只蚕蛹一样，用带有自己身上气味的毛毯将自己裹起来，不停地上下滑动着手机屏幕。从午后醒来，一直窝在床上待了两个多小时，翻看“大比目鱼”的Twitter，试图从她的回帖以及推文提及的商品等入手，推测“大比目鱼”的人际关系和行动范围。

今天的早餐是紫苏腌茄子配千岛酱乌冬面，面上再加个鸡蛋！这是在附近的居酒屋吃过，回家试着做的。一般是酒后用来填一填肚子的，不过早上趁热呼噜呼噜吃一碗也不错噢。

这是魔王收集的家庭餐厅摆在收银台旁的C级玩具。

我最喜欢的外国片子是 NHK 播过的《云上的日子》。为什么不灌成 DVD 啊？是因为音乐版权的问题？

“大比目鱼”的 Twitter 是一个星期前才冷不丁注册的，但它现在已经成为荣利子的精神支撑。目前关注人数为二百三十人。作为新注册没几天的 Twitter，这个数字不算少了。之前的博客，荣利子越读越反感，但 Twitter 这种短小轻巧的文字似乎更适合翔子的性情。语气自然、节奏松快的文字对荣利子来说，不啻一服清凉剂。

关在家里已经整整四天了。

真织用手机给她打来电话。

“出了问题就想把工作一扔了之？早就料到你是这副德行。”

“不好意思，那个……我……”

不等荣利子解释，真织立刻打断了她：“为什么第一个猎物偏偏去选部长？！”

为什么？也许是因为二十三人中，部长是荣利子最没有紧张感的，是和父亲关系最近的一个。也许部长会温柔地给予自己安慰——心底深处说不定潜藏着一点点任性？

“是因为他和你父亲有点儿像？觉得他会保护你？”

面对真织毫无感情的问题，荣利子无言以对。

“你也就这点儿本事了。说到底，可怜的人不是我，而是你！事情到最后总有人来帮你擦屁股，你自己从来不会收拾残局，这就是你的生存方式。看起来很幸福、很让人羡慕，其实这正是你倒霉的地方，你就像个一辈子都挣不脱笼子的宠物，养在鱼缸里的金鱼！婚礼请柬，康行好像打算寄给你的，不过我告诉你：绝对不许来！你最好就休它一个月，天天待在家里不要出来，哪儿也不要去！”

电话挂断了。

真织的话就是最高指示。能不能休一个月尚难说，但至少目前不可以离开家，哪怕为了得到真织的认可也必须这么做。与二十三个男同事上床，这要求的确超出了常理，但是如果能够做到，却能够让人见识到自己的秉性和勇气，从而把自己当成普通人对待和交往。为什么没有人看到自己的努力呢？

真织不再打电话来。荣利子鼓起勇气试着主动给她打了一次电话，但是好像被拒绝接听了。自然地，发送短信对方也接收不到。

无聊至极，荣利子只得有心无心地浏览电脑上的 Twitter 网页。页面上出现了新的文字，于是她倾身向前看起来。

和朋友在水族馆。这是鳐鱼的肚子，可怎么看都像是脸嘛。附上照片数张。

不到一分钟，传上来好几张照片。海龟、水母、海星……突然，跳出来一张宛如马的侧脸的灰色大型鱼的照片。荣利子不由得轻声叫了出来，这不是盲曹鱼吗？能见到盲曹鱼的水族馆全日本屈指可数，从这张照片大致能推测出拍摄场所，应该就是之前杉下邀约自己一同去观赏盲曹鱼的位于新宿的新建成的那家水族馆。自己现在出门，说不定能碰上她。荣利子立即从床上跳起来，拿上手机和钱包，冲出房间。正在客厅的父母吃了一惊，直愣愣地盯着荣利子看。

“你上哪儿去？等等！”

母亲尖厉的声音在身后追着响起。坐在沙发上看报纸的父亲也站起身来。父亲身穿一件深蓝色的毛衣，和头上的白发很相称，这是母亲为他挑选的。除了父亲，荣利子从没见过如此干净整洁的六十多岁的男人，不过这一切都是拜母亲所赐，假如母亲不在，父亲说不定会变成个邋里邋遢的糟老头——荣利子看着父亲眼睛下方松弛的眼袋暗忖着。

“我去见个朋友。”

“朋友……你不是没有朋友吗？”

让荣利子吃惊的是，母亲的眼睛红红的。她第一次这样和荣利子说话。

“而且你也不想结交什么朋友对吧？”

原来如此，母亲根本不信任自己。荣利子觉得，自己开始有点儿领会部长的话了。父亲什么也没说，就那样站在母亲身后。

“你是怎么了？我们对你和普通孩子一样对待、一样培养，为什么你和别人总也没法好好相处呢？”

这话荣利子正想问呢。为什么自己努力想接近别人，别人却毫不留情地拒绝自己呢？

和圭子发生问题的时候就遭遇过类似场面。当时，母亲和父亲似乎一下子衰老了许多。十几年过去，此刻不安地站在荣利子面前的两人，已经是一对彻头彻尾的老夫妇了。

荣利子沉静地说道：“是丸尾翔子……”

“她是谁？求你了……既然有这工夫，我们一块儿去西先生那儿吧，好吗？”

听到这个名字，荣利子心头一紧，他是自荣利子高中时代发生那件事情以后一直给她定期诊疗的精神科医生。荣利子讨厌他。他说话的口气，就好像一口断定荣利子家里潜伏着某种危险。不能和同性健康交往，荣利子觉得这只是性格方面的一大缺陷，但绝不是精神异常。荣利子看问题、想问题并不缺乏客观性，待人接物也具有包容心，只不过在女性面前很少有机会发挥出来而已。

“她是‘吉赛尔’的常客，是个家庭主妇，就住在商店街对面，圭子也认识她。我很快就回来。不放心的话，你去问问她们不就行了吗？”

趁着两人神经一放松，荣利子穿上摆在玄关的父亲的拖鞋，冲出门去。身上是在家里当睡衣穿的摇粒绒套衫，可是眼下荣利子已经顾不上换衣打扮了。她一口气跑下楼梯，跑出住宅区，拦了辆出租车一屁股坐了上去。

路上车辆不多，只用了半小时不到就到达水族馆。在服务台前付了门票钱，随即踏进黑漆漆的入口。虽说是星期天，但带孩子来观赏的人并不多。估计是展出的鱼类品种少，纪念品也乏善可陈，所以吸引不了孩子们。荣利子借着巨型箱槽透出的微弱光亮，在黑乎乎的通道间快步穿行，顾不上观赏两旁的鱼。当隔着一个巨型箱槽发现翔子的时候，她差一点儿叫出声。

是翔子！她旁边的男子是谁？身材颀长、身形微微有点儿消瘦，显然不是翔子的丈夫。如果没记错的话，这个人好像在“吉赛尔”见到过一次，也许是店里的侍应生？看到两人十指相扣的亲密举动，荣利子倒吸了一口凉气。荣利子转到筒状箱槽的另一侧，拉开一定距离，跟在翔子和那个男子后面。两人像是要往观赏客稀少的淡水鱼展示区走去。

这时翔子停在了盲曹鱼的箱槽前。箱槽中，两条将近两米的盲曹鱼悠然地来回巡游，每动一下，覆盖在银灰色鱼鳞下的身体便由紫色一瞬而成灰色、银白色，不断地变换着颜色；两颗大眼珠射着红光，却完全看不出任何情感，只感觉到一种威严，仿佛已经看透世间的一切似的；从背鳍到嘴巴的轮廓线就好像是被剜掉一块缺口；嘴唇厚厚的；宽大的尾鳍宛如一柄团扇，优雅地拍打着浪花。荣利子看得差点儿出了神儿。

也许——荣利子怀着期待，隔着箱槽注视着翔子的侧脸，翔子的脸仿佛漂荡在水底一样。也许她此时想起了自己？想起了在大型贸易公司负责盲曹鱼并为此感到自得的朋友？只见翔子笑着将脸凑近身旁男子的耳朵。男子笑起来，出其不意地吻在翔子的唇上。大概是事情来得太突然，翔子先是挣扎了一下，随后主动伸手钩住男子的脖颈，宛如洪水冲破了堤坝，两个人不顾一切地互相亲吻起对方的嘴唇。

“不好意思，请不要使用闪光拍照！”

被当作盲曹鱼饵食的小鱼四散逃开，随即一名女性工作人员赶过来，向荣利子提出劝告。荣利子这才发觉自己手机的闪光功能开启着，不知不觉中，她拍下好几张翔子与那个男子的照片，自己竟然一点儿也没意识到。干吗拍这些？荣利子无精打采地看着手机上的照片，感觉糟糕透了，女性工作人员见她毫无反应，只得无奈走开。

这时候，荣利子无意中抬起头，刚好看到翔子一脸茫然地望着这边。好啊，总算朝我看过来了。荣利子高兴得差点儿跳起来。两人很久没有视线相对了，一直隔着一张看不见的网，想象着她日常的每一天以及她的心情，渐渐地，竟然怀疑起她是不是这个世界中并不存在，只存在于梦幻中的人？这对眼角细长的眼睛，它透着一种焦灼，明显是在诉说内心的渴求，这似乎是之前不曾有过的。

“哦，你遇见朋友了？那我先出去，在出口处等你。”

年轻男子慌忙与翔子分开，落荒而逃似的匆匆离开。真是个不靠谱的男人，和翔子完全不般配。荣利子快步走上前去，朝翔子送上一个充满爱意的微笑。

“读了你的 Twitter，我猜想你可能会在这儿，所以就赶快过来了。你的警惕性太差了，你这样一发，你待在什么地方立马就能被人猜到。没想到吧？什么都知道了。你还觉得别人在偷偷摸摸窥探你的行踪，其实是你自己把隐私向全世界都公开了，这可是你自己的不是啦。”

荣利子不想给翔子留下时间惊怕，所以抖擞起全身力气努力显得心情开朗，一口气说道。翔子什么话也说不出来，只是脸色惨白地看着她。荣利子忽然想到些什么，打开手机，点开文件夹，带着点儿得意的神情继续说道：“这种照片要是传出去的话就麻烦啦，你现在是名人了，照片都登上杂志了，不光你的粉丝要失望，你丈夫也肯定不会善罢甘休吧。”

“你……你想干什么？这是在威胁我……”

翔子总算发出声音来。能够让翔子开口对话，荣利子高兴极了。出乎意料手上竟然有了这样一张王牌，荣利子觉得自己这下无所不能了。

“你放心，我不会告诉任何人，不过有个条件……”

荣利子伸出双手迅速抓起翔子的手。才没多久没见，她好像瘦了许多。一件看上去售价低廉的戗驳领大衣，里面是件针织衫，脚上配一双轻便跑鞋，大概是因为人瘦，这身怎么看都极其普通的装束竟然将翔子显得气质清新，带了几分潇洒。可是，这不是“大比目鱼”，荣利子还是希望她恢复原来的样子，不管怎样，要帮她改造回来。

部长说过，通过日积月累的训练，可以建立起对他人的信任。比方说，将自己想到的一五一十地告诉对方，无论对方的表情如何骤变都不要去管；耐心倾听对方意见，即使一时不理解，也要强迫自己试着站在对方立场上去理解，即使不能马上达成共识，也不妨搁置一段时间，力求取得理解和共识。——啊，不行不行，这么空洞、毫无希望的所谓努力，无论如何也做不到啊！就好像在沙土中寻觅发光的金子一样，日复一日，谁知道会是什么样的结果？荣利子只希望一蹴而就，拥有绝对靠得住的信任，她要握有自己不会被背叛的保障才会安心，这样，自己才能真正和其他人一样。

“做我的闺密吧！我们重新开始。不过，我们先说好了：不许彼此嫌弃，不许漠视对方，不许有意回避对方，如果你肯答应，我就再也不来打扰你、骚扰你，只要有了这份安心交往的保障，我一定会成为你最好的朋友，我们说好了，我发誓！”

不要摆出这副害怕的样子嘛。荣利子怀着几乎要哭出来的心情，暗暗祈望着。不要像条鱼似的两眼无神、愣愣地张着嘴巴，我和你一样，我们都是受害者呀，你我都是被罩在日本女性社会的巨型蜘蛛网似的各种潜规则伤害的失败者。你抬起头来看，我们无法像其他女性那样，脚尖踩在高高的水面上的网上，用跳芭蕾舞的姿势小心而自在地行走，所以我们只能潜在黑漆漆的水底，携起手来互相扶持呀。我除了你之外没其他朋友，而你除了我也没其他朋友，所以我们两个应该成为好朋友啊。

“哎，你听我说，其实我并不是这个样子……”

不要做出这副害怕的样子啊——这样子，和圭子那时候一样了。十五岁，独自走在上学的路上。乘在电车上，看见圭子在另一节车厢里被一群新结识的女生围着，向圭子挥挥手，可是圭子却毫无反应。和新朋友在一起的圭子，脸上露出笑容，显得平和、充实，似乎在尽情咀嚼和享受着这一刻的欢愉，而她和朋友之间，不留半毫米的空隙，容不下荣利子进入。荣利子喜欢她，想和她做闺密，可是越努力，对方却离自己越远，对自己心生恐惧。

焦灼的感觉又涌了上来。一瞬间，荣利子想打退堂鼓了，但马上又打起精神。作为朋友，首先要让翔子不再有这种惊怕的表情。既然有不可告人的小秘密在手，自己的要求，翔子一定会答应的。两个社会潜规则的受害者一旦建立起牢固的关系，就必须有新的规则替代既有的规则，以防止这种关系发生偏差，所以今后自己将肩负起责任，掌好舵，令两人的关系健康发展，承载两人的小舟可能遭遇险境，也可能顺利抵达新大陆，一切全都靠自己的努力。孑然无依、勇敢、可爱的小舟呀！荣利子向小舟伸出手，恨不能张开嘴，“咯吱咯吱”将它吃下去，因为小舟承载着自己，所以一定很美味吧。

苍白的灯光和漾漾的水波照射下，翔子的嘴唇一刻不停地在哆嗦着。悠悠荡漾的水底深处，只有自己和她。真想脱去衣裳，赤身裸体，和她一起在水里游荡。扔掉所有包裹住身体的束缚，抛开所有伪饰，和一个不会背叛自己的人一同远行，就像跳双人舞一样，永远交融在一起，不管去向何方，不管有无目的地，只要在冷冷的水中感知对方的存在就好，也不要让工作、家庭以及男人来烦扰自己，让两人尽情地享受女性闺密间温静的友情和这美好的时刻——这是荣利子一直渴望的。

翔子呼吸平顺。嗯，看不出她的情绪有绽裂的迹象，这可是前所未有的。经历了许多伤害，现在再受一次伤也无妨——看来翔子也有死穴的，自己应该对她更加宽容些才是啊。

展示箱槽中，两条盲曹鱼面对面地擦肩而过。它们互相不看对方，在即将交会的刹那间，只凭出色的感知漂亮地紧贴着对方身旁游过去，简直令人叫绝。看来，盲曹鱼的世界中也有某种默契和规则。

荣利子觉得，盲曹鱼比起自己和翔子来不知高明多少，它们极擅长和其他同类保持适当的距离。

22

日光灯的亮光将角角落落照射得不留些许阴影。灯光下，色泽开始发暗的海胆海苔寿司卷、盛放在香瓜上的火腿肉、鱼身变得暗红的金枪鱼等，一样一样从眼前的回转架上传送过来。上次和翔子光顾这里还是九月。那一次，由于传送寿司的回转架转速过快，荣利子都来不及伸手取碟子，弄得手忙脚乱、神经紧张。而现在的荣利子则潇洒自如多了，仿佛有人在暗中调节回转速度配合她，让人联想到有座看不见的管制塔正在注视着荣利子的一举一动。伸出手，就能轻松地取下回转架上的碟子，荣利子觉得自己可以同周围世界不发生摩擦而生存，情不自禁想耸动肩膀、用鼻音哼起最近爆红的流行歌曲，虽然她只知调子根本不知道歌词。她将鳍肉寿司蘸上酱油，送入嘴里，感觉既不是她所知道的比目鱼的味道，也不是大比目鱼的味道，但是每一口嚼下去，一块凉凉的鱼脂肪便在口中散开，却不是一下子糜碎，而是富有弹性、颇有嚼劲的，这大概就是捕捞时需要用到滑膛枪的大比目鱼的强韧之劲吧。没错，这也许真的不是荣利子熟知的鳍肉，但同样美味，而且有一种开胃零食般的魅力。从小，母亲就不许她吃各种合成食品，比如，涂满添加剂、着色剂的糕点，合成原料制成的“牛肉汉堡”，而班上的女生则满脸幸福地乐此不疲。

——那种东西不行的啊，对身体不好，吃东西就要尽量吃天然的食材，加工越简单越好，管它样子好不好看呢。

然而正因为是人工合成的东西，那色彩就如同恶魔一般，令荣利子眼花缭乱，难以抵挡。自己是个成年人了，以后要更多地尝试利用和享受便利店、快餐店。自己之所以结交不上闺密，也许就是因为受母亲的支配，只吃那些所谓对身体有益的食物。现在自己连翔子的味觉都了如指掌，眼前仿佛陡然出现了一片新天地。

荣利子想和店员轻松地聊上几句。她现在肚子里想好了台词，然后一边用擦手巾拭着手，一边装作老食客的样子轻快地说道：“啊，真好吃。这样好吃的东西才九十八日元，商家也真够拼的啊！”

隔着回转架，里面一位寿司师傅露出疑惑的眼神，看着荣利子。

“捏的力度也恰到好处。嗯，师傅手艺这么好，可以自己开店了呢。”

坐在右手边的一对男女低声细语着，寿司师傅则态度暧昧地在笑。

荣利子稍显不安，这时，身后响起自动门滑开的声音，随夜风一同闯入的还有一股类似棉花糖的柔软剂的味道。荣利子脸上露出笑容，一把搂住了在她身旁落座的翔子的肩膀。她今天的穿着风格有点儿像男人，上身是件长长的开襟毛衣，下身穿了一条“海盗裤”[1]。

“你迟到啦！晚了两分钟。”

“……不好意思。”

翔子一副无精打采的样子，垂头表示歉意。见她小心翼翼的样子，荣利子刚才还高涨的情绪像被泼了一盆水。自从在水族馆立下约定以来，这是两人第一次相约聚餐。荣利子按照先前学会的顺序，往茶碗里舀了一勺茶末儿，然后按吧台柜边上的按钮，倒满热水，动作麻利地端到翔子面前。翔子肩膀一缩，又低下头去。

“哎，今天在做什么呀？你昨天博客没有更新噢。”

“没做什么……打扫屋子，晒被子……”

“不会吧？！完全不像‘大比目鱼’了嘛，和普通的家庭主妇没啥两样，倒是我变得越来越懒惰、邋遢了呢。”

荣利子笑出了声。今天一觉睡到正午过头，起来后上网浏览了一遍，吃过母亲为她做的午饭，便没什么事情可做，只等愉快的晚上赶快到来，为了尽量缩短等待的时间，荣利子差点儿又睡一大觉。她深感自己竟无一样业余爱好。翻开书，视线盯着一动不动的文字向前移去，可过不了多久就恨恨地想将书扔向墙壁。

---

1 海盗裤：一种立裆长、裤脚短而紧收的裤子款式，大多采用真丝之类轻薄、垂感好的材质，既有裤装的飒爽风姿，又有裙装的飘逸妖娆。——译者注

“哎，你博客不想更新啦？已经停了两天，怎么回事？照这样的话，出版单行本的事情可就悬啦。”

店内广播嗡嗡响起，告知贴骨鱼肉寿司上架。翔子等着广播里一长串声音停歇下来，然后嘟嘟囔囔答道：“我想把博客先停一阵子再说，最近没有心情。”

这个荣利子非常理解。最近翔子写的博文显得生硬滞涩，不像之前发自内心、自然随性、毫无装腔作势的文风，越来越趋同于那些充满自恋和鸡汤式说教的主妇博客的流俗。荣利子能想象到，因为广受注目，翔子的负担也越来越重，而从前的“大比目鱼”是那样“不食人间烟火”，那种清新别样的文字令读者得以慰藉。荣利子希望帮她重新找回自己。

“……那要不要我来帮你更新啊？”

一边伸手去取第二个鳍肉寿司，一边说出了近期一直在考虑的提议。荣利子面露笑容，她觉得自己的这个提议简直妙不可言，而翔子则吃惊地张大了嘴巴。

“‘大比目鱼’的文字风格、节奏，还有用词习惯等，我比别人更加了解，模仿起来毫无难度，我可以写出和你一模一样的日记。要不我先替你更新一篇你看看？当然了，假如你不喜欢的话，我再不写就是了。”

“这个……怎么说呢？”

“当然这并不是常态，无非是想让你休息一阵子。你碰到难处为什么不让我来帮你呢，我们是不是朋友？”

说着，荣利子感到自己身上腾起一股暖意。像这样，好似姐姐一样去关怀帮助同性好友，是她一直以来所憧憬的，少女时代起荣利子就渴望成为这样的人。翔子踌躇着不应答，只是露出困惑的表情低头盯着茶碗里看，但除了这点，她是一个理想的帮助对象。荣利子想起仿佛已很遥远的上班的日子，即使谈成一笔重要生意，受到上司和同僚夸赞，她也常常给自己打不及格，归根结底，因为没有同性朋友，所以她把自己视作一个穿裙子的男人。人生最复杂也最值得咀嚼品味的部分，好像只有自己才有最深切的体会。

荣利子伸手拿了一碟刚刚传送过来的煎鸡蛋，放到翔子面前。她从博客上知道这是翔子的大爱。翔子顾不上道谢，视线跟着回转架来回移动。煎鸡蛋的热气渐渐消失。打听出了博客的登录密码，荣利子总算大为满足。

“反正，你有事的话尽管来麻烦我好了，我现在正在休大假。本来是想过一个月再休的，工作了整整八年，从来没休过假，同外面的世界完全脱节，都不知道这时代变成怎么个样子了，我父亲去向公司求的情，所以公司多少给了我一点儿特殊关照。我想去学点儿什么，考个资格证，还有就是整天吃吃喝喝、游手好闲啦。翔子，你和我一块儿去报个班吧？要不干脆我们去旅行？我一直想和一个女性朋友一块儿去旅行呢。香港怎么样？或者夏威夷？近一点儿的话，箱根和热海也很不错啊。”

“旅行？我也从来没和女性朋友一块儿去过呢。”翔子用低得几乎听不见的声音喃喃道。

现在正是说服她的好时机。荣利子的身子朝翔子靠去。刚刚吃下几块生冷鱼片的胃突然发出动静来，仿佛被切成小块的鱼此时又重新活过来，在荣利子的体内游动起来，激起水花，形成波浪，来回荡漾。

一定要抓住这个时机。

“我也是啊。所以，我们何不尝试一下？两个人一起去的话会很刺激很有意思哪。对了，你坐没坐过‘罗曼蒂克列车’[1]？”

“没坐过……”

“就是嘛，你和你先生都属于宅人。就箱根吧，怎么样？这个季节红叶也很好看。下星期三或者星期四左右，两天一晚，去不去？”

翔子脸上依旧挂着困惑的表情，对此荣利子多少是有所预料的。这也难怪，一般女性之间犹豫、迟疑、试探、暧昧，拖上几个月，一点点寻求突破封印，荣利子一口气便发起了猛攻，翔子自然不敢仓促答应。暂时也无可奈何，荣利子自己给自己鼓劲，不能灰心，要抓住她情绪动摇的缝隙乘胜出击。她想起部长叱责自己的话。这是她经过反复思考才得出的结论。自己和翔子急需的不是时间，也不是空洞的言语，而是某种形式，例如，“每星期约会三次”“一块儿去旅行”“每天相互间至少发送五条短信”等普通人之间视为关系密切的外在形式，将两人截然不同的想法往同一个方向聚拢，然后像盘筑而成的陶器坯体慢慢晾干成形一样，除此以外别无他法。根据以往的经验，只要鼓起勇气先让对方接受这种形式，接下来的事情往往会比较顺利，一旦

1 罗曼蒂克列车：日本小田急电铁公司运营的特快列车及其注册商标名，运行区间为东京的新宿至神奈川县的箱根汤本，车厢顶部设有观光座席，很受游客欢迎。——译者注

越过这麻烦、别扭的阶段，在前面迎接翔子和荣利子的，将是她们谁也没有体验过的，令人心情安宁、舒畅的一个新世界——荣利子坚信，一定是这样的。

翔子一句话也不说。这里的氛围令她感到无聊，她想离开，可是又不想破坏荣利子的心情，于是勉强坐在那里。

遗憾的是，越是像她这种凡庸的人越害怕拘于某种外在的形式。学生时代自不必说，踏上社会之后更是有了切身的体会，往往从进入公司之时起便不愿意遵守既定的规则。喜欢把自己逼上绝境、处处想表现一下个性的员工，结局总是工作毫无成就，最后灰溜溜地离开公司，而真正业绩不俗的恰恰是肯遵从自己或杉下这样的前辈指导，迅速掌握规则并自觉融入自身行动的同事，他们在娴熟地掌握了规则，运用自如之后，遇到新的挑战时，不知不觉就会激发出某种独创性。还有夫妇这类例子，即使自己的父母，荣利子相信他们也不是从一开始就爱得轰轰烈烈，而是因为爱和相互信任而结合的，事实上，他们坚守着夫妇之名，通过长期的、共同的日常生活才产生出更加深厚的爱情和牢固的亲情。可为什么女性之间的友情却不可以附加一个外在形式呢？

翔子仍然不说话，坐姿僵硬，只有眼睫毛在一眨一眨的，像是在认真考虑荣利子的提议。近来发生的事情让荣利子变得机敏多了，于是她故意用极其温柔的语气，顺水推舟地说道："那么，就两天一晚？反正你也不用上班，哪天都有空的，我负责去预订罗曼蒂克列车座席，我们一块儿去箱根温泉，就这么定了吧？"

"啊，我还要回去问问我丈夫呢，这么突然……"

"你有什么想游览的景点快告诉我，我想去参观宝丽美术馆[1]，我一直对印象派的作品特别喜欢呢。"

荣利子第一次尝试坦率地说出自己的想法，这样翔子就能更加容易地发表自己的主张。这是活学活用了真织的做法。真织中午和同事们一同出去吃午餐的时候，从来不会说"我什么都可以"，而是满不在乎地说出自己想吃的东西。荣利子感觉自己明显成长了。

说老实话，要是能听听真织的意见该多好啊！荣利子对自己的言行举止妥当与否缺少自信，所以总有一种双手撑着墙，自己给自己打气，仿佛有同别人暗暗较劲儿似的紧张感，换作是真织她会怎样呢？有着不少闺密的真织，应该不会遭遇这种情形吧？向她讨教的话，估计少不得被她鄙视一番、嘲笑几句吧？

之所以首选箱根，是因为乘坐罗曼蒂克列车从从容容地只需一个半小时就可以到达那里，作为全职主妇的翔子能够自由支配的金钱和时间有限，所以开头不宜走得太远，虽说替她分担掉一些对荣利子来说只是小事一桩，但朋友之间还是各自负担的好。荣利子想到了去网上查查住宿一晚外加一顿早餐、价位在一万日元上下的女性温泉游专用套餐。

---

1 宝丽美术馆：位于神奈川县足柄下郡箱根町仙石原小塚山，建于二〇〇二年，以全世界印象派作品为中心，共收藏有约九千五百件展品，包括十九世纪印象派画家莫奈、雷诺阿，后期印象派画家塞尚、凡·高、高更，立体派画家毕加索，现代抽象艺术先驱康定斯基等人的绘画作品，以及古今东方陶瓷器和化妆用具等。——译者注

就要和好朋友一块儿去温泉旅行啦。毫无疑问，两人的关系将一下子拉近许多，横亘在两人之间的郁结也将彻底融化于大涌谷温泉的腾腾热气中。两个人裸身相对，看着对方不加妆饰的素颜，一边敷着面膜，一边无所掩饰地倾心交谈，让翔子对自己处事笨拙以及做事欠考虑的性情有更深入的了解，自己也可以对翔子了解得更多，这是仅仅属于两个人的愉悦时光，没有性别、上下级的关系介入其中。这情形，仿佛就在眼前，触手可及。事情走到这一步，不容许有任何差池，丝毫不能大意。翔子低着头默不作声。面前小碟子里的酱油倒映出翔子和她头顶上日光灯的影子。此刻，荣利子并不急躁，她清楚地知道自己没必要惶急，于是从容地把视线移向回转架上的寿司。翔子绝不会辜负自己的，她一定会答应，她没有其他选择，她此时保持冷静是因为她知道这一点。

望着正传送过来的一碟寿司，荣利子忽然挺起腰、伸直了脖颈。那是自己曾经负责的商品，几个星期以前，她还每天都在为了这个商品思考如何推动它的销售、海外出差、视察当地的加工工厂、为确保日本国内的渠道而不知疲倦地和经销商洽谈。

“这个鲈鱼呀，以前我们都是用盲曹鱼来代替的，而这家‘笑盈盈寿司’原先也是我们公司的客户。对了，你上次去的水族馆里就有盲曹鱼对吧？你是不是因为是我负责的鱼种所以特意去看盲曹鱼的？在日本，能看到盲曹鱼的水族馆还真没几家呢……”

“盲曹鱼……嗯，你说的什么事？抱歉，我刚才没留神儿。”

听到“水族馆”这个词，翔子顿时有了反应，她小心翼翼地把头凑向荣利子。这种表情以前在圭子身上看到过，这让荣利子先前还平静如水的内心忽然漾起微波，嗓子眼也开始发干，鼻子和眼眶深处隐隐作痛，她为什么对自己毫无兴趣？至少，她应该认识到自己接触的是与众不同的商品、从事的是了不起的工作，不是普通的女人呀，假如老是如此的话，即使和她立下了约定恐怕也没多大意义。翔子对人、对事都兴趣寡然，自己如果因为这个而被她吸引，那自己真是失败。受一种破罐子破摔冲动的驱使，荣利子伸手取下一碟鲈鱼寿司，重重地搁在翔子面前。翔子带着歉意将碟子又推回到荣利子面前。

“我生冷的东西不行啊，这两天胃好像不太舒服，真不好意思。”

如此说来，自从进店坐下来之后，翔子一个劲儿地在喝热茶。经翔子这么一说，荣利子这才发现，她的脸色不大好看。作为朋友，本该一眼就发现的——荣利子赶忙自我反省，同时拍了拍翔子的肩膀，以示体贴关心。谁料用的力气并不大，但翔子单薄的身体却猛地向前一倾。

“要不要紧？要是你不舒服的话，我上你家照看你，或者帮你干点儿家务活儿都可以啊。”

“哦，不不，这个不行，怎么能麻烦你！谢谢，真的谢谢你的好心，不过这个还是要说声抱歉。”翔子说着，两手在额前摇晃。荣利子感觉自己有点儿受伤。

“‘抱歉’这种字眼是禁语，知道吗？扣分！说好了，以后不许再说什么麻烦不麻烦的。翔子，你有点客儿气过头啦，像从前的‘大比目鱼’那样多自然啊，以后还是那样的好。好不容易见个面，不要弄得这么见外嘛。”

翔子嘴唇动了动又想说“抱歉”，但使劲儿憋住了，脸上露出生硬的笑容。

“好了，去温泉好好休整一下，身体就会恢复的，你呀，最近太拼了。下个星期的工作日你可要空出来，别安排啊。”

这个女人怎么可能太拼呢，根本就是毫无上进心。翔子竟是个毫无上进心的女人。荣利子暗暗冷笑。同时，对于她的表现没有遵照自己预想的脚本，心里多少有点儿生气。

自己只是从一家日本一流的贸易公司暂时休息一阵子而已。虽然将做到一半的工作弃之不顾让她有种罪恶感，但根据以往的经验，之前也有过同事积劳成疾倒下，每当这种时候总有后备人员顶上，所以荣利子一点儿也不紧张，对工作应该不会有任何影响。

正因为如此，荣利子和翔子不一样，等重新找回自己，两人的关系安定下来之后，她仍打算返回工作岗位。下班后和翔子见个面，周末在高级酒店一起吃个自助早餐，空闲的时候一同外出旅行，能拥有这样的闺密，工作起来也一定会更加专注、更加努力；平日既无须介意是不是独自用午餐，也没必要小心翼翼地和女员工们处理好关系，因为自己已然拥有一个最棒的闺密。

翔子的表情仍然略显生硬，会话气氛也不大热烈，眼看要说的话已经说得差不多了，比预想的结束时间早了许多。荣利子吃了大约二十份寿司，碟子摞成一堆，而翔子才吃了两碟。

荣利子和翔子走在高架桥下，两个少女合骑着一辆自行车从身旁擦肩而过，爽朗的笑声、“哗哗啦啦”飘起来的制服以及西瓜般的甜甜的体香融化在了夜风中。

“啊，合骑自行车！”

车后的女生骑坐在行李架上，百褶裙下露出的白皙大腿特别引人注目，她用纤细的胳膊搂住自己的腿——荣利子一直目送着自行车远去，忽然间，冒出一个奇怪的念头：自己这一生恐怕只能独自去面对了。身边就有一个朋友，为什么还会这么想呢？荣利子望着翔子，用温柔的声音求助似的说道："上次在家庭餐厅碰面之后，我们是合骑着一辆自行车回家的呢。"

"哦，是吗……"

"我还想和你合骑自行车呢。说好了，下次如果还是在附近见面的话，一定要骑自行车，一定，一定！"

两人在公寓前分手。

望着融入夜色的翔子的背影，荣利子在心里暗暗祈祷：回一下头呀。透过薄薄的衣衫能看到骨骼的背影，却以均匀的速度渐渐消失。穿过消防门厅的时候，圭子照例站在走廊上，倚着扶手吸着烟。怎么又碰到她？荣利子沮丧地将视线移开。

"荣利子，还没去上班啊？每天晚上在干什么呢？"

"不劳你费心，我现在每天和翔子一起吃吃喝喝，我们之间的误会已经全都消除了。没错，每天热衷于女子会呢，一块儿学点儿东西，一块儿旅行，我们约好了去箱根旅行。我现在正在一点点重新拾回因为你而失去的青春呀。"

荣利子从没像现在这样自信。这是复仇。经过努力，她终于拥有了一个永远不会背叛自己的朋友，圭子你后悔去吧！好开心，让你也好好尝一尝我十五岁时品尝过的那种孤独、自怜的滋味！

"呵呵，不要急嘛。你是不是抓住翔子的什么把柄了？"

荣利子一下子说不上话来。为了不让圭子看出自己慌了神儿，她赶紧越过圭子的肩膀，将视线移向公寓外矗立在黑暗中的路灯。

“行了，你还是关心关心你自己吧，你现在的处境比我糟多了！”

荣利子不理会这个身穿摇粒绒套衫、不施粉黛的无业女子想说什么，她耸耸肩，经过圭子面前迅速向电梯走去。

“口口声声女子会女子会的，你早已经不是小姑娘啦，要是个高中女生撞见你，绝对管你叫大妈！”

被圭子这么一说，荣利子脑子转开了，自己最后一次去美容院是什么时候来着？记忆中只有冬天的影子，散发着柊树气息的寒冷夜风轻拂着她的头发，一下子想起了高中时的圣诞礼拜。十几岁时的情形如此清晰地浮现在脑海，说明自己还年轻。

不知不觉，马上就要十二月了。

23

闭上眼睛，仍然无法赶走她的影子。假如搬离这个地方，也许一切就都好了。唉，反正房子是租的，但凡自己有一定收入，有一大笔储蓄，无须和丈夫商量就可以决定搬到别处去，何苦憋在这个像生锈的鸟笼一样的地方呢？当初为什么把工作辞掉呢？不对不对，关键是为什么自己会和荣利子认识呢？

翔子搔着头，重重地翻了个身。从昨天起，她就闷闷不乐，饭也不煮，菜也不做，一直窝在床上。贤介开始担心起妻子来。最近两人的关系有点儿别扭，为了缓和一下气氛，于是他像个哥哥照顾妹妹似的嘘寒问暖："翔子，要不要紧？最近为了博客弄得太累了吧？加上出门也比较多，还是得注意，好好休息一下吧。"

贤介将放入了梅干和鸡蛋的粥端到床前。粥不是用剩饭而是用新鲜的米煮出来的，飘着清香。吞下一口稠乎乎的粥，一股暖意传遍全身，与此同时，内心也油然生出些许愧疚：自己一味主张家里做饭太麻烦，外面的快餐又便宜又好吃，衣服不拿出去晾晒也没关系呀，所以两人平常吃的大多是店里买来的快餐或者用微波炉略微操作下就可以的半成品，真委屈了贤介。而丈夫此刻花费工夫亲手做的粥，虽然粗朴，却是一直暖到心里呢。

"我最近也有点儿烦心事呀。附近新开了一家大型超市，把我们的顾客抢过去了，营业指标又定得高，害得店里一些老员工都辞职走人了，店里现在人心惶惶哩。老实说，看到你越来越赢得社会认可，我心里还有点儿落差感哪。不过我知道，除了我以外还有其他人开始认识到你优秀的一面，所以还是为你感到高兴。我也要振奋精神，争取事业上有所成就，过阵子假如通过面谈的话，说不定我会被调到总部的营业部去工作。"

贤介日见发圆的脸上绽露出笑容，他拿来热毛巾替翔子擦拭身体，还给她换了套睡衣。翔子只觉得从膝盖到腿肚子都湿漉漉、热乎乎的，腋下最近没有剃毛，她不好意思地夹紧胳膊不想让贤介看到，贤介却一点儿也不介意。看到翔子仍然没有要起床的意思，贤介对她说了句"那我走啦"，便早早地出门上班去了。

翔子躺在床上，望着天花板出神。自己和那个正当花样年华的桥本君不可能像和贤介这样吧，万一……万一会是这样，也需要经过漫长的时间，这点翔子是非常清楚的。

和荣利子一起去温泉旅行的事情没能说出口。假如他听到这件事，说不定会感到困惑不解，甚至劝自己不要去。怎样才能让他相信，一切误会的原因都在自己身上，与荣利子无关，荣利子也不是之前想象的那样精神异常，她很正常，自己和她现在成了朋友。唉，不知道。

不过，自己竟然丝毫也没有察觉到丈夫最近的心情和变化。这样关心体贴的丈夫，自己居然背叛他！翔子为自己感到羞愧，她恨自己，弯着腰，身体几乎折成了两半，懊悔得咬牙切齿。这和不停地伤害明明没有半点儿过错的母亲的父亲有什么两样？非但如此，还给两个人温馨甜蜜的生活留下了一辈子也洗刷不掉的污点。想起昨天傍晚桥本君发来的短信，翔子感到胃里涌上来一股酸水。

——前两天在水族馆遇到的那个怪女人，真的是我们老板的朋友的女儿？她要是把我们俩的事情说出去就糟了，天知道会传成什么样、传到谁的耳朵里去，你也不想被你丈夫知道对不对？要不，我们这段时间暂时不要见面？

胆小鬼！虽说为了免生后患自然是分手为妙，但翔子非但没有轻松下来，反而怒不可遏。她把短信重新看了一遍，随即“咚”的一声将手机向墙上扔去，手机落到床上，又弹起来老高。

自己不小心陷进去并为此自责不已，为什么那个家伙却像没事人一样？不可否认，翔子曾经非常渴望被丈夫以外的异性追求，反正那种事情也没打算长久持续，就像潮水一样，不管怎样终会退去，归于平静。和桥本的关系虽说还谈不上到玩火那种程度，但是如此恶作剧……一时的糊涂，却被荣利子抓住把柄，以致在她面前硬气不起来了。

现在，没有荣利子的同意，翔子什么事情也不能做，这比脖子上套着颈链被人牵着的宠物狗还不如。荣利子的性情就像火山一样，不知何时因为什么就会猛烈爆发，所以她的命令自己不得不遵从，此时此刻，说不定荣利子正在什么地方窥视自己，想想就无法心安。自去观赏水族馆那天以来，翔子几乎没好好睡过一觉，饭也没好好吃过一顿。

居然还被她硬逼着要去箱根旅行。和荣利子在一起从来没超过两个小时，现在竟然要和她同一个房间睡觉、同一个浴场洗澡。翔子从未和同性朋友一起这样旅行过，何况对方还是那个女人。可是，除了答应去之外自己没有其他选择，只要一想到这里，翔子就感觉鼻塞头痛，脑子里“吱吱”地叫个不停。

自从自说自话地找上家门以来，丈夫对荣利子一直存有戒心。虽然可以编个谎对他说是回趟老家，但毕竟是和荣利子一同出门旅行，所以外出期间博客必须以自己的名义发表，不能露出荣利子半点儿信息——翔子开始思考起对策来。

为什么会变成这样？如果向丈夫坦白会怎么样？一旦坦白，不光和桥本的事情败露，而且自己的浅薄愚蠢等本性势必全都暴露无遗，太可怕了。至少在丈夫面前，翔子希望保持一个清新明快、没有半点儿污秽的女人的形象。

这段时间努力控制的香烟这会儿又在发出诱惑，翔子终于从床上爬起来，拖着沉重的双腿朝起居室走去。她从书架上拿出收起来的骆驼牌香烟和打火机，点上火，吸了一口带点儿甘甜味道的烟，然后躺倒在沙发上，感觉狂乱的心情总算稍许平静下来。

她盯着飘飘荡荡在对面公寓窗外晾晒的衣物。楼下传来像是烤红薯的叫卖声，透过薄薄的窗帘，可以看见外面浅蓝而澄净的天空，阳光射进屋子照在肚子上；最近懒得打扫，所以屋子四处落满了灰尘和掉落的毛发；空气越来越干燥，看来得赶快买一台加湿器了——不久以前，每天上午的时光就是这样舒缓地流逝，如今被荣利子夺去了操控权，博客用不着自己更新，于是以前宁静的时光又回来了，这真是讽刺啊，然而这并非幻觉，而是真实的。

因为没有预先支付稿费，花井里子的约请也没有落实为书面合同，所以没有义务非得完成单行本的写作不可。大概是看透了翔子对此事并不积极，最近花井里子很少主动和翔子联系。既然只能维持如此短暂的热情，当初干吗那么起劲儿呢？其实一开始是抱着玩的心态去做的，而随着不断更新，渐渐地就像染上毒瘾一样，整天钻在虚拟的网络里，眼前的事情反倒提不起兴致，不管什么事情就只知道从写博文的角度去看。

刚才看了一眼荣利子昨天以自己的名义写的博文，语气、用词以及照片的角度，拿捏得同自己完全一样。

今天，和住在附近的闺密一块儿来回转寿司店。九十八日元的鳍肉寿司是我的最爱。聊着天，又是喝茶又是吃甜品，太棒了！蛋黄酱蘸金枪鱼（哈哈），每次来总有稀奇古怪的新品推出。比起那些只以贵取胜的寿司店，我还是喜欢这儿。

厚着脸皮自诩“闺密”，果然是荣利子的一贯风格，不过总体还是模仿得很相似，如果有人问这是不是自己写的，一瞬间真可能会脱口而答“是呀”。看到荣利子对自己的文字习惯了如指掌，感觉稍稍有点儿怪。接受采访并登上杂志之后，翔子隐隐有一种预感：将博客交给荣利子去打理，自己从此收手不干了，未尝不是一个选择。令她感到不可思议的是，自己竟会如此冷静，没有一点儿依恋和不舍，简直无法相信当初怎么会那样热衷。不过，现在这些都无所谓了，找回之前的平静生活才是首要的。

躺在沙发上点燃了第二支烟。看着烟圈袅袅而上，忽然眼睛一热，眼眶里噙满了泪，自己的生活原来是多么安定、多么安全、多么叫人满足啊！本以为失去职场、在老家也找不到自己的位置，自己这一生将就此浑浑噩噩漂泊度过，偏偏被一个疼爱自己的丈夫守护着，无忧无虑，想要什么伸手可得，家庭就是自己得以彻底放松、相互间无须戒惧的幸福场所。就拿眼前的起居室来说，收拾得虽比较马虎，但并没有凌乱的感觉，堆放的漫画和各种杂志都是贤介和自己喜欢的，打开过的点心袋子都用夹子夹紧保存着，身处其中不会有任何不安的感觉，虽然产生不出激情，但也永远不会紧张和失望。

这些不正是自己少女时代所渴望的吗？并非荣利子所指责的那样，自己对人生并不缺乏热情，对于想达到的目标，自己也会冲坚毁锐，不顾一切地去争取的。翔子不想被荣利子那样指责，为什么自己的生存方式在她眼里就那么卑俗呢？

不知从什么时候开始，较之自己怎样想，别人怎样想似乎变得更加重要了，为了累积读者的点赞数，不惜将本来应该隐藏在心中的想法和情感统统面向世界公开，日复一日的夫妇生活以及季节更替之类却被刻意无视。如何获得同性的友情、主妇的意识革新等，反正什么都可以成为博客的题材。而现在，这些都已经激不起自己的兴趣了，自己和贤介的私人时间比任何事情都来得重要。经历挫折之后，翔子才彻底醒悟了。

翔子翻了个身，喝下的粥在肚子里咕噜咕噜地晃荡。

无论如何，自己和桥本君亲吻的照片必须让荣利子删掉。和荣利子断绝来往，像之前那样过自己的平静生活。可是，应该做些什么？翔子设想着种种办法，可是没动上一会儿脑子，太阳穴边的青筋就突起，头隐隐作痛。翔子使劲儿喘了一大口气，身子底下的沙发弹簧随之颤动了几下。

即使想出逃脱迷局的办法，也注定不会有任何结果，最终仍因为嫌麻烦而毫无行动。一旦躺倒在沙发上，想起身都会嫌麻烦，人生再努力又会如何呢？还不是一切照旧，否则自己也不会过着现在这样的生活。而眼下，自己又没有智慧以及力气去改变现状，只得乖乖地听荣利子的话，也许能保证不至于变得更糟糕。

如果这样的话，那还要做什么呢？没有事情需要做嘛。翔子微笑着，隔着窗帘望着旁边另一座公寓。

什么都不用想，只要遵照那个女人说的做就是了。等待她的指示吧。博客也不需要自己更新。自己只要守住和贤介的生活就好。从某种意义上来讲，这样也许更幸福。翔子在心里发出暗笑，做个听话的乖乖女就行，就像学生时代那样。

“什么都不需要做。”翔子想起了说这话的圭子。尽管只有一瞬间，但当时独自飘浮在虚幻世界的圭子的确对自己产生过强烈的向往，大概不抱希望，也不被别人希望的态度恰恰是圭子的理想。可惜现在，自己的生存状态比圭子还要堕落，以致想不出贴切的词语来形容，假如就此消失，能从人们的视线里彻底消失也不是件坏事。

屋子的窗户紧闭着，由于好久没擦拭，窗玻璃上还留有雨迹。翔子感觉自己仿佛被窗外的空气包裹着。清冷而又甘甜的晚秋的风有点儿顽皮，仿佛欲挟带着人一起飞向高朗的天空，陪伴它嬉戏一番。如此，自己只有变成一片落叶，让风将自己卷入天空，那样就感觉无限接近于空气，和空气化为一体飘浮，也就相当于自己什么都不做，只需听凭风将自己带往广袤的世界。

烤红薯的小贩好像已到公寓前，拖得长长的叫卖声越来越响，然后，仿佛断头台上的刀斧猛地落下般，声音戛然而止。

24

小田急罗曼蒂克列车每天满不在乎地劈裂荣利子居住的城市，推开阳光和风，穿行而过。白色或“弗美尔蓝”[1]的车厢仿佛泼洒在巨型画布上的颜料，在眼前画出一道直线，向远处延伸。少女时代一直以为这是天经地义的，所以从不会特意去乘坐它。父母亲似乎也是同样的感觉。记忆中上幼儿园时有一次全家去旅行，乘的便是罗曼蒂克列车，但车厢内的景象以及旅行目的地的风物却非常模糊，甚至去的地方是不是箱根她都记不清楚了。

1 弗美尔蓝：群青色，又称洋蓝等，色彩鲜亮、透明，因荷兰黄金时代的杰出画家弗美尔在其画作中喜欢并擅长运用这种颜色而得名。——译者注就是这已经深深融入日常生活的列车，此刻荣利子就和翔子并排坐在它的前排座位上，感觉就像跃身跳进了家里墙上挂的那幅马蒂斯[1]的印刷画中，有种强烈的非现实感，似乎被推挤出了正常的生活，从此回不了头，这种感觉比起和部长走入情人旅馆的时候还要强烈。可这是自己下定决心走出这一步的。终于，自己开始向那个非我变身了。

列车前部是一大块半圆形的玻璃窗，可以非常近地看清窗外的铁轨倏地消失在车厢下面，轨道仿佛就埋设在自己下半身内似的。荣利子情不自禁地用手捂住了腹部。

座席和飞机的差不多，非常柔软、舒适。道路两旁出现了保龄球馆、超市，列车马上就要驶过两人居住的街区了。忽然，荣利子冒出一个念头，她想回去，回自己家，窝在浸染着自己体味的毯子里，等着母亲做好饭菜来叫她吃饭。少女时代以来一直持续至今，现在她想回到那段时光。怎么会忽然冒出这样的想法？荣利子动摇了。

一切都是自己所期望的，现在却畏怯了，岂不是滑稽？荣利子急忙调整情绪，努力使自己平静下来。一旦产生不安情绪，很可能再也无法控制了，一定要避免这种情况发生。只不过是出趟远门，上班的时候不也是经常的事吗？现在只不过前往相邻的县，却如此不安，紧张成这个样子，大概是因为旁边还有一个人。荣利子不由得看了看紧靠车窗的翔子。从翔子身上散发出柔软剂的味道和类似阳光味的体香，而软塌塌、皱巴巴地贴在皮肤上的针织衫，又似乎暴露出她不为人知

---

1 马蒂斯：法国画家、雕塑家、版画家，野兽派的创始人和主要代表人物。——译者注

的日常的一面。她丈夫身上一定也散发着这种味道吧？翔子身上掩饰不住的家的气息，激起了荣利子的反感和嫉妒，恨不得睡了她丈夫，使他成为两人的共有物。

——和朋友一块儿去箱根散散心，你们用不着替我担心。

和父母说起旅行之事的时候，荣利子自己都觉得不好意思，没有朋友的最凄惨之处莫过于对父母亲没法开口说这种话。父母觉得女儿和谁都合不来、到处不受欢迎，这比孤独自怜这一事实还要难以接受。母亲对此越来越不关心，最多眼球在紧闭的眼睑内滚动两下，父亲的表情也越来越冷，荣利子使出全副热情，拿起电脑，点开“大比目鱼”的博客，向他们解释对方是个什么样的人，两人如何情投意合，就像开会汇报企划方案一样。在听了近一个小时的说明之后，父亲一字一句地问道：

——我们可以相信你吗？她真的是个可以信任的朋友？你现在是休大假，给那么多人带来了麻烦，而且还让别人为你担心，所以，假如你再做出什么过分的事情，就是对信任你的人的背叛，你知道不知道？

荣利子差点儿脱口说道：爸爸，你不是也没有朋友吗？父亲为何没有谈得来的朋友，荣利子一直在猜测、思索，但是找不出答案。性情沉稳、待人和蔼、极有耐心的父亲，虽然不是像真织所说的理想型男性，但进入青春期后，班上好多同学都同父亲疏远了，而荣利子始终没有这种感觉。每次和父亲说话，他总是能理解自己的意图，干燥的肌肤和花白的头发也从不给人留下不卫生的印象，大概是父亲阳刚气概稍显不足的原因，在运动型员工吃香的公司里父亲始终难受重用。没错，并不是说被人讨厌，只是和那些男性同僚不怎么合拍而已。

想到父亲像自己一样，性情中居然也有古怪、可怜、说不清道不明的毛病，荣利子感到既羞愧又愤怒，脚下站立不稳。莫非，害自己受苦的性情是父母遗传的？想到这一点，荣利子就不想再看到父亲，就想逃出这个家。与此同时，心里却特别不安：自己到底爱不爱父亲？这个家是守护自己最后的屏障，绝对不可以对它产生厌嫌呀。

虽然父母亲很惊讶，但听到对方是个有名的主妇博主，而且很快就要结集出版单行本，同时将旅馆的地址、联系电话以及日程安排等统统告知之后，终于仍不大放心地同意荣利子外出旅行了。荣利子这几天都在忙着做出发前的准备。

喝了一口在列车始发站新宿站内小卖部买的常温瓶装啤酒，荣利子再度仔细打量着身旁翔子的侧脸。车窗玻璃产生的静电，将她的短发发梢吸起，弯曲着围成一个小小的空洞，像个鸟笼似的。她的奶油色皮肤的肌理、根根汗毛以及在她面前飘浮的尘埃都显得清清楚楚，翔子绝对算不上是一个美女，可为什么自己的视线一直离不开她呢？她的行动范围和看到的世界都那么狭小，可偏偏她的心一直向着遥远的地方，总是给人一种不知什么时候就会突然飞走的感觉，而正是这种不安的感觉吸引着自己。如果可能，真想永远陪伴着她那颗一直游荡的心。以前她身边的男人大概也都是这样注视她的吧。

现在好了，她跑不掉了，不管是那个年轻男子，还是她丈夫，或者别的男人，荣利子都取胜了，荣利子在自己和她之间构筑起了一个任何人都无法闯入的世界。

荣利子一边听着车轮行驶的轰隆声，一边历数着依靠自己的努力而获得的战利品。

此刻，自己正和好朋友一同前往箱根，无论谁见了，都会认为她们是一对关系密切的好闺密。两人先是在离公寓最近的车站会合，然后到新宿，再乘上事先预订好车票的罗曼蒂克列车，并排坐在最前面的座位，前往温泉度过只属于两个人的一段时光。这可以算是成年女性的特权，如今自己已将它收入掌心，看来只要努力，总会有回报的。误会消除，之前的焦虑也好，伤心也好，统统一笔勾销了。必须一笔勾销！——经过反复的自我暗示，荣利子凑近翔子喊了声："哎，快看，马上就要经过我们住的地方啦！"

"啊？哦……"翔子心不在焉地回应道，随即转过脸来望着荣利子，仿佛刚刚才认识似的。背光之下她的眼睛稍有点儿模糊，没有好好修理的眉毛耷拉在眉棱骨上。这好像是第一次和她在白天会面。翔子近来举止变得有些古怪，怎么形容好呢？有时候简直像个还不太会说话的男孩，顺从，但毫无主意，一切都听荣利子的安排。两个女性一起无拘无束地旅行，怎么可以缺少互动呢？最初碰面那晚，翔子可比现在知性多了，感情丰富，反应灵敏，给荣利子留下很好的印象。

也许是感觉到了荣利子的焦虑不安，翔子忽然发问道："你从小就生活在这里，有没有想过有一天离开这个地方？"

翔子很少主动发问，这是最理想的场面。罗曼蒂克列车、推心置腹的聊天、温泉，荣利子一瞬间高兴得忘乎所以了，她拼命提醒自己冷静冷静，随后微笑着回答："如果结婚的话总有一天会离开的吧。不过不管怎么说，这里的环境还是挺称我心的。"

既没有撒谎，也毫不夸张，这是荣利子的真实感受。虽然偶尔会有冲动，想抛开一切，置身于全新的环境中去，但始终没有找到一个促成她真正采取行动的理由。即使离开这儿，她觉得自己追求的无非还是与这个街区非常接近的风物和氛围。

“哦，可是我老早就想从老家跑出来了，不光那个地方，还有那个家都让我讨厌，特别是我父亲。”

荣利子感到十分熟悉的亲切的街区，此刻就展现在翔子眼前，铺展在轨道两侧。超市、小学校、商业街……平常熟悉的风景换一个角度看，愈加觉得亲切。这正是一直期待的那个瞬间啊！翔子怀着感慨，主动聊起自己的身世，从这一瞬间开始，两人的关系迎来转机，她们开始品味到旅行的感人之处了呢。荣利子激动得心脏剧烈跳动，说话都走音了。

“哎，是吗？到底怎么回事？你快给我说说看……那个，你父亲是什么样子的？”

“……他是个乡下小地主，上几辈传下来的，车站前的出租公寓和停车场都是我们家的，还有一座山，那座山几乎穿过整个镇子。”

“哇，你是个富家女呢！”

荣利子很高兴翔子出身于殷实之家，这让她自己也感到意外，她似乎有点儿理解了，为什么翔子一直以来过着散漫随意、慵懒邋遢的日子，却能守住一条底线，没有彻底堕落。

“可是，乡下的土地能值几个钱？再说又是那么偏远的地方。父亲好像一点儿也认识不到什么危机，不过我觉得他现在已经没多少资产了。我父亲人并不坏……怎么说呢？他的所有行动都叫人猜不出到底什么意思，平时和你说说笑笑，也没什么主见，可是突然就会变得像个黑社会似的朝你狂怒，和谁都无法好好沟通。他喜欢喝酒，喜欢玩‘扒金窟’，几乎每天都泡在‘扒金窟’，你也弄不清他到底是高兴还是不高兴……哎哟，你看我还是没说清楚，反正他就是这样一个人，你拿他一点儿办法都没有……人不是坏人，可是和他待在一起，你就会莫名其妙地紧张，家里的人都是这样的感觉。我母亲离家出走之后，哥哥、弟弟和他几乎都不来往，再娶的女人也离开了，还不知道接下来到底怎么样呢。”

翔子第一次一口气说了这么长一段话。荣利子伸伸腰重新坐直了。

她从来没有听说过如此异常的父亲。不挣钱、暴力，这些都好理解，但是如此模棱两可、善恶无从判断的男人，实在是无法理解。但是，荣利子不能直截了当地说无法理解，这样容易被翔子误解为瞧不起她的出身，更要命的是，那样会暴露出自己孤陋寡闻，缺少社会见识。荣利子心里暗暗升起一团怒火，既是对这个拥有让人难以理解的家庭背景的女人，也是对她的父亲。

不管怎样，尽量说些无关痛痒的话，不要刺激她。

“试着面对面坦诚地沟通一下会不会起点儿效果？毕竟，是你的家人给了你生命，他们是你最亲近的人呀，只有鼓起勇气，和你父亲面对面沟通才能解决问题，比你更痛苦的人有的是呢。不要去考虑谁的对错了，试着做做看吧。”

这倒不是随便说的，荣利子就是鼓起勇气做了，才消除误会，和翔子和解的。与其不理解装作理解，这样诚实应对更好。荣利子暗暗对自己感到满意。

“一定要把自己的想法告诉他，否则还是不行的，要如实说，不能撒谎。”

翔子盯着荣利子的瞳仁看了片刻，随后移开视线："是呀，一定是我做得不够，这个我自己早就明白，可我就是在父亲面前不知道应该怎么说才好，因为我实在没有什么想对他说的啊。"

"啊，那真叫失望呢……"

荣利子糊涂了，感觉自己被弹了回来。她捉摸不定到底该回以什么表情，只得尴尬地苦笑了下，叹了口气。当然自己也不知道该说什么，只是坦率地说出口，翔子却反而避开了。此刻翔子虽然嘴角挂着微笑，却一脸困惑，将视线转向了车窗外。两人居住的街区早已被抛到后面，一小片森林进入视野，大概是个公园，还有只听说过名字的车站站台闯了进来。

"哎，你要是愿意的话，再讲点儿给我听听吧，关于你的家庭，我想听。"

"对不起，已经全部讲了呀，把我父亲的所有事情都告诉你了……真的，就是全部，没有什么要讲的了。结束吧。"

翔子闭上眼睛，意思是让荣利子不要再追问了。再次被拒绝，荣利子焦灼、不满，她恨不能用拳头砸开车窗玻璃，从这里跳下去。自己说错了什么？她重新咀嚼数十秒之前的对话，没发现自己说过什么不妥的话，那些都是平平常常的客套话，平常得不能再平常。自己既表达了理解，也没说什么不妥当的话，只想让两人之间的关系更加亲近些而已。不能让这次旅行泡汤，绝不能让气氛变得别别扭扭的。

荣利子绞尽脑汁搜寻着令人愉快的话题："宝丽美术馆里有种蛋糕，包装盒上印的是莫奈的《睡莲》，那个一定要买，当礼物送人绝对亮瞎眼噢！对了，你有什么地方想去观赏的，想出来没有？"

“没什么特别想去的地方，我只想泡在温泉里，彻底放松放松就满足了，其他嘛，你想去什么地方我跟着你去就是了。好了，等到了目的地，麻烦你叫醒我好吗？”

说罢，翔子便闭上眼睛不再说话。明明知道她是装睡，可荣利子也不敢搅扰她，反而有点儿羡慕翔子：虽然是被迫和自己一块儿来旅行的，但居然能转被动为主动，我行我素，可真行啊。

也许是因为放松了？

荣利子吹了一口气，面孔朝前坐正身体，调低座位椅背。关于家庭的话题再怎么聊估计也不会有答案。荣利子身边的人，没有一个是在如此复杂的家庭环境中长大的，所以她不知道应该做何反应，或许有人有同样的经历，只是没有对任何人提起。她的朋友当中，没有一个家里离过婚，没有一个家里有人精神异常，没有一个已有孩子，没有一个拥有外国国籍，没有一个是同性恋，因此，她从未与一个和自己成长环境截然不同的人交流过各自的情感。

假如面对的是坦桑尼亚的贫困问题，就可以运用数据进行处理，然后做出判断。可是，当与一个成长经历和自己完全不同的人交流分享时，脑海中总是飘浮着一团云气，想要除去这团云气，圭子的影子就会闪现出来，那张仿佛遭遇未知生物般惊惧、瞪大了眼睛、拼命拒绝的少女的脸。所以根本不可能再向前迈一步，万一自己的想象与现实相去甚远会怎么样？只会吓到对方，使对方受到伤害，想到这里，荣利子不禁全身发抖。

所以，自己需要的是能和自己产生共鸣的“大比目鱼”，而不是没头没脑的翔子，所以要唤回那个更容易相处的“大比目鱼”。

真想和整个世界和睦相处。

列车正驶过一个和自己居住的地方十分相像但从没来过的车站，站台有着和家附近一样的超市招牌，结构样式也一样。假如自己拥有心灵感应的能力，能够即刻知道另一个身处与自己完全不同的环境的人的想法，那该多好啊。要是拥有这种能力，就无须像现在这样坐在罗曼蒂克列车的前头了，甚至连和别人一同旅行都没必要了。

25

啊，这儿有种像我老家后面那座山的味道呢！一踏上箱根汤本站的站台，翔子便翕动鼻子，寻找熟悉的气息。空气带着点儿凉意，越过站台屋顶，可以看到天空，尽管布满云朵，可依旧天高气爽。

湿漉漉的落叶叠在一起，悄无声息地腐烂掉。——在老家庭院里就可以嗅到的便是这种湿漉漉、带着点儿甘甜的味道。不过，即使说了，这个自小长在都市的女人也是毫无感受的。

那座山为父亲所拥有，是当地最大的一座山。山脚下生长着传说故事中常常出现的竹林，一到春天住在附近的叔叔就来挖竹笋。母亲煮的竹笋饭散发着清香，翔子和哥哥、弟弟更喜欢凉了以后吃，凉饭比刚煮出来的热饭口感更佳。父亲最爱吃用笋衣包裹着制成的梅干，翔子除了酸味之外却吃不出其他味道来，不过她若是只尝那么一口便作罢，父亲是绝对不答应的，非逼着她把整颗梅干都吃下去。父亲把平常的家务活儿和子女的教育丢给母亲，自己从不操心，对于偶尔才制作的这个食物却说道特别多，每次都在一旁严厉监督着，连吃法都要管，让孩子们感到苦不堪言。

“先去车站前的荞麦面铺子把肚子填饱再说吧！我在旅游指南上看到的，他家的手打荞麦面很有名噢。”

荣利子讨好般地看着翔子道。而此时的翔子，厌嫌感或者疏远感已经让人感觉不到了。

刚才告知了有关家庭的事情而换来荣利子一通盛气凌人的说教，在某种意义上，翔子反而觉得一身轻松了，因为一直以来就暗暗期待着向别人一吐为快。没承想，顺风顺水长大的荣利子似乎将这一切归结于自己的矫情，现在好了，终于死心了，反正不管自己怎样解释，她都没有办法理解，也许她根本不想费心去理解。既然如此，只当她不存在不就行了吗？杵在自己身边的不过是个青奴[1]。仔细想想，仪容端庄却举止极端的荣利子就像一个提线木偶。好啊，就当是自己一个人出来旅行好了，一旦打定主意，心情顿时豁然开朗，映入眼帘的周遭景色也变得可爱了。

能和这样的女人长时间待在一起，除了各方面都不讲究，又有的是时间的自己以外，再没有第二个了吧。嗯，这样想，有点儿滑稽噢。像荣利子这样三十岁的女人就算打着灯笼也很难碰得上，可她似乎偏偏就喜欢同怠惰、飘摇不定的人搞在一起，比如圭子，或者自己，她喜欢接近这样的人，然后强迫对方改变成为像她一样的人。唉，干脆

1 青奴：又称竹夫人，古时一种消暑的器具。用光滑精细的竹皮编制成圆柱形的竹笼，置于床席间，竹笼四周的空隙能吸收汗水，还可加入薄荷叶、栀子花等鲜花香草，具有清神怡情的效果。——译者注

一开始就找个同自己一模一样、神经质的强势的女人不就好了。

翔子用手机上的摄像头对准停在长长的站台上的罗曼蒂克列车，拍了好几张照片。走出检票口，两人不由自主地回头朝身后的土特产商铺望去。在这陌生的地方，买些食品来尝尝不是个坏主意，可是想到提着沉重的东西还要打车，实在不方便，于是不得不作罢。贤介也是这样的人，结婚时去台湾蜜月旅行过一次，之后便再也没有一同出过远门。所以荣利子强拉着自己出来旅行，想想还是值得高兴的事哩。虽然没有特别想买的东西，翔子还是情不自禁地拿起冷柜中的瓶装野菜，看了一眼上面的价格。中学修学旅行的时候，买过类似的土特产带回家，感觉价格与当时相差无几。

想买吗？荣利子朝翔子手上迅速扫了一眼。到达箱根后，她的举止似乎越发夹杂了戏剧成分，她越来越像个少女了。

——我很好。荣利子好像有点儿紧张，呵呵呵呵。

下车前，翔子已经给贤介发送了三条短信。

之前，翔子向贤介反复解释了志村荣利子的种种异常行为，是因失恋以及工作压力过大引起的轻度神经官能症所致，其实她是个文静贤淑而且待人体贴的人，由于不善与人交际所以几乎没什么朋友，结识自己后便沉迷于这种不曾体味过的同性友情，况且此次旅行荣利子的母亲特意恳求自己一定要结伴同去，但贤介始终不肯点头，最后实在拗不过翔子的软磨硬泡，怀着一丝不安同意了翔子出门旅行，条件是旅途中随时用短信告知在外的情况。

桥本的事情，翔子觉得只要荣利子保持沉默，贤介是不会知道的。不管是好是坏，贤介总会坦然地接受眼前的现实，这样毫无心机的丈夫怎么会捕捉到日常生活中一点一滴的阴影，从而去发掘事情的真相呢？

出了车站，道路两旁搭建着连廊，连廊下是架着热气腾腾的蒸笼的饮食摊和售卖各种手工艺品的铺子。荣利子事先通过导游手册查阅得知的手打荞麦面铺子在靠边的位置，拉开陈旧的木格子门，一股鲣鱼干烧煮的暖烘烘的汤汁味道迎面扑来，两人在靠墙一侧相对而坐。翔子翻开菜单，目光立即停留在她最喜欢的鲱鱼荞麦面上。荣利子则纠结了许久，才点了一笼屉天妇罗荞麦面。

对面的荣利子不知在说些什么，翔子只觉得声音越来越远，最后融入端上来的面碗腾起的热气中，一同散去。

翔子一边吃着面条，一边胡思乱想起来。大概就应该是这样子的吧，这世上很多看上去关系融洽的闺密，同样对对方的话一半听进去一半充耳不闻，时不时对那些毫无兴趣的内容应和一两声，其实就为了和对方一起挨过一段气息并不相通的时光而已。铺子内有一些已经不那么年轻的女性客人，或两人一拨，或几人一堆，不知道是主妇还是恰逢休息日的职场同僚，一男一女的客人一对也没有。

没错，记得桥本也说过："最近，听说结伴一起去迪士尼乐园的女性闺密游客，远比情侣档多得多呢。"只是当时没往心里去。桥本会和谁一起去呢？

近年来，总感觉女性结伴在公众场合毫不怯生，说起话来粗嗓大声，难道是自己落伍了吗？博客上也有不少人喜欢晒与同性友人的交往，仿佛这能体现出自身的价值，为此人人都拼命装相挣面子，像是场变相的战争一样。

这是为什么？不想孤独地生存的缘故？为了大肆宣扬自己能够与

别人心有灵犀、息息相通，还是想提醒自己和社会，自己在做一件有意义的事情？男女之间的恋爱很难一帆风顺，即使顺风顺水最终仍将淹没于庸俗无聊的日常生活中，这一点谁都明白，所以，难道她想死死抱住女性闺密间的友情才是地久天长的这个幻想？

真正息息相通的女性闺密间的友情，世间存在多少呢？翔子不相信有真正的友情，因为她清楚那种表面亲密无间的氛围可以轻而易举地假装出来。

话说回来，这碗鲱鱼荞麦面真是便宜，且没有鱼腥味，面的嚼劲也刚刚好，很合翔子的胃口。接下来到了旅馆，估计荣利子也一定会尽量在自己的心理范围内，挑最好的东西，让自己充分享受口腹之乐。对于荣利子的精心准备，翔子既没有些许谢意，也不觉得腻烦，反而心安理得了。她喝下微辣的面汤，从喉咙直到胃有一股爽爽的灼热感觉，她太喜欢这种口味了。

渐渐地，心理变得越来越平常，翔子对此感到困惑。她吞咽下一口带着鱼味的暖气。从车窗望见的建筑物此刻似乎变矮了，视线中的绿色越来越多。蓦地感觉，自己和身旁这个女人的关系也变得模糊了，好像不是被胁迫出来旅行的，而是自己主动登上摇摇晃晃的列车的。

我是不是和谁都合得来啊？——和桥本君也好，和自己丈夫也好，和所有之前交往过的男性也好，不管对方是什么样的人，我本性中最核心的部分都不会改变，依旧我行我素地走着自己的人生之路，即使和荣利子这样的女人在一块儿，也能够保持平常的心态，以冷静的目光看待一切。我不会被任何人扰乱，换句话说，谁和我在一起都无所谓，大概就是因为这样，所以到最后别人都会离我而去吧？

为了打消忽然冒出来的怪念头，翔子拿起七味粉[1]瓶子，往面汤里使劲儿倒了许多。

不是的啊，至少贤介就不是，唯一不可能的就是失去丈夫。虽然自己身上确实有不少毛病，但还不至于让贤介无法忍受，和眼前这个变态的女人比起来，自己绝对处在一个安全的位置。

“哎呀，这可怎么办？忘记拍张鲱鱼荞麦面的照片放到博客里去了！”

翔子抬起头，只见荣利子两手捧着手机，满脸歉意的表情。她面前是刚刚端上来的放在笼屉上的天妇罗荞麦面，再低头看自己面前，一大碗鲱鱼荞麦面几乎已经见底。

“没事的，我已经差不多吃光了，你放一张你的照片吧。”

“可是这样一来，感觉好像‘大比目鱼’吃的是天妇罗荞麦面……不是不对了吗？”荣利子歪着脑袋，皱起眉头，看样子不想折中。

翔子忽然想到，这个人一点儿也不会耍点儿小机灵，或者敷衍了事什么的，估计从来也没有翘班出来旅行过吧。

“不要紧的，天妇罗我也喜欢，就写成我吃的是天妇罗荞麦面好了。”

被她这么说，荣利子这才甩动头发点了点头，调整笼屉的位置，又拿起筷子夹住炸大虾的尾巴，挪动一下角度，开始了拍照的准备。看着荣利子神情紧张地举起手机，变换角度反复认真拍摄的样子，翔子由衷地感到竟有几分可爱。

鲱鱼荞麦面仿佛舒缓了翔子的神经。

---

1 七味粉：将辣椒捣成粉末后加入花椒、芝麻、陈皮、火麻仁、紫苏、油菜籽和青海苔等制成的餐桌用调味品。——译者注

得设法和她说说话套套近乎，翔子打算投其所好找个话题。可是，不知道——她根本不知道荣利子有什么爱好，准确地说，她对荣利子的一切都不清楚，这让她有种好像抬头就触到天花板的挫折感。

“呃……荣利子，最近在看什么电视剧吗？我现在迷上了星期四晚上十点钟的电视连续剧哪……”

这是由当下人气明星主演的一部爱情喜剧，描写一个任性而又傲慢的富家小姐同父亲下属的儿子未婚同居，虽然关系冷淡，在人前却不得不假装恩爱，故事情节拖沓，但是演员阵容夺人眼球，加上女演员的时装让人眼花缭乱，翔子和贤介每星期都追剧追得乐此不疲、欲罢不能。

终于拍完照正得意扬扬地查看着照片文件夹的荣利子，听到翔子的话，不禁欢喜地扬起脸，望着翔子："那部电视剧？你在博客上推荐过之后看过一集，嗯……”

“哎，不好看吗？”

荣利子稍显为难地答道:“也不是不好看，就是和主人公缺少共鸣。”

“共鸣？”

“是啊，缺少共鸣所以就没法沉浸其中了呀。”

对此种轻松滑稽的喜剧节目，她竟然以这样的尺度来衡量，翔子一时不知所措，不由得也试着咀嚼起这截然不同的观感，宛如嘴里含进一颗吃不惯的糖果似的。

荣利子一下子话多起来了:“你想啊，那么年轻又漂亮的女主人公，硬把自己代入进去，根本就是做不到的嘛。再说了，不管出于什么原因，和一个自己不喜欢的男人一起生活，然后又假装被绑架，观众会怎么想？把观众都当傻子啊？给周围的人造成多少麻烦，自己却浑然不觉，这种女人我实在不敢恭维，我会有一种天然的生理排斥。反正这部连续剧，我看了就是产生不出共鸣，编得也太可笑了……”

仿佛堤坝决了口似的，荣利子滔滔不绝地一口气说了一长串，翔子根本插不上嘴。

看来，荣利子不是以有趣或无趣这个尺度来评判事物的。

翔子感觉自己似乎触碰到了荣利子复杂内在的一个侧面，装满暖暖的荞麦面的胃有点儿沉重起来。不光是看电视剧，荣利子还会将自己的尺子带到现实世界中，带到工作中，对每件事情一一勘测，如果达不到自己心目中的标准就无法接受。其实和自己的想法或初衷不一致又有什么大不了的呢——原本是想找个共同话题套套近乎，不承想画风一变去分析她的一举一动了。

以她这样的性格，成天死死盯住自己的博客也就不会让人难以理解了，而自从自己博客的风格有所转变之后，荣利子非但没有弃之而去，反而盯得更紧，甚至做出匿名攻击的举动。荣利子身上疾恶如仇、容不下半点儿异类因子、自己将自己圈入孤独窘境的性格，无论如何得帮她纠正过来，这倒是对翔子的一个严峻考验。翔子若是主动往前走出一步会怎么样？荣利子是个只肯正视自己希望看见的事物的人，所以她不需要与别人对话沟通，甚至期望一辈子就独自只看到想看的事物吧，说不定她生来就不需要朋友，但只有她自己不清楚这点，假如点醒她，她一定会活得更加快活。

“翔子，你喜欢这种乱七八糟的电视剧啊？你和这种任性的女人有同感？哇，好受打击，你把我对你的美好印象破坏了。”

说罢，荣利子非常夸张地将眉头皱成个“八”字，同时弓下身子，在翔子肩头轻轻拍了下。明明已经不想再提这个话题了，可荣利子却好像特别来劲儿。

“那种任性、浅薄又得意忘形的女人，简直叫人受不了，我见了就恨不得揪住她‘噼噼啪啪’狠狠扇她一顿来教训她。哦，你看我这副德行好像大姐大的样子吧，其实我是心里想的如果不说出来就憋得难受啊。”

荣利子神采飞扬地说着，还挥手在空中比画，做出钩住脖颈、狠扇耳光的动作，不小心碰倒了七味粉瓶子，顿时一股香气散发开来。荣利子耸耸肩，赶快将瓶子立起，视线却不经意地飘向了隔壁餐桌，邻桌是四位中年妇女，各自点了不同口味的荞麦面，此刻正在专心而心满意足地品味着，丝毫没有留意这边。荣利子收回视线，继续抨击起电视剧来。翔子不禁冒出汗来，仿佛自己看了不该看的东西，感觉比当众做砸了某件事情还要难为情。从荣利子的立场来讲，这无疑是一幕与好友投入地议论着某部电视连续剧以至兴奋不已，差一点儿失态的情景，在旁人眼里，这是一对关系密切的闺密。没错，荣利子所追求的，并不是朋友甚至闺密，而是“拥有闺密的自我”，这才是她苦追不舍的东西。

“是嘛，共鸣很重要啊。”

“每个人都是这样呀，没什么奇怪吧？”

“不奇怪。不过，照你这么说的话，你最初是怎么阅读起我的博客来的呢？我和你显然完全不一样啊。”

翔子低头看着已经空空如也的面碗，情不自禁地冒出这么一句。

荣利子像是突然想起来似的，举起筷子夹起早已凉了的天妇罗，塞入口中。“哎呀，一样的，你和我是同一类人呀。性格和兴趣爱好虽然截然相反，但是本性是一样的，所以我一开始就觉得我们能成为好朋友呢，只不过你还没意识到，其实你和我就是同类人，我读了你的博客就知道了。我一直在想啊，如果我们两个相互鼓励、相互帮助的话，一定会所向无敌的。”

“所向无敌……”翔子煞风景地反问道，“哦，是打算跟某个邪恶组织抗争吗？”

“我想我们应该抗争！”荣利子吸着面条，等到面条咽下后，一脸认真地回答道，“我和你经常这么聊聊天，一起做些共同喜欢的事情，积蓄起能量，然后和某些拥有巨大势力的东西正面相向，和它抗争！”

“啊，什么东西？”

“我想是挑动我们竞争的东西吧。”

“挑动我们……竞争的东西？”

翔子歪着头，不明白荣利子说的究竟是什么。

荣利子双手拿住筷子，然后轻轻放下：“不光是维多利亚湖，日本各地的湖泊河流也一样，由于外来生物的无序投放，原有的生态系统被破坏，这样一来，为了确保栖息地、食物还有繁殖，生物之间就不可避免地要发生激烈的竞争，这种竞争永远都不会停歇，除非有的种群不断衰退直至灭亡，结果就是催生出某种庞然怪物来。所以说是外来物种挑动了人和人之间的竞争，而不是因为想竞争才去竞争的，庞然怪物本身也是可悲的。女人和女人之间的所有问题跟这个是同样的道理，女人难以和谐相处啦，做事拖泥带水不爽快啦，互相嫉妒、暗斗啦等，自古以来就有了这样的定论对吧？我进公司后，经常受到男同事的歧视和欺负，什么女人又愚蠢又缺少协调性，不知不觉我也开始这样认为了，所以我想努力证明自己和普通的女性不一样，我要把自己锻炼成更强、更超然、做事干脆爽利、不计较的合理主义者，好让男同事们认可我，对我平等相待……回过头来想想，我为什么要扼杀自己的天性呢？之所以会看不惯女人之间的那种亲密关系，全都是因为男人强加给女人的观念啊，或者说是女人站在男人的立场来看问题。事实上，有人就愿意看到女人和女人互相竞争、互相受到伤害，那样他们会觉得高兴、痛快，觉得自己的社会地位得到了证明，女人结没结婚、长得漂不漂亮、有没有孩子……为了这些无关紧要的差别而互相紧张对立，不管怎么努力都无法产生共鸣，这一切并不是我们女人想要的，而是有人硬生生地把所谓的社会标准贴在我们身上，硬要我们去适应这个标准，硬要女人之间互相嫉妒、互相争斗。”

翔子猛然想起了贤介，似乎就是在他说过女人很可怕这类话之后，自己突然觉得荣利子的举动可怕起来，想要躲避她。现在想来，如果不是当初一下子和她拉开距离的话，她可能也不会变成后来那样失控。

紧接着，花井里子的言行也浮现在脑海，尤其是她得意扬扬、隔岸观火似的从旁看着一众妈妈博主微妙复杂的关系的那张面孔。仔细想想，这些人原本只是普普通通的主妇博主，之所以会形成互相评头论足、互相竞争的关系，还不是因为花井里子发掘了她们并让她们一个个走出家庭，卷入这个复杂的圈子，在杂志上设立排行榜，使得读者对每位主妇博主的优劣和知名度一目了然。并且，她还会将各种闲言碎语转述给主妇博主，进一步煽动她们去竞争。在工厂工作的时候，职场氛围紧张，让人压抑得喘不过气来，现在想想不仅仅是销售指标导致的，区域经理的偏袒、来自百货商店按照各人贡献度分出优劣的客户评价，应该才是最直接的导火索。

荣利子一边思索一边继续不急不缓地说着，她的神情好像透着一种智慧："那些人肯定是害怕女人团结起来……估计就是这么回事。在不需要性和力量的地方，也就是他们无法触及的地方，一群互相信任、充满自信的女人，这是他们非常害怕的，他们会觉得自己的优势无法展露了，觉得一直以来运用男人之力指点江山、克服孤独、不敢逾越半点儿规矩的女人的所作所为似乎全被推翻了。"

虽然荣利子说的尽是抽象的事情，但是翔子觉得一下子全听明白了，这让她自己都感到吃惊，不光听明白了，而且非常赞同。可以说，自己正是厌恶荣利子所说的那种残酷竞争，才选择了现在的生活方式。为了彻底摒弃那种让人讨厌的竞争，女人之间就必须互相加深理解、携手共进，这个道理是显而易见的。

然而，尽管理性上已经完全认同，但是真的要伸出手去握住眼前这只手，翔子还是拿不定主意。一个很现实的问题是，在翔子迄今为止的记忆中，从来没有与同性在一起而能放松自我的经历，加上和志村荣利子接触下来并没有带来愉悦，反倒是和男人在一起令她感觉轻松。当然，待在贤介身边是最轻松愉悦的。翔子觉得，像自己这样一无长处的女人，假如对方不能呵护自己、保护自己，那么自己不可能爱上对方，所以指望和别人构筑起完全平等的关系也就不可能了。翔子追求的是，与久居东京、对这个都市熟悉，同时又和自己有着不同价值观的女性进行轻松从容的交流。什么男人不男人，什么抗争不抗争，她完全不关心。她不由得想念贤介，如果和贤介一同来到这样的地方旅行，该多么轻松、多么舒快啊！

“嗯，你的觉悟很高啊。”

翔子故意用轻松的语气说道，不承想荣利子仿佛受到伤害似的，低头只顾吃面不说话了。她一定对自己非常失望吧。没关系，我无能，我没有大志，做不了志向远大的你的同志。翔子无声无息地降落在被各种暗斗包围着的小小世界，等着荣利子吃完她的荞麦面。

走出荞麦面铺子，直接奔向位于河边的旅馆。不知不觉间，太阳已经西斜了。为了尽量减少和荣利子在一起的时间，翔子故意提议将出发时间延后，现在，全程的四分之一即将挨过去。翔子既感到稍稍松了口气，同时又觉得，好不容易来趟箱根，这样子岂不是纯粹在消磨时间吗？这都要怪自己，照这样子下去，青春和体力渐渐没了，却什么也没有留下。就在这一瞬间，她猛地涌起一个念头：好想要个孩子。真想和贤介生个孩子，一家三口来这样的旅游胜地好好放松地玩上一玩，领着肌肤嫩滑的孩子到处转转，和贤介在一旁看着孩子对所有景象有种新鲜感的样子，那该多幸福啊！想到这里，养育孩子的艰困似乎也不怎么可怕了。虽然自己没有体验到家庭的快乐，但一定要给孩子一个和和睦睦的家，夫妇二人轻松悠闲地陪伴孩子，这是一种使命。有了孩子，自己慵懒无聊的人生也一定会彻底改观。翔子从未像现在这样，从心底深处对自己产生强烈的厌恶。

从通往旅馆正门的桥上向下面的河水望去，水底的石子也看得一清二楚。视线追着水流缓缓漾动，脑海里想起了家乡那条将镇子一分为二的河。这澄澈而从容的河水中，会不会也像荣利子说的，正上演着惨烈的生存竞争呢？

身旁的荣利子探出身子，不失时机地拍起水面的照片来。大概是受快门的“咔嚓”声影响，翔子无法集中注意力欣赏景致，看着无论见到什么都一心只想着收集博客素材的荣利子，翔子心里有些不快，想到贤介以前站在自己身旁一定也是这种心情，又不由得替自己感到羞愧。看来被荣利子夺去了博客主宰权反倒是件好事呢。干脆将博客丢给她去打理好了，自己和贤介坚定地去追求应该属于自己的生活。这场旅行快点儿结束吧。

总算踏入旅馆了。宽敞的大堂内是一个巨大的通风井，向上可以一直望到七楼。翔子跟在荣利子身后走在红色的地毯上，荣利子到前台办好了入住手续，女服务员领着她们走进电梯。电梯玻璃上花里胡哨地挂满了小灯球，服务员将她们领到位于三楼的客房。虽然旅馆的外观看着既洋气又现代，但是客房内却别有一种乡土气息。客房是铺着榻榻米的日式房间，矮桌上摆放着温泉旅馆特意为游客准备的小点心，房间一隅整齐地叠放着印有可爱的蝴蝶图案的浴衣，上面是用发圈束扎起来的乳液和化妆水等成套沐浴用品。或许是因为价格低廉，住宿客人似乎以学生居多。敞亮的屋内只剩下翔子和荣利子两人，彼此之间的呼吸声都能听到，翔子感到呼吸有点儿沉重。此时的沉默尤其难忍。

“哎，既然到了这里，不如先去泡温泉吧？这会儿人应该比较少。”一放下行李，荣利子便轻快地说道。

“我想在浴室里洗个温泉浴，你自己去吧！”翔子不假思索地说出早已准备好的应答，她不想脱得光光的，更不想让荣利子看见自己光光的身子。

“啊？不一块儿泡吗？你是说真的？来到箱根居然不泡温泉，简直叫人难以相信啊！”

看到荣利子不知所措的样子，翔子忍不住想笑。这个人虽说精明能干，可是遇到出乎意料的事情，竟然一下子变得六神无主，陷入混乱。假如存心捉弄她的话，事先设计几个节目整一整她，那和她待在一块儿倒也不至于痛苦了。干脆注册一个博客叫“让人受不了的OL·E小姐观察日记”，将她滑稽可笑的一举一动曝光给读者，这样一来就不觉得浪费时间了——翔子开始漫无边际地想象起来。

“我还以为你会和我一块儿泡温泉呢，之前就是这样计划的，为了这个还做了不少准备……”

“抱歉，我刚好是生理期。”翔子不容分说地将话挡了回去。自然，她撒了个谎。

“你用卫生棉条不就行了吗？我带着呢，早想到可能会碰上这种事情。”

翔子没忍住终于笑了出来。这会儿飘入耳朵里的话，巴不得能够再逼出去。

“哦，不好意思，卫生棉条太可怕了，我从来就不用。”

荣利子鼓起腮帮子，眼泪几乎要溢出来了。翔子突然感到一阵恐惧，仿佛荣利子会猛地扑上来将自己压倒似的。这个人到底是女人还是男人啊？以前觉得她很纤瘦、很柔弱，不知怎么的好像变得越来越健壮了，大概是心理作用，就觉得她比刚认识的时候高大了一圈。

“那个，感觉会痛……”

“一点儿也不痛啊！你已经是结过婚的人了，还装什么天真呀，又不是高中生，不要发嗲啦！”

荣利子发出一声短促的笑，像是粉笔在玻璃黑板上摩擦出的“吱吱”声，随即从挎包中取出棉条盒，举在手上给翔子看。她的形体动作让人联想到居住在热带雨林深处的原始部落自远古流传下来的舞蹈，仿佛巫女在威吓外来的入侵者。

“现在都做得十分便利呢，我来教你怎么用吧。”

这女人不是真的吧？翔子不禁哑然，发愣地看着荣利子，真不敢相信眼前这个人和先前说没有男人的女性世界如何重要的人是同一个人，在她身上智慧和愚蠢仿佛交叉在了一起，散发出一种不祥的气息。

“好啦好啦，还是我自己来吧。等一下，我和你一块儿去温泉。”

翔子说着无奈地从她手上接过一个卫生棉条，躲进洗手间，关上门，并且反复确认是不是上了锁，然后将棉条丢入垃圾桶，一屁股坐在便座上，两手抱头，待了许久。

荣利子在洗手间外等着。翔子出来后冲荣利子勉强地微微一笑，说了句：“嗯，是不痛，谢谢啦！”两人便拿上浴衣走出房间。她们来到大堂，再乘连通地下的自动扶梯，下了楼梯来到温泉大浴场，挑起帘子进到里面。

“哇！现在就我们两个，简直就像包场！”

更衣室门口的水泥地上看不到一双拖鞋，荣利子高兴地叫了起来。

一进更衣室，荣利子立刻动作麻利地开始脱衣服，撩起针织衫，露出雪白的肌肤，脂肪丰满的腹部和肚脐也露了出来。翔子赶紧将视线移开。荣利子赤裸着身体，朝通向浴场的玻璃门走去，消失在蒙蒙雾气中。等荣利子走开，翔子才开始慢吞吞地脱衣服。

两腿之间没有棉线，荣利子一下子就能发现自己并没有使用卫生棉条，于是翔子便夹紧双腿一扭一扭地向浴场走去，由于两条腿的摩擦作用，感觉下身私密处痒痒的，渐渐张开，随即大腿内侧一阵麻酥酥的，翔子觉得，似乎是荣利子用一双看不见的手在抚弄自己。拉开沾满雾气的玻璃门，身体轻飘飘地浸入温泉。荣利子说得没错，整个大浴场就自己和荣利子两人，此时的荣利子背朝自己，正在冲洗身子。透过一侧的大玻璃窗，可以看到外面的群山；浴场很开阔，池子里的温泉水平静而透明，仿佛一面大镜子。翔子坐在椅子上，打开水龙头往身上淋水，随着水声，热乎乎的温泉水顺着脊背往下流淌。回头望了望，荣利子竟然已扑进温泉池子，向池中间走去，她的身边划出无数道波纹，向整个池子扩散开去。

"哇，太舒服了！"

荣利子眯起眼睛说着，翻了个身，在水中以蛙泳姿势游起来。半张侧脸露出水面，打湿的头发胡乱贴在额头和脸上，两腿曲着向后蹬，屁股像个桃子似的从中间裂开，几撮阴毛在水中漂动。翔子看得一下子头晕目眩。

"不要游了吧，会有人来的。"

翔子好不容易憋出这一句，再也没有其他话好说。这个女人真的是毕业于一流大学的高才生？真的在国内一流贸易公司工作？对别人异常严苛，成天将"不够努力"挂在嘴边，而私底下，只要自己高兴就可以完全不顾他人的感觉，这到底算什么呀？

“干吗不游，什么人都没有呀，为什么不可以游？”荣利子满不在乎地说道。

“不要那么说好不好？三十岁的人了，再说，正常人哪有在温泉池子里游泳的？”翔子自己也说不清楚为什么较真起来。怎样才能让这女人明白啊？不可理喻，讨厌。该怎么做才能将自己这理所当然的感受告诉她呢？同时，又不想让她被吓到。

“和闺密一起玩才这样嘛，不然和一个人有什么区别啊？你不想下来放松一下、游一会儿，在温泉池子里稍稍感受一下无拘无束放飞的感觉？”荣利子换了个姿势，开始在水面上仰泳，脸朝着天花板发问道。露出水面的阴毛，挂着水滴，折射出无数波光。她的乳头又细又长，颜色就像牛奶咖啡一样。“光着身子游泳好舒服啊，感觉特别自由，想想我们平时是怎样被迫忍受着的。”

漂浮在池子中的白生生的裸体，仿佛一株巨大的芦笋，非但没有一丝性感，反而给人恐怖的感觉。翔子相信，不管是童贞少年，还是好色的中年大叔，绝不会被这个女人激起半点儿兴奋。翔子此刻感觉荣利子仿佛一个巨型女婴，滚圆蓬松的身体上忽然安上一对乳房和几撮阴毛，让人不寒而栗。

对，她是个巨婴，不是成年人，因为她想游就游，什么也不多想。

翔子将涌到嘴边的话又咽了回去，在池子角落慢慢下到水里，双手抱胸，缩着身子，像是在遮掩自己似的。

你说的话我明白，可你毕竟不是个小女孩了呀。

不知在东京怎么样，但在这种乡下小地方，这把年纪已经称得上大婶了啊。是不是一直被父母宠惯了，以至忘掉了自己的年龄？或者仅仅一次人际关系的挫折让她至今还无法走出困境？她这样任由自己的本性行事，显得多么离奇反常，给别人留下多么厌嫌的感受！为什么自己一点儿都不明白呢？如果独自这样做也就罢了，为什么还要捎带上一个旅伴呢？哦，对了，旅伴，荣利子追求的正是一同前往疯狂世界的旅伴，所以没有人愿意陪在她身边。

照这样和她一起待下去，毫无疑问，自己也会疯掉的。好不容易逃出父亲的控制，没想到竟又出现了这么个女人。这时候，荣利子划开水波，朝翔子游来，游到身旁停下，眼睛直直地盯着翔子的肌肤看。

“翔子，你的手肘和脚后跟真干净，溜滑滑的，看上去跟个小孩一样，你是怎么保养的啊？”

“没怎么保养。”

这家旅馆引以为傲的是这儿的温泉水质柔和，还带着一股香气，可是翔子一点儿也没感受到，她只想甩掉荣利子，从这儿逃脱。

“咦，你怎么会没有角质老化……”

即使是青春期，翔子脸上也没有冒出过粉刺，鼻翼也没有出现过黑头，甚至没怎么掏过耳屎，翔子还曾为此觉得不可思议呢。小时候，替父亲掏耳朵、抠鼻翼的黑头，觉得很好玩，后来不知什么时候开始不再触碰父亲了，父亲又是从什么时候开始不再触碰自己的？

“我从小皮肤就这样。”

“我有时要是忘记了抹乳液，皮肤马上就会干得不得了，摸上去很粗糙。真羡慕你啊。喏，你摸摸看，是不是像男人的一样？”

荣利子拉过翔子的手，让她摸自己的手肘——被温泉水泡过的手肘，并不觉得特别粗硬。翔子觉得自己仿佛被当成了一场假想恋爱中的女主角，感觉很糟，于是她提高声音，换了话题：“荣利子，你父母是什么样的人啊？”

假如能够从荣利子口中得知有关她的家庭环境以及幼年期阴影的形成，就可以加深一些对她的了解。

“他们从小对我管教很严……我觉得我父母是好人，我爱他们。”

荣利子的双颊微微泛红，那模样看上去很可爱。

“母亲性情开朗，话很多，不过性格有点儿懦弱；父亲沉默寡言，有时候你都分不清他到底在不在家。他们作为一对夫妇倒也蛮般配的。我嘛，说起来还是和父亲更亲近一点儿，经常和他一块儿说说话，聊聊公司的事情什么的。母亲做菜特别拿手。我读大学还有就职都是父母帮我一起出主意，给了我很大帮助。下次要不要见见他们？”

翔子差一点儿点头答应了。她很自然地想：进入荣利子的家庭亲眼看看也好，肯定不会像自己的娘家那样乱作一团，荣利子的家肯定都收拾得干净整齐，屋子里散发着怡人的气息，还有荣利子的母亲亲手制作的蛋糕，以及琥珀色的红茶——自己一定会受到热情的款待。

走在夜路上，只要看到家中亮着那盏灯，平静的心情立刻被打乱，感觉胃里一阵收紧，这种感受荣利子一定从来没有体验过。她根本不知道包围着她的生活环境乱七八糟是种什么感受。假如真的如此，那对她的认识就像钟摆一样，开始摇摆不停了。

有时候，翔子会笑着想，荣利子真是个从小被宠爱着长大的富家小姐，却并没有想过嘲笑她的家庭背景，她甚至觉得荣利子的父母无疑是有着良好修养的人，他们为女儿的生活缺少安定而担忧，就是现在，也一定在关心女儿和朋友一起外出旅行是不是快乐。她大概生来就拙于处理人际关系吧？翔子不由得对荣利子产生了些许同情，尝试着去探视荣利子内心深处的黑暗空洞。谁的心里没有一点儿不满或者缺憾？只不过程度有所不同而已。至于荣利子，因为总也找不到与人交往和共处的好方法，最终造成内心的黑暗空洞越来越大，越来越难以填补，应该就是这样的吧？自己或者其他任何人，哪怕只需一个小小的契机，就有可能变成荣利子。想到这里，翔子的心情格外沉重，烦闷不已，恨不得抛开一切，什么都不去想。人生在世，谁能说自己不是个滑稽而凄苦的存在呢？

唉，什么都不要去想了。

但至少有一点让翔子觉得傲慢且开心，就是所有不幸的事情都是荣利子这个女人惹的祸。翔子搓着胳膊和大腿，慢慢地将身体沉入温泉池中。

对父亲，现在又多了一分理解。父亲之所以那样成天慵懒无趣浑浑噩噩地过日子，应该说是放弃了他应肩负的责任，不管发生什么事情都将之归咎于家庭，所以家里人都不愿意接近父亲，因为他毫无责任感。父亲长什么样？翔子已经记不清了，她甚至不记得有多长时间没见过父亲了。

为什么会和这个女人跑到这个陌生的地方来，光着身子待在一起？自己究竟是谁？来自哪里？不知不觉中，自己的存在感越来越稀薄、越来越模糊，所以她才那么讨厌旅行，因为忽然间意识到自己即将模糊至消失，而不是因为懒得做各种准备以及不想旅途中忍受空虚无聊。

见翔子沉默不语，荣利子似乎有点儿无趣，于是又开始在池中游起来。

26

河水潺潺，一直响个不停。要么彻底无视它，要么干脆接受它，否则就无法入眠。

黑暗中，翔子熟睡的脸没有表情，眉毛稀疏，轮廓线枯瘦，整张脸毫无生气。望着翔子的脸，荣利子联想到了其他东西，那不是一具能面[1]，而是鳐鱼腹下那不可思议的凹洼，或者床单的褶皱，由于角度关系偶然显现出像是人脸一样的东西。她竟然能在他人面前如此放松地睡去，根本没有介意换了新的被褥，旁边还有其他人，照样很快便呼呼大睡，荣利子不由得羡慕起了翔子。

平常就睡眠不佳的荣利子，在被窝里辗转折腾了近三个小时，仍然睁着眼睛无法入睡，最后实在受不了浴衣的蹩脚质地和散发的气味、硬硬的床单以及过高的枕头，干脆支起上半身坐了起来，拿起枕边的手机看了看时间，无助地叹了口气：一整天和别人待在一起，自己竟如此心绪不宁。

也不是。和恋人在一起的时候，一同旅行过两次，并不是这样的呀。两次都是海外旅行，男方很早便做好计划，包括住宿和餐食，都是荣利子喜欢的，因此整个行程按部就班、轻松自在，夜晚再加上做爱，双方几乎同时进入甜蜜的梦乡。

除了小学时和圭子的那一次，荣利子从来没有和自己同年龄的同

1 能面：能乐表演使用的面具。能面的一大特色为表情中性，一具能面可以理解成喜怒哀乐等各种表情。——译者注

性同室就寝过。

从浴室出来，晚餐已经在客房里摆放好。菜品丰盛，其中有不少野山菜以及正当季的竹笋等食材，价钱非常实惠，可是翔子几乎没怎么动筷子。晚饭后邀翔子一同在旅馆内到处逛逛，或者去夜幕下的温泉街道散散步，翔子推说因生理期不舒服，换上一件穿旧了的套衫，很快便倒头睡下了。结果，荣利子想看的景色什么都没看成。

为什么自己会对这个平庸、毫无主见的女人如此上心？为什么非要和她一同出来旅行呢？想去什么地方，想看什么景点，翔子一点儿主张都没有，自己如此细心计划了这次旅行，她竟连半句感谢的话也没有，只知道板着一张令人生厌的脸跟在后面，吃什么好吃的东西都几乎没反应。自己一个劲儿地考虑着她的情绪、尽量讨她欢心，就好像个随从或服务员似的。泡温泉的时候，翔子一点儿也不激动，跟她聊起明天要参观美术馆的话题，也只是点点头“噢”一声而已。如果换个人，不知道他会以为翔子感觉迟钝，还是她态度生硬无礼呢。

还有翔子那难以捉摸的博文。和其他主妇博主相比，她的文字很少，本以为说得少的人内心世界会更加充实，有着文字所无法传达的故事，自己现在算是明白了，原来她本来就没什么好说的呀。翔子的兴趣面不是一般狭窄，她的日常生活半径只有几米，稀里糊涂地生活在这个圆圈内，圆圈以外的事物她全都不关心，也不感兴趣。从她的博文很少触及时事这点来看，可以肯定她基本不看时事新闻，也不读报纸。当然，这一切并不全是她的过错，家庭环境的影响以及所受教育的不足等，使得她不可能磨炼出敏锐力。

通过和她的简短对话一下子便发现了她的不足，这让荣利子一时欣悦不已——回想起这一点，她只觉得浑身震颤，羞愧不已。

白天光想着千万不要出什么差池，紧张了一天，此刻神经依然紧绷。为了放松一下神经，荣利子试着想家里的电冰箱：取下冰箱门上收纳格内的牛奶，倒上一杯，再加入一些蜂蜜和朗姆酒，放在微波炉里加热一分半钟，做成特制饮料——真想喝一口呀，让甜甜的、热乎乎的牛奶浸润身体，然后钻入毛毯，美美地睡一觉。现在，她像少女时代去临海学校修学旅行时的那夜一样，特别想早点儿回家。

还以为和朋友一块儿外出旅行，可以减轻自己的精神负担，同翔子聊天、不断变换的景色、享受着当地的特色料理的同时，能够让自己从平日周而复始的思考中解脱出来，找回一个身心健康的荣利子，没承想，缺憾和失落的感觉比往常更甚，而且她无处躲避。

好想换一个人。荣利子的眼泪几乎就要流出来，她好想彻底改造一下自我。她想成为一个和他人气息相通、在任何场合都无拘无束、坚信自己能获得快乐、精神安定的人，这是她自少女时代起就一直热切期盼着的，那时候的她以为只要做好自己应该做的事，自己就能顺其自然地健康成长，但结果无论是考大学、就职、工作中的成功或失败、恋爱以及两性关系等，统统没能改变荣利子，她还是那个努力学习、圭子却弃自己而去的荣利子，总也无法改变。这没道理呀，一定是哪里出错了。人应该随着经验的累积而改变的，谁都可能在青春期遇到过一点儿小挫折，因为这个而影响到自己的整个人生，说明自己有什么地方不对劲儿，就像现在，因为身上的细胞一个个老死而害怕得不得了。这样幼稚、不成熟，什么都没能享受，什么都没留下，便一点点老去，实在太令人恐惧了。

自己的人生是不是真的就无法改变了？

之所以无法成为一个真正的成年人，是因为自己至今还和父母一同生活在那个从少女时代起就一直生活的街区？是因为没有像翔子或真织那样熬过孤独的夜晚，经历过自食其力、独自生活的磨炼？荣利子脑海中不禁浮现出从车窗望出去看到的和往常通勤所看到的不一样的风景。

已经到了这个年纪，忽然要置身于一个全新的陌生环境，几乎就像被困在沙漠中，要凭借自己的力量建造一座花园一样令人绝望。从事一项与父亲没有半丝关联的工作，或不需要母亲帮忙支撑，开始独立的新生活——仅仅想象一下，就会立刻涌起无数理由加以否定：年纪已经不小了、处理不好人际关系、缺少自我管理能力……现在明白了，对于一个努力不足的人粗暴地加以断罪，是只有拥有充分的后援、处于十分优越的位置上的人才会做的事，事实上，即使在一无水、二无绿色的荒漠上建造一座花园，又有谁会看它一眼呢？

维持周边的环境不变，只要能改变自己就好了，因为改变环境等于是全盘否定自己迄今为止的人生——职业选择、中学和高中所受的教育、和圭子的龃龉，再往前回溯还有幼年时期，甚至父母结婚之前的所有往事。要从这些因素中找出究竟是什么造成了自己性格的缺陷，想想就是件可怕的事情，所以还是改变自己来得容易些。

荣利子曾有种预感，如果和翔子在一起，也许会实现这个目标。突然出现在这个街区的翔子，是未知世界的象征。事实上，荣利子不是已经毫无保留地将自己袒露于同性面前了吗？自从和圭子发生龃龉以来，可以说，这是第一次。两人互相聊起各自不同的出身经历，聊起同一个电视节目，一起脱光衣服赤身裸体地泡在温泉池中。

设法让情感淡漠而又自顾自的翔子和外部世界建立联系，培养她的社会常识以及上进心，这是自己的使命。在自己的帮助下，翔子成长为一名成功的博主，出版单行本，自己则回归职场，换一种新的努力方式轻松自在地投入工作，下班后以及周末就全力做翔子的后援，支持她，也从她那里得到支持——这是荣利子的理想。两人互相取长补短，相信一定可以共同成长，成为一对无敌的好闺密。荣利子在心中编织的这个梦，怎么看都很完美，没有漏洞，没有矛盾，这是只有荣利子和翔子两人才能实现的完美大结局。

对翔子来说，这也不失为大好事。可为什么，她不肯按我想象的那样去做呢？自己为此花费了多少心思啊，为什么总是自己一个人在费力气呢？

荣利子噙着泪水思量了好一会儿，担心第二天早上眼睛会肿，她才起床来到洗手间，站在洗面台前，用毛巾蘸着热水敷在眼部，吸干盐分，这才重新躺下。虽说休着长假，但她还是改不掉上班时的习惯，老是担心着后面的事情，从而无法沉浸在当下的愉悦中。

不管怎样，荣利子都无法做到投入地贪享眼前的片刻欢愉，睡在旁边的这个女人无论如何也不会理解自己的，这种预感随着屋外的水流声，在昏暗的房间内越来越强烈。

27

翔子觉得荣利子拍摄的照片像明信片一样漂亮。构图、颜色搭配以及光的对比度等也都恰到好处，山川一律清新鲜艳，再现出一种清新澄澈的季节感；至于食物的照片，看着就美味可口。可能正因为拍得太完美了，所以很难留下什么特别的印象。

她见到的风景和自己见到的不一样，一定是荣利子在短暂的旅途中感受颇多，她打起十二分的精神，将怡人的景色尽皆收入，连一点点小细节也不放过。而自己却不是，自己只是被荣利子强迫着，老大不情愿地陪着她一同前往，尽管是在温泉景区，但顶多也就是平素的日常生活的延长而已。

然而这个简单的事实，在阅读博文之前却并没有意识到。翔子坐在家中打开电脑，开始阅读这两天的"'大比目鱼'懒婆娘日记"：

和住在附近的好友一同前往箱根享受一晚两天的旅行，真是一段充满乐趣的旅程(笑)。乘坐"罗曼蒂克列车"至温泉，一路上趣话不断。不管年岁增了多少，和闺密在一起的时光永远是无可替代的。

翔子记忆最深的在荞麦面铺子的那一段，荣利子倒是着笔寥寥，而自己没有去的宝丽美术馆那段，读起来就有些费劲儿。荣利子在描述印象派作品的时候，似乎忘记了自己的身份是"大比目鱼"。翔子浏览了一下访问人数，果然是迄今为止最低的。这是毫无疑问的。对美术感兴趣的人，基本不会读"大比目鱼"的博文。

从字里行间散发出来的明快气息，反而可以读出荣利子那充满悲伤的呐喊。看来这个女人一辈子都只能孤独一人，扭曲现实，只看到她想看的东西，而这样只能换来周围人与她的疏远。幸好自己不是荣利子，自己可不想成为她那样不幸的人。翔子暗自庆幸，她吐了口气，点燃一支烟。

她一只手握着一杯速溶咖啡，茶点是丈夫超市多余的试吃用的奶味曲奇饼干和苹果。浴室里传来贤介泡澡的声响。晚饭的盐渍沙丁鱼、拌青菜、猪肉味噌汤外加梅干煮饭都已经做好了，这些料理对翔子来说可是很花费时间的。衣服也洗好了。和以前相比，现在的翔子做起家务活儿来利落多了，并不觉得很吃力。旅途中莫名袭上心头的那种难以名状的荒凉感早已烟消云散。翔子眯起眼睛，伸了个懒腰。马上就要和荣利子在附近碰面，她只能休憩一小会儿，因此屋子里的每个角落都让她感到十分珍惜。她将自己裹在毛毯里，十个指尖都觉得暖暖的，虽然狭小、简陋，但这是自己亲手建造的城堡，不论谁都不会拱手相让。

旅行的第二天，翔子对荣利子宣称自己生理痛，不得不先返回了，她觉得和这个女人多待一秒钟都难以忍受。起先荣利子关心地提议留在旅馆里，由她来照看，经受不住翔子眼泪汪汪痛苦地蹲在地上呻吟不止，最后才答应翔子返回。

“真的不要紧？回到家务必发条短信来告知一下啊！”

到了箱根汤本车站的站台，荣利子仍说着同样的话。然而，她并没有打算终止旅行，陪伴翔子一同返回。翔子心想，这大概就是她结交不到同性好友的原因吧，一个劲儿地表示关心，但总是关心不到节骨眼儿上，尽管荣利子如果真的陪伴自己返回的话倒麻烦了。列车车门关闭的一瞬间，荣利子双手做成喇叭形贴在嘴边喊道：“我一个人也要将旅行进行下去，不然的话博文就写不成了。看来，和我一道来算是对了。你好好休息，关于箱根的博文就放心交给我吧！”

望着荣利子的身影越来越小，翔子忽然想：莫非她也想一个人待着吧？一直到斜背着挎包、举手致意的荣利子的身影看不见了，翔子这才松了口气。

本想就这样躲开荣利子，但想到倘若爆发一场全面战争，自己肯定毫无胜算，论智力，论攻击力，荣利子都稳占上风。还是让她对自己的兴趣渐渐淡了，两人自然而然疏离才是最佳选择。

对了！——翔子咬住的烟嘴差点儿从双唇间掉落下来。向纪子求助不就都解决了吗？要是聪明、熟知世事的纪子在，是不是就可以拯救自己出窘境？一想到纪子微笑着说“不管碰到什么问题欢迎打扰，随时可以来电话”时那张圆圆的充满了信任感的脸，翔子顿时坐立难安，她拿过空饮料瓶子，将烟头掐灭塞入瓶中。

显示屏跳出邮件对话框，翔子立即敲动键盘：“纪子女士，您好！碰到一点儿麻烦事，百忙之中叨扰您很过意不去，我想和您见次面请教一下，可以吗？其实上次向您简略提起过，现在我不仅受到那个变态粉丝的恐吓，她甚至还把我的博客密码也夺了去……”

浴室门响起，从箱根买回来的沐浴露的味道飘了过来。翔子慌忙将刚写了个开头的邮件保存起来，随后“啪”地合上了电脑。贤介裸露着上半身走出浴室，额头沾着汗水，显得皮肤油光发亮。

“哎，我这肚子很难看吧，像个孕妇似的。”他笑着说道，在突出的肚子上拍了两下。

“嘻嘻，我们也该要个小孩了呢。”翔子用自己也觉得害羞的娇媚声音说，随后将手伸向丈夫暖烘烘的肚子，将脸贴在他的肚子上，轻轻一拍，“嘭嘭”的回声听起来十分舒服。

“这事是得考虑起来了，不过，想想我们目前的经济状况，我还不是很自信……”

贤介说话的时候，腹部响着“咕噜咕噜”的声音，十分有趣。

“我也出去工作！我可以干短期零工，有孩子之前我可以一直干的，洗碗工也可以，清扫工也可以，干什么都行！”

自己既没有一技之长，也没有特别的要求，所以什么工作都可以做做看，这么一想，顿时觉得世界一下子宽广起来。

“哎，出书的事情进行得怎么样了？”

“嗯——那件事嘛，我考虑了一下，有的妈妈博主关于育儿的事情拉拉杂杂的什么都愿意写，但我觉得不大妥，如果想要孩子的话，我想还是算了吧。”

“这样的话稍稍有点儿可惜哪，好不容易成了话题人物。不过我也确实讨厌那些把自己孩子拿到网络上晒的家长。嗯，也不要一下子彻底停掉，可以和出版社的编辑商量下，看看有什么更好的形式，博客还是不能为写而写，得有感而发的时候才写，对吧？最近你变得心平气和多了，我觉得这样很好啊。”

永远不会气满志骄让对方下不来台，而是处处给人留条路，这种说话方式正是翔子最欣赏的。她不由得双手捧住贤介的脸，将双唇凑上去，随即在他身上抚摩起来。

丈夫不怎么强烈要求，但只要给予诱惑必定有所反应。对翔子而言，贤介像父亲，像哥哥，同时又是唯一的好朋友。翔子许久没有主动索吻了，她的唇上带着梅干煮饭的香味。上一次是什么时候来着？——就在这一瞬间，桥本君的脸忽然浮现出来，水族馆的那一幕随即栩栩如生地复活了，志村荣利子从一旁冲出来的恐怖景象也一同闪现，翔子拼命忍住一声惊叫，赶忙从贤介的怀里挣脱出来。

“对不起，我今天有点儿累。”

“你这是干什么呀？自己主动上来亲我的嘛。”贤介稍露不满地鼓起腮帮子，松开了手。

那种事情锁在心里就不会有事，只要自己不说出来就等于没有发生过。认识贤介之前，和其他男人交往的同时也有过几次出轨，还不是抹抹嘴巴，就像什么东西也没吃过一样，关系也仍旧得以维持。可是，他们和贤介都不一样，贤介现在就是自己的支柱，是自己今后永远也不会离去的唯一亲人，不应该对他有所隐瞒啊。

“呃，我……”

双唇干得厉害。贤介搔着头皮，面带怪讶的表情转过头来看着她。趁现在就把自己和桥本的事情向丈夫坦白了吧。还有，自己受到荣利子胁迫的事，好想让丈夫和自己一同奋起抵抗呀。实在不忍心在他面前仍保留那些阴暗见不得人的部分。

翔子努力让自己冷静下来，将滚到嘴边的话又咽了回去。翔子甘愿这辈子一直生活在贤介的庇护之下，哪怕失去自我也毫不可惜，偌大世间找不到容身之处的自己，这一点点任性应该是被容许的吧？

翔子不止一次对自己说过，不要任性冲动，像个小孩子似的。刚才的举动明显是个错误，大概是和那个女人在一起时间久了，连自己也变得不大正常了吧。

“哦，没什么。”

是自己在和贤介的平和安稳的关系中间掺杂进了不纯的因子，已经无法挽回了。一小块污点会不会洇开且不断扩散，最终导致家庭倾覆？这儿是自己唯一的安身居所呀，有朝一日这个温暖的居所会不会像自己的老家一样，彻底丧失了功能，只剩一具空壳？

翔子忽然觉得天花板正向自己压下来。

贤介耸了耸肩膀，趿拉着拖鞋走向厨房，从冰箱里取出一罐利口酒。

28

“你怎么了？一点儿都没吃啊。”

语带尖刻的话一出口，荣利子自己也感到吃惊，稍稍迟疑了一下。谁知这样一来，强压在心头的怒气更是一发不可收拾，于是干脆不客气地指责起来。

“胃还是感觉不舒服？不是叫你放松下来好好休息一下嘛，结果倒好，一点儿都没恢复呀。之前我就一直觉得，你的自我管理能力也太差劲儿了吧？”

按照约定，两人在之前聚餐的家庭餐厅碰面。荣利子满心期待着今晚重现之前那温暖的氛围，可翔子依旧是一副冷冷的面孔，不由得令荣利子难掩内心的不满。餐厅播放的全无半点儿烘托效果的背景音乐、挂在翔子身后的墙上的模仿康定斯基的绘画所使用的蹩脚俗气的色彩，这一切全都让荣利子感觉难以忍受。

“抱歉……”

“之前不是说过吗？‘抱歉’这个词是禁语！”

荣利子终于忍不住吼了起来，她向前探出身去，不料胳膊碰到了冻糕杯子，杯子倒了，幸好一大杯水果冻糕已经吃得差不多，但是杯底溶掉了的冰激凌还是洒出来了，餐桌上顿时出现一幅散发着香草气味的白色大陆地图。荣利子拿起纸巾，手忙脚乱地擦拭着桌上的冰激凌渍，这时翔子看着她，冷不丁冒出来一句："……博客的排名掉下来了是不是？"

荣利子吃了一惊，动作停住了。手上的纸巾吸满了冰激凌，膨胀开来。

荣利子替"大比目鱼"代笔写博客整整一星期了，尽管她努力地想准确再现翔子的文章中那股子特有味道，但是根据某网站发布的主妇博客排行榜，排名持续下滑，今天竟然掉出了排名。以前，站在读者的立场上可以毫不客气地批评指责，可是一旦站在作者的立场，荣利子才知道要写出一篇原创博文是一件多么难的事情，写什么都担心是不是与过去的文章雷同，或是不是远离了"大比目鱼"的风格，以至每每下笔都要踌躇好一会儿，反反复复改了又改，最终写出来的文章仍给人稀松平常、毫无特色的感觉，从读者的角度来看无非是"炒冷饭"，难怪丢失了不少粉丝。

"哎，这不是你的问题，所以你不用往心里去，就是读者对我厌烦了。"

出乎意料，翔子一点儿也没有悲观，她取出一支香烟点上了火，双唇夹住烟头但很快又松开，将烟搁在烟灰缸沿上，手指随意地夹着。

"像我这种甘于过杂乱无章懒人生活的人生态度，一开始人们会觉得新鲜，所以喜欢读，但我这个人说到底还是很保守的，又没有突出的个性，绝对不可能彻底颠覆大多数人心目中的价值观念，读得多了，发现缺少刺激，自然就厌烦不想读了。”

“那就想办法让读者不厌烦呀，我们一起来想办法。”

“没用的，如果加入创作成分那就不是博客了。这大概就像是潮起潮落吧，正常。”

翔子说话的语气仿佛在讲述别人的事情，荣利子几乎不敢相信自己的耳朵。她怎么能做事这样不坚持呢？是根本就没有这种意识？荣利子一来觉得不可接受，二来又觉得很让自己羡慕。对于这样与自己格格不入的人，自己干脆放弃，不再去管她，如果能做到这样，自己的人生才会快乐呢。

“你想把博客关掉？你知道自己在说什么吗？你真的这样想？”

“嗯……我想……是差不多了。一开始纯是出于兴趣，谁知越来越难以收手，我自己也迷茫了，怎么说呢？好像是被看不见的不特定的许多人消费，这种感受我实在不习惯，我不适合干这个。”

什么叫妇人之见……荣利子咂了一下舌，差点儿站起来将椅子一脚踹飞。既然这样，那就以自己的名字搞创作，被人消费怎么了，很正常呀，绞尽脑汁也很正常，劳心劳力也很正常，甚至有时候因愧疚和孤独而恨不得想去死，也是很正常的，这就是一种社会耕耘。像翔子这样毫无上进心的本性，究竟怎样才能给她纠正过来呢？将她摔倒在地，然后掐住她的脖颈，她是不是会洗心革面呢？荣利子觉得自己有权利这样做，因为自己是她的粉丝代表，从一开始便疯狂地支持她。抑制不住的愤懑使得荣利子大腿内侧几乎抽筋。

“啊？你傻啦？这么做你不觉得可惜吗？把博客文章集结起来出

单行本，这种美事上哪里去找？很多人做梦都在想。你太任性了！你有没有觉得这样做的话对不起一直以来支持你的读者？”

“任性也好，不配做一个社会人也好，就算做得不对又怎么样？为什么凡事都必须做得对呢？我不想重新踏入社会，也不想做任何事情。那些人说是读者，还不是分文不付把博文拿来读着消磨时间吗？我和他们又不认识，见都没见过，什么叫支持？假如我遇到麻烦，他们不会为我做任何事情，所以管他呢。”

翔子不紧不慢地一口气说了这么长一串，对她而言，这还是第一次。荣利子一时语塞，张口结舌不知该说什么好。

翔子望向荣利子，继续说道：“我这个人就是这样，别人乐意怎么样就怎么样。我不知道别人怎么想的，特别是女人，所以我才结交不到朋友吧。但是，现在对我来说最重要的就是我和我丈夫共同的生活，这是我最近才开始意识到的，我不想再把我的私生活一点一点切开来晒给别人看……”

语气十分淡然，但翔子的意志却明显让人感到不可动摇。荣利子紧咬嘴唇，她觉得眼前的一扇窗户被人关上了。那个无趣、平庸的小个子男人到底有什么好？荣利子真想一句话甩过去质问得翔子无地自容，然而她心里十分清楚，不管说什么，翔子和她丈夫之间那种纽带关系是无法割断的。现在她觉得，切切实实拥有一个男人的翔子仿佛地平线一样，距离自己是那样遥远，自己虽然擅长分析和把握男人的需求，并用自己的所有物或工作表现去赢得对方的评价，但从没有拥有过一个男人，自己只有翔子，而翔子却切切实实地拥有着另一个人，这是多么无耻的背叛！

“不要说了！和比自己小的男人在公共场所亲嘴……你这种女人，现在居然想扮演贤惠妻子的角色！”

荣利子将擦拭过冰激凌污渍的纸巾粗暴地丢入杯子，随后双眼圆睁地瞪着翔子。翔子的脸颊微微抽搐了一下，但她仍然用稍微颤抖的声音平静地回答道：“没错……我知道，你这会儿的感受一定是：岂有此理！可是，每个人都有适合自己的场所对吧？我觉得像荣利子你这么优秀的人才，把你的才能用到博客上去实在是太不值了……你真的不想回公司上班啦？一直这么休假下去，谁知道位子还在不在呢？”

“啊？你真想就这么把博客关掉？”

荣利子的眼眶里噙满了泪水。她很清楚，职场就是这么回事，能替代自己的人多的是，员工患上抑郁症离职，整个公司不会受到任何影响，可以照常经营下去，但是翔子的闺密却只有自己才能够胜任。关闭博客不单单是翔子一个人的问题，因为博客的存在，两人才得以相遇相识，博客就是翔子和自己的一段共同历史，就像两人共有的女儿一样，所以她不能容忍翔子这么轻巧地就将博客埋葬掉。可是口舌费尽，翔子怎么就不明白这个道理呢？

“我们……荣利子，你现在是不是根本感受不到和我的共鸣？缺少共鸣的东西，对你来说，不管它是什么都是恶的，既然这样，何不就这样结束呢……你就随便我去好了，把你花在我身上的时间用到其他地方去不好吗？”

翔子的语气很冷淡，似乎对荣利子已经厌烦透了，即使做个恶人也要将她从自己的生活中赶走——这态度与之前恋爱结束时男人的态度一模一样。无论如何也要避免这样的结局。荣利子眼眶和鼻子深处一阵发热，喉咙里隐隐作痛。

“哦，翔子，你真不错啊，在一个稍稍与众不同的家庭环境中长大，其实也不坏噢，学历或者工作经历一无是处也没关系，反正都可以归咎于环境和父母亲嘛。这儿只是你的暂住之地，你的家在别处，这个也很好啊。我呢？我所有的责任全在我自己身上，而我除了像现在这样，根本没有其他的人生形式。将一切统统归咎于周围环境，这样子的人生多轻松啊。”

荣利子使劲儿眨着眼睛，不让眼泪落下来，一边说一边从连衣裙的口袋里摸出手机。她心里十分清楚，刚才这番话，是偏见和歧视，是一个受过正规教育的人不可以说出口的。翔子的话没错。她心里想的越来越让人无法捉摸了。她之前尚能理解翔子的内心，现在却是越伸手向前，它逃得越快，两者之间的距离无论做什么都没法缩短。解决之策绝对是有的，可眼下怎么向前方凝视也看不到一点点光明。想到这里，荣利子感觉呼吸困难，就像人在双脚够不到底的泳池中，会踮起脚尖拼命挣扎，将头露出水面一样，此刻她心里暗暗焦急，于是将存在手机文件夹中，此前在水族馆拍到的照片猛地伸到翔子的鼻尖下。

“呵呵，你仔细看一看，无论谁看了马上就知道这是你。我要是把这照片发在你的博客上，只需举手之劳噢。所以，不要龇牙咧嘴地跟我凶，也不要试图规劝我，你只有照我说的去做的份儿！不管怎么样，博客必须继续下去，我一定会让你重新名列前茅的，因为你是我的……”

本来想说“你是我的闺密”，但荣利子忽然闭口没说出来。

自己说的话自相矛盾，如果是闺密的话，就应该畅所欲言地交换意见，这种温煦而自由的氛围不正是自己梦寐以求的吗？眼前这个女人的目光和那时候的圭子一样，这目光意味着对自己的恐惧，以及片刻也不想耽搁、恨不能马上安全地逃离这里的祈望。荣利子提醒自己重新振作起来。她勉强挤出一丝笑容，打算尽量用温和的语气说话，但她知道自己的脸颊已经僵硬得快要抽搐了。

“我刚才说话的语气太凶了，是我不对。不过，我是在替你担心啊，也是在为你着想呀……”

话没说完就停住了，因为连自己都感觉到很虚伪，同时也联想起之前将高杉真织激怒的场景。本来一个劲儿地提醒自己，说话要注意，千万不要做恶人，然而，真织怒目而视骂她“酸老太婆”的那一幕仍栩栩如生地浮现了出来。啊，女人和女人之间为什么有那么多话说不得呢？好不容易结交了一个自以为不会背叛自己的朋友，可是……荣利子还是被隔绝于一个狭小而阴冷的空间内。

会话不欢而散。

大约三十分钟后，两人谁也不说话地走出了餐厅。屋外，夜晚的空气冷飕飕的，仿佛在啃噬肌肤一般。当看到锁在围栏上的男式自行车的时候，荣利子低落的情绪一下子又转瞬不见了。

“哇，之前说好了的，你骑车带着我，还记得吧？”

翔子劈开腿一步跨了上去，荣利子赶紧侧着身子坐在后车座上，伸手揽住了她的腰。也许一切都想太多了。“走喽！”荣利子用欢快的声音喊道。上一次就吃惊于翔子的腰那么纤细，这次感觉翔子的腰似乎比上次更细了。夜晚的空气同样干燥，四处一片漆黑，但前一次却感觉一切都像是奇迹。翔子的身体在荣利子环绕的手中上下运动着。

自行车左右摇晃了两下，慢慢骑上了路，在仿佛停滞的空气中缓缓而行，完全没有上次疾驶时带来的快感。

“能不能再骑快点儿？上次……怎么感觉跟上次不一样呢？你再蹬得快一点儿嘛，你没有使劲儿蹬对不对？”上一次，便利店、杂货店等街边光景仿佛一条条光的饰带，倏地一闪而过，夜风吹拂着头发，感觉舒服极了，裙子也鼓胀得圆圆的。

荣利子向翔子一一讲述自己觉得不满和应该加以改善的地方，因为不讲的话，翔子是意识不到的，所以只能坦率地讲出来。翔子没有回答，而是将屁股离开车座，身子站立起来蹬着踏脚板。明明脚下道路平坦，干吗非站起来蹬呀？翔子的脖颈上挂着汗珠。高架桥上的轻轨电车一辆又一辆地将两人远远甩到后面。

“哎，你在用力蹬吗？上一次好像……”

荣利子想给翔子好好鼓一鼓劲儿，于是在她背上轻轻拍了一记，就在这时，自行车剧烈摇晃起来，翔子立即一只脚用力撑住地面想保持平稳，荣利子却失去平衡，从后车座上摔了下来。四周的景象在抖动，夜空上下颠了个个儿，眼帘中是凹凸不平的柏油路面，膝盖和腰部好像磕到了，鼻子也有一点儿发酸。荣利子呻吟着，差点儿哭出来，用手摸了下膝盖外侧，就像被礤床儿[1]剐蹭过一样，皮肤翻开了一道道口子，黑暗中仍能感受到有血渗出来了。自小学生以来，从没有摔得如此惨过。

翔子将自行车放倒，小心翼翼地屈膝弯下身子，碰了碰荣利子的肩头：“对不起……没受伤吧？”

---

1 礤床儿：用来将瓜、萝卜等擦成丝的器具，通常为金属片，片上凿有许多窟窿，使翘起的鳞状部分成为薄刃片。——译者注

“别烦我！不是说过了不许再说对不起什么的吗？！”

翔子讨了个没趣。她伸出手去，荣利子借着力翻过身来坐在地上。荣利子倒吸了一口凉气。翔子两眼紧闭，像个胎儿似的身体蜷缩着，双手抱肘，仿佛在护卫着自己，不让荣利子上前一步。从旁边传来说话声和窃笑声，一对情侣路经这里，一边朝两人觑视，一边讶异地说道：“怎么了，那两个老太婆？”“谁知道啊，好像是同志吧。”

这时候，荣利子突然发现前面一家房产中介的窗玻璃上，映着两人的身影。黑夜里，擦拭得干干净净的玻璃像一面镜子，将两个人映得清清楚楚。荣利子此时才恍然大悟：原来不是翔子纤瘦，而是自己变胖了，不是她没有使劲儿蹬自行车，而是因为自己太重，车子转不动，小巧纤瘦的翔子蹬车载的竟然是一个几乎将她吞噬的满身脂肪、蓬头垢面的巨型女人！和自己想象中的志村荣利子迥然不同。荣利子不由得仔细打量着窗户玻璃上的女人，女人也在打量着她，荣利子举起手在面颊上抚摩了一下，那个丑八怪也跟着抬起白白胖胖的手在脸颊上摸了一把。

什么时候变成这副模样？又胖，又不收拾打扮，是从放长假不用去公司上班开始的？哦，不，应该更早，是沉迷于“大比目鱼”的博客，夜不归宿的时候开始的吧？回想起来，许多细节历历在目，周围人的态度发生明显变化应该就是这个原因。最近一段时间，几乎不怎么照镜子，健身房也不去了，整天宅在家里，母亲准备的三餐似乎难以满足口腹之欲，于是囤积的各种糕点、速泡杯面全都装进了肚子。

一只蚂蚁爬上小腿肚。这种时候，这点儿鸡毛蒜皮的事情竟然还如此敏感。记得小时候，经常和圭子一起去挖蚁穴。顺着蚂蚁的队列找到蚁穴后，两人用竹签伸进去捅，有时候还往蚁穴里灌水玩。真残忍哪。就在这种残酷游戏中，自己不由分说地赢得了操控别人人生的重任,并为此沾沾自喜,暗自品味着个中的滋味。现在仍旧和那时一样。

翔子一直双手抱肘，身体颤抖不停。

为什么不告诉我？！荣利子真想冲着她大吼一声。为什么不早点儿提醒自己？不是还一起去泡的温泉吗？“最近好像胖了”“该减减肥了”这类朋友之间理所当然的提醒，为什么她偏不肯说出口呢？是怕我？不，不，原因恐怕是在于，她——也许她根本没有注意到自己体形的变化。想到这里，荣利子似乎血液停止了流动。完全有可能。说到底，这个女人对他人从来就没有产生过兴趣，冷血得可怕。

现在终于意识到，和这个女人是不可能做闺密的。我不是让人感到恐惧的人，也不是骚扰狂，是你的朋友——自己已经想尽一切办法，用尽力气坚持不懈地向她解释说明，可越是这样，两人之间的友情越是消失殆尽。今后肯定也一样，再怎么努力也无济于事，距离永远无法缩短。

先前的荣利子和现在的荣利子已经判若两人，窗户玻璃上映出的身影是最有力的证据。就像圭子说的那样，翔子也变了。那一晚的两个人，已经封存于记忆之中，两人合骑一辆自行车带来的气息相通、清新爽快的感受，再也不可能唤回了。

“我算是明白了，我再也不需要你了！”

荣利子生硬地丢出这句话，随后从口袋中掏出手机，打开文件夹，翻到那张照片，踌躇了片刻，还是按下了“删除”键。

“你看着，这照片我替你删除了，这下你放心了吧，回收站里也没有了。”

翔子噙着眼泪，看着荣利子做完这一连串动作，随后两手垂下，小心翼翼地问道："真的……我可以解脱了吗？"

翔子的表情中满含着希望之光。荣利子第一次看到她如此灿烂的表情，不由得感到阵阵心痛，气都差点儿喘不上来。

"……你想怎么样就怎么样，回到那个无聊的男人身边去吧……你和我一样，这辈子都不可能真正结交到一个闺密。"

说罢，荣利子站起身，掸了掸裙子，转身走了，以后再也不会和这个女人见面了。她感到自己脸颊上淌着泪水，今后又得独自面对人生了。脚下的柏油路，毫无表情地一直通往自己出生的那个家。

"谢谢你！"翔子啜泣着在背后喊道。

夜色深沉，高架桥下黑漆漆一片，仿佛通向无数个异次元的世界。荣利子咬紧牙，暗暗叮嘱自己，绝不能回过头去。她就这样踩着柏油路面，一路走去。一辆轻轨电车从后面越过她呼啸而去，她感觉明亮的车窗里，似乎有个少女穿着自己母校的校服。

29

新干线不停经翔子出生的这个县。她在邻县的大型中转站下车，先换乘 JR[1] 线再换乘私营铁道线，花了将近一个小时，总算抵达离自

1 JR：Japan Railways 的缩写。一九八七年日本实行国营铁道拆分及民营化，在此基础上成立的六家民营铁道公司（北海道旅客铁道、东日本旅客铁道、东海旅客铁道、西日本旅客铁道、四国旅客铁道、九州旅客铁道）以及日本货物铁道共七家公司组成的铁路营运集团，统称为 JR 集团。——译者注

己家最近的车站。长时间乘坐摇摇晃晃的电车，在车上根本没法小憩一会儿，但是她一点儿也不觉得困乏。她没心思欣赏窗外的景色，也不想品尝车站小卖部售卖的盒饭，更不想翻书读报纸，只是聚精会神地上下翻看着手机上显示的内容。

眼球不停地转动，感觉脑袋有些沉重。身上皮肤干燥，还隐隐有点儿发痒，嘴唇干燥，舔上去有一股咸肉的味道。

不经意间回过神儿来，发现自己在反复阅读着人气旺盛时期发表的博文以及读者写来的跟帖和邮件，读这些似乎仍不满足，还从头至尾追着读纪子的博客以及 Twitter，想象她现在在做些什么。纪子的日常生活多么丰富多彩啊，从字里行间似乎也能感受到她自己烘焙的蛋糕的香气，还有那些妈妈的笑语欢声。翔子的思绪从车窗外掠过的群山和田野上腾飞而去，飞到了纪子的身旁。她又打开之前保存的邮件，准备再读一遍，然后在列车到达终点站之前发送出去。

纪子太太：数次打扰实在抱歉。我知道您很忙，而且屡次三番地叨扰也许令您头疼不已，我只是想找个人讨教，除了您我实在想不出其他人……因为家里出了点儿事情，我现在正在回老家的路上。我担心，说不定丈夫会向我提出离婚，在这种状况之下博客自然也无心更新。我想听听您的意见，无论是什么建议都行，现在，只有纪子太太您才是我最信赖的人了。

读着读着，不禁下意识地感到脸红，自己是不是过于卑屈了？可是，如果不这样放低身段，怎么可能打动纪子那样的网红博主呢？翔子鼓足了勇气，在列车到达终点的前一站，按下了发送键。

眼下的翔子已经切身地体悟到，与网络人生相比，现实中的生活才是最宝贵的。网络是自己和其他人虚拟交流的场所，但是贤介和自己的联系却实实在在断了，花井里子和纪子也音信全无，自己变成孤身一人，一切又回到了原点。

翔子跨出车厢的同时，两个穿着母校校服的少女走进几乎空无一人的车厢。检票口只有一个。翔子走出检票口。车站所在的大厦聚集了市公所、市立图书馆以及商店，在这个地区已经算是比较大型的车站了，然而隔了许久回来一看，简直不敢相信就这点儿地方竟然能满足生活的方方面面。车站大厦内空荡荡的，空气中飘散着当地酱菜的味道。几个无所事事的青年倚靠在墙上，望着从检票口走出来的旅客。

一走出车站，翔子立即拿起手机往家里拨电话，但铃声响了好久，就是没人接电话。翔子咂了一下舌，又把手机放回口袋。这段时间，家里的电话一直打不通，父亲又不用手机，所以她联系不上他。

家里空无一人的状态小时候也常有，所以翔子不怎么介意。父亲可能是去哪里喝酒了，或者已经和丽美和好，两人一同外出了，与其和那个脸上笑盈盈却难以捉摸心里到底想什么的人打照面，一起生活在同一个屋檐下，还不如自己一个人过舒坦呢。除了老家，翔子想不出自己还有什么地方可去，博客的广告收入一点儿也没动过，即使住一阵子旅馆应该也对付得过来，但今后怎么样心里实在没底，所以翔子不想浪费一点儿钱。

团团红叶一直向高处延伸，伸向布满白云的天空。翔子感到一丝凉意，不禁懊悔，多带一件外套就好了。老家几乎没留下什么衣物，如果出去买的话就得走两站路去大卖场买。这儿和世田谷的家不同，住在那里，不用出门照样也可以过日子。毕竟，这里和箱根汤本一样，散发着乡土的气息呢。

真不敢相信，和荣利子一同去旅行也就是几天以前的事情。短短数日，生活竟然发生了如此剧烈的变化。

“怎么了，姐姐？现在回来干什么啊？老头？我不知道，好久没跟他联系了，他没有回家吗？”

离开东京前，翔子给与女友同居的弟弟洋平打了个电话，结果却是毫无所获。之前洋平打电话来求助，自己冷冷地将他顶了回去，大概他还记着吧。

慢吞吞地走在宽阔的汽车道旁时，翔子心里已经在想着回东京了。好想找个感受正常、愿意听自己絮叨的人交心地倾诉一番。翔子开始后悔自己的决定。好几辆卡车从身边疾驶而过，其中一辆车上的商标是某著名乳品公司的。她再也不愿往前走了。

志村荣利子当着自己的面将照片删除，还明确宣告再不和自己来往了。仿佛幸运从天而降，翔子却顾不上高兴，只是一个劲儿地疑惑不解。不知道荣利子的心境是否起了变化，但只要她不说出来，事情将会圆满收场，自己还像什么事都没发生过一样，重新回到与贤介两人的正常生活中。

可是——为什么要那样做？那晚从家庭餐厅出来，回到家，突然被一种无法解释的冲动驱使，翔子竟莫名其妙地做了那件事。一下子摆脱了束缚，眼前的一切景象又变得充满了生机，翔子感到浑身奔涌着一股昂扬的激情，自己面对那样可怕的危机冷静处之，独自克服艰难，终于获得解放，今后将无须惧怕任何东西了，自己渴望了三十年的目标就在眼前，她抑制不住这种兴奋，急于向人倾诉，于是不光将受到荣利子胁迫的事情一五一十地道来，自己和桥本亲吻的事也和盘托出。刚开始，贤介还只当是无聊玩笑听过之后付之一笑，可当看到翔子与桥本之间的往来短信，脸一下子阴沉了下来。翔子发自内心地向他道歉，再三表示自己认识到错了。

她真的意识到，自己与贤介的婚姻生活比任何东西都宝贵。可是做了错事一抹嘴巴，像什么都没发生过似的回到丈夫身边，无疑是种卑劣的行径，不如趁现在将事情原原本本地向丈夫坦白，算是忏悔，用自己的诚实来向丈夫认错，假如一直隐瞒下去，会觉得永远有一片阴影笼罩着这个家。只要贤介肯原谅自己，不仅两人能恢复以前的关系，而且这个家的基石还会更加牢固，更加难以动摇。

"抱歉，翔子，我没法再和你一同生活下去。"

贤介只简短地说了这么一句。翔子低着头，肩膀剧烈地颤抖，她不敢抬头看着他的眼睛，只知道自己好像哭了，无声地哭了，耳朵充血似的通红通红。无论怎么解释，贤介都沉默不语，不为所动，翔子从来没见过他如此颓丧。

"既然这样，那我只有回老家了？你……你住在这里离单位近……"

翔子惴惴不安地说道。她想逃离这可怕的沉默，同时也觉得，挨过一阵子，等事态冷却下来这件事可能更容易收拾。当然，好久没有问过老家那边的情况了，心里也有点儿放不下。说到底，伤害丈夫的这份罪责之沉重，让翔子无力承受。没有大吵大闹，翔子简单收拾了一下行李，昨晚就在附近的漫画咖啡吧里熬了一夜。

当然，翔子并没有指望贤介能笑着原谅自己。然而她无论如何也想象不出这次事情对他的伤害如此大，不管自己说什么，贤介耸着肩膀只有一句话：“不可能！”

从那之后，贤介再没有与自己联系过，她打电话和发送邮件给他，他一律无视。他按时吃饭吗？上班了吗？以前对丈夫的健康漠不关心，如今却忍不住在心里时时惦记。慢慢地，他会原谅她的吧？有时尽量朝乐观的方向去想，但随着时间一点点逝去，这种可能性似乎越来越渺茫。贤介在与翔子交往之前，基本上毫无和女性交往经历，在男女关系方面有点儿洁癖。假如贤介向自己提出离婚的话该怎么办？这种可能性还是非常大的。想到这件事情的发展趋势，翔子难过得几乎喘不过气来。

为什么对他说那些话呀？翔子自己也弄不明白。她只知道，如果不说出来，自己似乎没法面对贤介。

穿过一排安装着卷帘门的商店，前面是一片田野。自己一直讨厌的街区，仍旧充满着凝滞的空气。这里不是自己长待的地方，只要事态稍有好转，就立刻返回东京。翔子心里这样想着，脚下不由自主地使了使劲儿。当看到那块全国各处多如牛毛的著名超市的招牌时，她终于松了口气。

“哎哟，是翔子吧？果然是翔子啊！”

听到突如其来的招呼声，翔子下意识地朝四下张望，只见旁边停着一辆白色微型轿车，她正巧和使劲儿关上后备厢盖的年轻女子四目相对。女子浅褐色头发在脑后扎成一个螺髻，穿一件长长的深紫色夹克衫，下面露出两条细细的裹着网眼长丝袜的长腿。

“还记得我吗？我是美和呀。你回来了？有几年没回家了吧？”

小巧而灵敏，鼻孔微微上翘，女子的身上似乎散发着一种争强好胜的气息。等她走了几步上前来时，翔子不由得“哦”地叫了一声，原来是住在离这儿大约十千米外的叔父家的独生女儿。叔父是名公务员，但征得单位同意，工作之余还经营了一点儿农田，性格稍有点儿内向，但和父亲比起来，却是根本无法同日而语的正常人。叔父通情达理，无论翔子遇到什么事情，他是唯一可以依赖的亲人。比自己小四岁的堂妹，小时候常和自己一起做作业、一起上澡堂子，关系十分亲密，上了中学以后慢慢地有些疏远，但当年母亲跟别人一同离家出走的时候，婶母经常来家里照料，帮了不少忙。翔子记起来，至今还没有好好谢过婶母呢。

“哎，完全长成大人了呢……刚才一下子没认出来。我要在家住上一阵子……住到什么时候还没想好呢。”

翔子担心，如果美和详细打听的话要怎么应对，但她大大咧咧的性格似乎一点儿也没变，兴奋地只顾自己说话。

“是嘛。哎，伯父怎么样，身体还好吧？最近有段时间没看到他了呢。我小的时候，伯父可喜欢我了。我现在带着儿子正要回家，下次有时间一起玩怎么样？”

翔子不知道该怎么回答才好，她的视线朝车子的副驾驶席上看去，一个小男孩的目光也正朝她看过来，看到翔子后立即点了点头，随后又低下头鼓捣他的掌上游戏机了。记忆中的美和也就差不多这个年纪，所以一时间感觉有点儿反应不过来。她下意识地抚摩了一下车子，大概是疏于保洁的缘故，手指沾上了一点儿污迹。翔子不要说孩子，连驾照都还没有呢。

“哎，翔子，下次我们一块儿吃顿饭怎么样？当然啦，除了车站那边的家庭餐厅，这儿也没什么像样的餐馆。”

那家餐厅和最后一次与荣利子一起去的是同一家连锁餐厅。怎么搞的——和东京没什么两样嘛。翔子感觉到胸中有团东西在慢慢融化开来。自己并没有被送到某个荒岛，而只是和贤介之间留出一点儿距离而已，也许这是一个重新认识对方的好机会。美和平易爽朗的笑容让翔子很感动，两人互相交换了手机号和邮箱地址。美和的手机上挂着一个小挂件，恰好是她儿子玩的游戏中的角色造型。

“谢谢，再联系啊！”

除了丈夫贤介和荣利子，翔子好久没有和别人认认真真聊天了。望着微型轿车渐渐驶远，翔子感觉到指尖的血液在欢快地流动，她兴奋地期待着与美和的下次见面。和有着相同境遇的幼年好友相会，而且相距不远，想见就能见上面，这是多么值得高兴的事呀！

翔子迈着轻快的步子，不一会儿就到家了。

“我回来啦！”

门没有上锁，声音在泥地房间[1]的天花板上回荡。话说出口，自己都觉得虚伪。没有比这话和这个场所更不相称的了。空气中飘浮着一股馊味，翔子情不自禁地皱起眉头。窗户外的雨套还是没有修理，一直就这么敞开着。

---

1 泥地房间：日式住宅内紧靠正门不铺设木地板，保留泥地或者只铺水泥地的房间，便于从户外进来时在此脱掉沾满泥土的鞋子然后进到室内。——译者注

虽说早有心理准备，但跨过门槛，眼前的景象仍令翔子忍不住直反胃，比上次回家时不知要脏多少倍。父亲性情暴烈，又非常懒惰，把家里弄得简直不成样子，这是他对这个家里其他成员的一种报复。泥地房间里装生活垃圾的袋子里面垃圾已经溢出来了，地上丢满了空酒瓶，稍不留神就会被绊倒。进到里屋，榻榻米上到处都是结成块的灰尘，佛龛前供着的插花早已干枯，瓶子里的水也变了颜色，厨房的操作台上堆着一大摞碗盆，打开电饭煲立即飘散出的东西像蝴蝶翅膀上的粉末。父亲竟然就生活在这种地方！烟灰缸里满是烟头，墙上更不用说，早被烟油熏得泛黄了。毫无疑问，这次丽美是铁了心不会再回来了。会不会父亲得了老年痴呆症？翔子冒出一个不祥的预感。父亲到底去哪儿了？一般碰到这种情况，或许应该马上报警，但是一想到由此会带来不良影响，翔子没有这样做。在这一带，一点点飞短流长都是要命的。

身上感觉痒痒的。翔子恨不得全身狠狠搔一遍，直到搔出血为止。

从哪里下手？应该先把雨套修好吧。想到这里，翔子一屁股跌坐在榻榻米上，下半身处在厚厚的灰尘中，她就像坐在垫子上似的直往下滑陷。从哪里开始收拾？翔子还没想好。说起来，自己为什么非得一个人不可呢？她很想向人求助，可又有谁可以来帮忙呢？翔子不知道。

一只蟑螂从用过的杯面盒上爬过，像是要将它啃穿似的。

父亲一直在这所宽敞的大宅子里独自生活，他所咀嚼过的深不可测的孤独感此刻又无情地向翔子袭来，令她站也站不起来。这孤独中饱含了父亲的诅咒和仇恨吧，这才是最可怕的事情。自己不得不待在这所大宅子里，什么事情也不做，只是等待贤介联系自己，等待父亲回家。在等待的过程中，自己也将慢慢变成灰尘的一部分，不知什么时候被这所宅子吞噬掉。自打出生，就已经注定将是这样的命运。虽然拼命挣扎过，但最终仍然回到这个起点。命运之强大是根本无法违忤的。

不知道坐了多久，翔子无意间透过隔扇门隙似乎看见有个头颅似的东西。

“爸爸？”

她扶着柱子站起身，向前走了几步，拉开隔扇。

父亲脸朝下趴在榻榻米上。翔子熟悉的灰色套衫，还有露出几根稀疏白发的后脑勺，手脚张开，摆成了一个“卍”字形状，脸部和下半身四周积淌着不知什么液体。出乎意料，父亲的个头非常小。

翔子并没有惊骇，她一点儿也没有感到害怕。她走到父亲身边，轻轻摇了摇父亲的肩膀，又硬又凉。父亲身上穿着一件旧的套衫，和自己喜欢的那件一模一样。太好了，父亲死了！

翔子的第一个反应是，眼前的雾霾忽然消失，面前是一片明亮而无边的原野。这是一种令人忍不住想大声呐喊的解放感。没错，解放。对旁人而言，对他自己而言，这不都是最期待的结局吗？没有给任何人添麻烦，在自己的家里死了。

《巫婆完蛋了》！玛格丽特·撒切尔死的时候，这首歌在英国的排行榜上位列第一。此刻的翔子，终于理解了英国歌迷们的心情，大概只要撒切尔活着，他们的心情就糟糕得想吐吧。父亲死了，令人讨厌的巫师死了。

翔子终于自由了。她情不自禁地摊开双手，只见刚刚触碰过父亲身体的手指尖全沾上了半透明的水滴。

30

傍晚时分，母亲带着哭红的眼睛敲响了房门。

“公司的同事来了。”

自己在公司没有关系亲密的同事。荣利子眼泪汪汪地抬起头，慢吞吞地从床上爬起来。是部长？之前出了那么大的丑，现在已经无须顾及面子了。她在当睡衣穿的套衫外又披了件稍厚的羊毛开衫，用橡皮筋将头发胡乱扎起，走下堆满空的杯面盒和打开吃了一半的零食袋子的床，朝玄关走去。站在门外的是胳膊上搭着件做工精良的风衣、感觉好像十分不自在的杉下。

“……到外面去说好吗？”

荣利子对杉下说道，他们一同走出玄关。

中午的时候，母亲端进房间来的是黑米做的烩饭、奶油稀汤和海藻色拉，色彩既丰富，营养也平衡。可是荣利子只看一眼心里便感觉不痛快，背过身去对母亲说道：“我不想吃，你去便利店买点儿什么来吧！”

母亲终于爆发了：“够啦！你到底要伤害妈妈到几时才肯罢休啊？我不是你的保姆，也不是你们这一对的跟班！”

母亲哭着喊着，将盘子重重地砸在荣利子房间的墙上，用蔬菜滤出来的汁水煮成的浅橙色汤汁溅得床罩和窗帘上到处都是。母亲竟然如此想，可自己分明从来没有这样想过啊。母亲是这个家里最活跃的人，一直是家与外部世界的窗口。“这一对”，被母亲这么一说，想想倒也没错，父亲和自己确实各方面都十分像，和天底下所有的父女相比都相处得更为和谐。

“我到底什么地方让你这么不满意？还不是为了你，害我多少梦想都放弃了？其实我根本不想成天待在家里照顾你们，我想出去工作！”

连平时从不轻易搅入争执的父亲也抱住母亲的肩膀，眼睛里噙着泪水责怪道：“荣利子啊，你为什么老是长不大啊……你到底想叫我们怎么做呀？我们自认为比任何父母都更加爱自己的女儿，为了你什么都舍得呀。”

面对父亲的质问，荣利子回答不了。她把自己关在房间里，放声大哭起来。母亲没有任何恶意，当然了，父亲对自己也没有恶意，而且她对父母亲充满了感激之情。可是，为什么和他们生活在一起，却将他们伤害成这个样子呢？她想做一个父母的好女儿，被所有人爱，和所有人友好相处，不让父母操心。

“好久不见，你好像胖了嘛。”

两人并肩走着，杉下似乎很有兴致地将荣利子从上到下打量了个遍。他说的是事实，所以荣利子并不生气。她看着前面继续走着，最后领着杉下来到位于公寓前的那座狭长的公园。公园里堆叠着汽车轮胎，还有秋千以及健身场地。有多久没有走进这个公园了？小学低年级的时候，从早到晚和圭子一道在公园里玩耍，有一次从轮胎的最上面摔下来，裙子划破了，结果大哭了一场。和那时相比，来公园玩耍的孩子少了许多。荣利子和杉下在一张木凳上坐了下来。

“你说我胖，其实这才是我本来的体形呀，之前我是拼命节食才瘦掉的。”

说起来，荣利子与食物的关系总是不那么合拍。第一次结交男友的大学时代，热衷于减肥，结果弄出了胃病。不过话一出口，荣利子立即意识到，这件事除了家里人知道，从没对外人讲过。

“哦，对了，婚礼办过了？恭喜啊！”

“还没呢，往后延期了……那件事情，我跟真织说了。”

荣利子一瞬间没反应过来是什么事情。全都是遥远的过去式了，自己和面前这个男人同床共寝过这种事情，仿佛只是从前看过的电影或电视剧中发生的情节。

“那件事情啊，真的抱歉……出什么事了？”

“没错，这件事你得负责任哪……当然，和我有过关系的不止你一个人。真织那家伙对这种事情已经死了心，所以她那边倒是一点儿也没事。”

杉下微微一笑，低头看着地面，两只手交叉在一起，大拇指骨碌碌地转个不停，似乎在寻找恰当的词语。这时荣利子才忽然发现，杉下以号称对穿着的关注几乎到了神经质的程度而闻名，可眼前的他，衬衣袖口竟然一圈污渍，还胡子拉碴的。

“唉，没想到那家伙居然那么叫人讨厌。准备结婚时我才发现，原来真织对她那些闺密比对我看得还要重……每天晚上都要出去和闺密讨论婚礼的事情，反而不好好跟我商量，这些天干脆连饭也不肯做了。她特别在意宾客的座位安排和回礼，但是和她一谈到结婚旅行的行程，她就一点儿兴趣也没了。怎么说呢？与其说那家伙是爱我和我结婚，倒不如说她是想打造一个便于和那些闺密继续保持来往的环境才选择的我，所以我现在心里很没底啊……”

杉下哭丧着脸，语气里也充满了求助。

荣利子暗暗生气：你现在才知道啊？她明白，这个男人是为了找回自尊才来到这里的。和以前上过床的女人见一面，发发牢骚，然后再设法恢复之前的关系，从而在真织面前建立起优势地位——不就是这么回事吗？不承想荣利子已经变得丑不堪睹，于是犹豫了，拿不准到底应该怎么办。

杉下露出白生生的牙齿，似乎自暴自弃了，他将散发着愤怒的视线转向荣利子，使劲儿吼道：“女人太可怕了！老是纠缠不清的，女人的敌人就是女人自己！”

——不光女人是这样吧？

杉下尽管不想陷得过深，但是乐得看到女人之间互相争斗，同时又理所当然似的想从女人那里索求温存和关怀，现在他无意中将荣利子也视为了一个令人讨厌的人。荣利子不认为杉下本质上是个坏人，因为他是在父母无微不至的呵护下长大的，所以才会希冀别人也能同样地无条件给予他爱情，而这份重负压得他难以承受，痛苦不堪，这一点倒和荣利子相似。

五点钟的报时音乐响起，孩子们三三两两地走出公园。广播音乐还和当年一样，是《晚霞小调》。

“哦，对了，部长让我给你带个口信。那个，坦桑尼亚当地有个叫赤城直美的中介还记得吗？”

被太阳晒成古铜色的肌肤以及朴实的笑颜浮现在脑海。荣利子点了点头，杉下似乎毫无兴趣地站起身来：“她听说你休长假，好像非常关心哪。你怎么会和一个中介关系这么好？”

和赤城直美一起度过的短暂时光对荣利子来说早已成为梦幻，正因为这样，她还对自己如此关心，令荣利子深受感动。达累斯萨拉姆那令人怀恋的海滩和蓝色的大海出现在眼前了，但只是一瞬间的事，很快便融入晚霞，消失得无影无踪。

31

来电铃声响起时，翔子按下了通话键，那是个完全陌生的号码。然而她觉得，这个号码的另一端说不定是某个认识的人，因此她毫不犹豫地接了。

翔子跑出病房，向信号良好的区域跑去，医院里共有三个区域信号比较强，她对此早已了然于胸。她撞开挡在面前的帆布，一溜烟地向前跑去，与她擦肩而过的护士露出了厌烦的神情。

和人气旺盛时期一样，翔子片刻不离手机，甚至比那时更加仰赖手机。这部小小的机器，已经成了翔子的生存证明，是她的命根子。回到老家短短几天，却好像独自被关闭在孤岛上数年一样，在东京结婚，成为大众瞩目的主妇博主的那些日子仿佛并不属于自己。大概是好久没有张口说话，又或者医院的空调温度开得太高，翔子觉得喉咙发干，皮肤也干得不得了，偶尔涂抹的妮维雅护肤霜根本不管用。

面前是一棵用塑料材质做成的圣诞树，上面的白色小灯泡一闪一闪的，愈加让人焦灼不安。再过两个星期就是圣诞节了。

“喂，喂喂！”

从电话中就能感觉到，翔子心急火燎的声音令对方十分困惑。无论是贤介、纪子，还是桥本都好，或者是花井里子也可以啊，只要是相识的人，不管是谁打来的，通过言语让这个世界知道自己还活着。

一个陌生女子的声音传来，客气地告知了事情原委，原来自己在东京那家经常光顾的图书馆预订过几册图书，现在书到了。失望之余，翔子一时什么话也说不出来，舌头像是被粘在嘴里了。

“保留时间是一个星期……”

一星期——一个星期之内，事态得以圆满收场，自己又能和贤介一同生活在那个熟悉的街区，时不时地上图书馆借书阅览了吗？仅仅五天之前，这些都还是理所当然的，但眼下，对翔子来说东京似乎很远，一个星期也难以抵达。到底需要多久呢？一想到这个问题，翔子便恨不能抛掉一切念头，逃往一个谁也不知道的荒山野岭。

“不好意思，我想把预订取消，可以吗？实在对不起。”好不容易才挤了点儿声音出来。

挂断电话后，翔子很想大叫一声，然后蹲到地上。她动作迟钝地往回走，回去的路上觉得走廊特别短，透过细长的窗户可以看到连绵的群山，群山仿佛要压过来似的。她心里极度厌烦回到父亲住的病房，即使换成现在这个场所，她仍然不愿面对父亲。一小时前刚吃过午饭，房间里到处弥漫着咕噜肉的味道，胃里仍感觉堵得慌。

父亲没有死。

翔子发现父亲时，他栽倒在屋子里还不到一个小时。据说是因为脑梗死的早期症状引发的眩晕和四肢麻木，所以失去意识跌倒了。翔子叫来了救护车，将父亲送到最近的一所大医院，又翻遍了所有橱柜找出通讯录，打电话告知了多年没联系过的叔父。自从大学毕业以后，就没见过一头白发被染成不自然颜色的叔父了。医生说幸亏翔子发现得及时，将她使劲儿夸赞了一番。

“翔子，你真是个孝顺的孩子！”

叔父也连声说了好几遍。

可翔子并不觉得有什么值得庆幸的。父亲一恢复意识，马上大喊大闹，喊的什么谁也听不清，结果从 ICU[1] 转移到单人病房后，手脚都被绑在床上了。

翔子推开病房门走进去，躺在床上挂吊瓶的父亲睁开眼睛，眼珠转动了一下。因饮酒过度而变得通红的脸庞上的眼窝凹了进去，但一对褐色眼珠却显得炯炯有神，很像英国童话中的小矮人。

“去哪里了？”

父亲说话仍有点儿不利落。

“我出去接了个电话。”

翔子轻声答道。父亲咂了下舌，又闭上眼睛，手脚乱动，绑在手脚上的皮带发出摩擦的声响。这大概也是脑梗死的一种症状吧。也许，父亲只是不知道和女儿如何对话。

父亲穿着医院的病号服，敞着前襟，露出的大腿、小腿、脚踝又细又白，而且几乎没有汗毛，看上去就像女人的一样。父亲似乎比翔

1ICU（Intensive Care Unit）：重症加强护理病房，又称为深切治疗部，便于对病人进行深度和精准监护。ICU 诞生至今三十多年，现已成为医院中危重病人的抢救中心。——译者注

子还要纤瘦。日光灯照射下的脚板粗糙开裂，让人不禁会多看上几眼，这是长年赤脚，又老是在毛糙的榻榻米上摩擦的结果。皮肤表面覆着厚厚的一层黄土色的角质层，就像披了一层罩子似的。浑身上下应该被护士清理过了，但仍旧和待在家里时一样，散发着一股异味。被皮带捆绑着的手腕和脚踝处因不停地动，已经磨出了血印子。

翔子并不觉得他可怜。她在床边的一张圆椅上坐下。像这样的安静平和，只有两人在一起时才会有。对护士，父亲虽口齿不清但依旧会用不堪入耳的脏话以及歧视性的话语毫不客气地骂骂咧咧，而在翔子面前，他是个让人捉摸不透、陌生的男人。内心深处，翔子隐约知道父亲的本来面目：无知且粗暴，无论和谁都说不到一块儿去，稍有不称心，立刻用可怕的声音威吓对方，除了将对方彻底骂倒外，不知道他还有什么与人沟通的方法。每当看到医生和护士脸上掠过的轻蔑表情，翔子便有一种安心的感觉，原来父亲这个人不好相处是所有人的正常感受呀。

翔子总是以事不关己的态度在一旁观察狂暴的父亲，渐渐地，医生和护士们对她也开始产生了怪讶的感觉。

当看到父亲粗暴地对待年轻女护士时，翔子似乎终于揭开了一个谜底：不管家人也好，或者外人也好，只要是女性，父亲必定先迫使对方让步，从而按照自己的意愿行事，这在他脑子里好像是天经地义的。祖上传下来的财产，令他养成了傲慢无礼的性格。被救醒之后，他对翔子没有说过一句感谢的话，对她离开东京的事也根本不加过问。

——我想回家。

他翻来覆去只说这一句。

自己生来就应该被别人宽容，这种毫无道理的态度，令翔子回想起自己之前对待贤介的态度，心里有种说不出的苦涩。

翔子又想起，已经去世的祖父母对继承他们家产的儿子，也就是翔子的父亲，从小娇宠惯了，要什么给什么，说不想上学就干脆让他闲荡在家，当地的大学没读完便退了学，开着祖父的车成天在外面兜风玩耍，连邻居都觉得他无可救药，父亲却很得意。翔子就亲耳听他不止一次得意地说起过去的事。当然，从小就被规划了将来，被家业束缚，直到亲手送走了祖父母的父亲，肯定也有他自己的烦恼和郁怒，所以总想在可以的范围内尽量活得轻松快乐些，以致自私至极，从不考虑别人。

如果真是这样，那么他就不应该被自己发现，一个人陪伴着那所大宅子悄悄地咽气好了。自己真应该再晚几小时回家。不，归根结底，自己就不应该回老家——翔子为自己的所有举动后悔不已。为什么不让自己远离父亲啊？

“那些钱是怎么花掉的？是干什么花的呀？”

见父亲安稳地打起了呼噜，翔子忍不住自言自语。

因为要支付住院费，翔子翻箱倒柜地从抽屉里找出了父亲的存折，上面打印出来的余额之少让她大吃一惊。她找到从祖父一代起就聘用的司法代笔人来问询，才知道父亲这几年是如何将家财败个精光的。

和丽美早已协议离婚了，丽美如今回了新潟的老家。同时她也知道了，原来父亲一直信赖的这位六十多岁的司法代笔人只拥有见习资格。早在几年前，得知家里现金已经花得所剩无几了，出租公寓、停车场以及农田等又都处于放任不管的状态，父亲便自暴自弃，坐等自己死去的那一天。当时，据说和一些亲戚还闹得很不愉快，基本上断绝了往来。听叔父的意思，父亲把钱几乎全都花在了酒色上。

如此说来，只有将宅子后面的小山卖掉换钱了。翔子不假思索地提出了建议，叔父立即扬起柴犬似的眉毛反驳道："卖？说得容易，可是卖给谁呢？这么荒僻的土地谁轻易会来买啊？就算工厂什么的买下来建员工宿舍或者生产车间，也得挑一个交通更加便利的地方呀。"

叔父的语气听上去轻缓而平静，但分明透着一种对于逃避责任的人的不满。翔子知道，小时候十分疼爱自己、照顾自己的叔父那张英俊的脸，如今已经被布满的皱纹代替了。本来还打算请叔父一家帮忙照看一下住院的父亲，谁知自那以后，叔父就再也没有来过，婶母和美和连一个电话也没打来过。

"有姐姐在这儿看护一阵子，我就放心了。"

弟弟洋平虽然来医院探望过一次，但似乎没有要帮忙的意思。

"很快就要出院了是吧？反正我还会不时地来探望老头的，你要是有什么事随时跟我说一声好了。"

没有一个人为父亲的状况而担忧。早晚有一天，自己会不会也落得这样的结局？

医生警告说，虽然只是轻度脑梗死，但出院后的看护十分关键，照顾日常起居、饮食疗法以及康复过程中的陪护等，家人要做的事情还有很多。看这情况，翔子留下来和父亲住在一起似乎是上天的神谕，是无法逃避的。除了父亲，没人需要自己，即使想逃避，自己也无处可去，何况丢下父亲一个人，独自跑回东京生活下去的勇气以及财力，翔子全都没有。

没错，是自己的举动造成了夫妇之间产生裂痕，那种行为是不值得鼓励的，然而令她想不到的是，报应来得如此重。她努力回忆和父亲在一起度过的充满温情的少年时代，却发现一无所有，只有一种念头：为什么不死呢？大概父亲也知道自己的这种念头，有时候他看着自己的目光里含着怯意和讨好。自己是如此冷酷无情的人，所以身边一个朋友也没有，而就因为有这样的父亲，所以才变得如此冷酷无情吧。

好想有个朋友呀。好想和谁说说话呀。翔子拼命地祈祷。她从心底期盼有一个能够面对棘手的现状一笑置之的朋友，哪怕是聊聊傻兮兮的电视连续剧或者美食也好，只要能转移自己的注意力，即使气息互不相通、无法交心也无所谓呀。现在想想，之前和荣利子之间那些无聊透顶的谈话，如果放到现在，自己也能够忍受。

只有通过与别人接触，才能清晰地认识自己。

美和怎么一次也不来探望呢？翔子不想说那灿烂的笑颜是虚伪的，只是她说好的聚餐之事究竟会怎么样呢？还有，纪子大概已经把自己忘得一干二净了吧？给她发送邮件，她却一个字都没有回复。自己在别人眼里到底存不存在啊？自己当真活在这个世界上吗？

求求老天，让谁能想起我来吧。自己如此孤寂，可那些认识过的人却如此冷漠。翔子内心充满了愤恨，整个身体也充满了愤恨，她一动也不想动了。

父亲也许是做了个可怕的梦，发出一声少女般的尖厉叫声，睁开了眼睛。

32

荣利子拿出酒精棉。

凉凉的、湿湿的感觉传遍手指的每一道细纹，甚至扩散到了手背上。一开始，荣利子按照以前养成的习惯，用酒精棉将桌子的角角落落擦拭一遍，键盘也翻过来，将里面的积垢统统抠了出来。本来担心休假期间不知道积攒下多少资料等着自己处理呢。幸好，部长将工作分派给了其他同事处理，所以桌上连资料带信件总共才只有两堆。

分别了三个多星期的办公室里气氛冷淡，感觉比以前更加狭小，天花板也似乎更低了。只不过是个空间而已，没什么好怕的——荣利子踏入办公室的同时，不断这样暗示自己。

像针一样刺向自己的眼睛，以及隔着卡座挡板也能隐约听见的窃窃私语，荣利子已经满不在乎了。当然，有时候难免也会猜测：到底传闻传得有多广？一想到这里，瞬间就忍不住想埋起头趴在桌子上，每当这种时候，她便提醒自己，深呼吸，专心干活就是了，埋头于自己的世界中去，别人想干什么，管他呢。不这样自我保护的话，她根本没办法在这里将时间挨过去。

只要像什么事情都没发生过一样正常上下班，一定可以找回从前的自我——荣利子这样想，同时说服了父母亲，同意她鼓起勇气重新回来工作。早晨冲个澡，头发向后一扎，涂上护肤霜，再描一下眉毛，穿上宽松的针织套衫和风衣，这是母亲刚给她买的，之前的衣服都穿不下了。时隔许久又乘坐电车开始了朝九晚五的工薪族生活。电车里挤满了人，挤得她头晕目眩，到公司时已经累得上气不接下气。但不管怎样，她一定要重新回到认识翔子之前的生活状态。

部长十分宽宏大量，完全看不到那晚在神泉所显露的严厉劲儿。开始工作之前，部长和荣利子谈了一次话，为了防止荣利子冒出什么不恰当的话，部长滔滔不绝一口气说了一大堆。

“真的没事？你也不必着急马上就恢复到之前的状态。这样吧，先隔一两天上天班试试看，等慢慢适应了再恢复正常好吗？还有，部门调动的事先不要去多考虑啦。”

荣利子都不敢相信，自己竟然曾想和这个男人上床。当时，荣利子只是想亲手触摸一下深掩在表面的人际关系背后，岩浆一样滚热的人的真正本性而已，谁知她触摸到的竟是更加肤浅、虚伪，仿佛纸糊的道具似的东西——部长微笑着、皱着眉，却绝不允许荣利子往前更进一步。对前上司的女儿，他有的只是关心和支持，这张脸的另一面，是自己的妻子和女儿，是自己必须尽全力去守护的，所以只得武装起自己的感情，筑起坚壁将之深藏起来，而这却让荣利子感到部长似乎离自己越来越远了。

积压了许多邮件，荣利子一一浏览并回复，当她打开一封写给自己的信件时，时间转瞬间已经过去了好几个小时。根据部长的提议，进口盲曹鱼的项目转给了隔壁部门一个叫田代，比自己早三年进公司的男同事。荣利子过去和他打招呼时，田代爽快地介绍了一下事情经过：“坦桑尼亚的工厂嘛，经过研究决定暂时还是保留现状。你在当地做了不少前期工作，难为你了，之前谈得差不多的那些商家眼看项目就要成了却又节外生枝，免不了一阵混乱。不过总的来说，对这个项目的规划还是过于乐观了点儿，单说设备方面，那么大一笔投资估计得好几年才能收回成本，还有，运输过程中资金被冻结的问题也还没有找到解决方法吧？”

田代将一沓资料递给荣利子，又补充道：“今后，从非洲进口鱼这个市场还有越来越缩小的倾向呢。”

当初如果自己以更为严厉挑剔的目光仔细分析一下市场，并且没有发生中途不负责任地弃之不顾的话，事情也许不至于此——荣利子使劲儿咬着牙齿回到自己的办公桌前。曾经给予自己极大帮助的赤城直美、工厂厂长以及众多工人的面孔依次浮现在眼前，毫无疑问，由于自己的过错，有人因此丢失了饭碗。

最值得同情的还是盲曹鱼。近年来的维多利亚湖，由于原有生态系统遭到破坏，湖中藻类及浮游生物大量繁殖，爆发严重的水质污染事件。人类迫于残酷的生存竞争，相互间拼命争夺资源，大量食用其他物种，最终导致自己的生存场所一点点丧失。

荣利子抬起头，发现不知不觉已经下午两点多了。她不想外出用餐，于是决定去员工食堂解决，从新人时代到现在，她还从没踏进过员工食堂一步。荣利子刚一起身，便瞄到好几个急急向后缩回身子，同时掩口失笑的男同事的影子。

用餐高峰时段已过，员工食堂十分冷清。熘鱼片加番茄沙司、盐煮海藻、味噌汤、土豆色拉、米饭——荣利子从自动售货机里买了张A套餐的食券，拿起一个托盘，顺着挨着厨房看得见后面操作的窗口，将一个个碟子放上托盘，然后坐到一张靠窗的桌子旁。尽管味道一般般，但是相对于这个价格来说，已经算不错的了。不用走出大楼，就能吃到热腾腾的饭菜，同时还能感受到做菜人的一片用心，真是太好了。以前怎么没好好利用呢？厚厚的鱼片，像是银鳕鱼。

以前很不情愿被人看到独自吃午饭，经常是一边盯着电脑屏幕，一边手忙脚乱地将零食偷偷塞进嘴里，即使时间充裕，也情愿找一个离公司较远、不大可能被人撞见的餐馆匆匆解决用餐问题。

她在公司里一个朋友也没有，但就像自己的姿容或者举动被人议论一样，荣利子对此已经毫不介意，因为事实就是如此，所以也不想否认。表面上，大家对她客客气气，但内心敬而远之、避而远之的态度是掩饰不住的，不过其实之前就是如此，并没有什么两样。唯一让荣利子无法容忍的是，父亲多年积累起来的口碑被自己彻底搞砸了。所以，她一再提醒自己，妆容和言行举止千万要用心，工作中千万不可出错，慢慢来，不要紧，只要坚持下去，有朝一日又可以像条鱼似的在这里自由游弋。

熘鱼片因为是重新加热过的，吃下去后胃有点儿不舒服。瓶子里的茶水早已凉了，喝下去油水会在肚子里凝结。于是，荣利子来到和营业部同一楼层的茶水间，往已经泡了好几遍的宇治茶[1]里冲人热水，站在原地喝了起来。一股暖流顺着喉咙向体内扩散开来，先前几个小时的紧张感得以缓解。这时，看到靠墙放置的移动桌子上有一袋用夹子封口的山芋条，挂在墙上的白板上还写着一段话：

周末去了一趟川越。如蒙不弃，欢迎大家分享。本来以为是健康

---

1 宇治茶：日本京都府宇治地方出产的一种绿茶，以玉露茶和粉茶闻名。——译者注

食品，上网查了下居然是高热量的（哭），独自享用的话，会越来越发福的噢（笑）。

——真织

圆圆的字体向右倾斜着，下面还画了一头小猪。四周则写满了各种笔迹的留言：“好吃。真织，新娘美妆一定要棒棒的噢！”“喂，吃了没发胖嘛！”“脆脆的，真好吃，谢谢真织。”荣利子下意识地露出微笑，伸出手想触摸一下，手指沾上了蓝色的水性油墨，很快在手上散开了。从来没体会到，公司内竟然如此温馨啊，轻松随意的情感交流令荣利子感到眩晕。

川越？就是说去过杉下的父母家了。听杉下说婚礼往后延期了，但如此看来两人的关系仍非常和谐，幸好自己没有将那男人说的话当真。一边说什么和真织之间缺少感情，另一边却在外面拈花惹草，哪边都不肯耽误，这种精于为自己打算的秉性与真织堪称半斤八两。

猛然间，有人从背后一把将她抱住。不用回头，荣利子也能猜出是谁。

“别这样，快松手！”

荣利子拼命挣扎，想挣脱开杉下的手，但是杉下误会了，还以为她不好意思呢。

“你和真织处得挺好的是吧？看看看，都一块儿上父母家了……哎呀，有人来了，快点儿松手呀！”

荣利子扭动着身子，试图将他的视线引向白板，谁料杉下的手更加用劲儿了。荣利子想喊，可又担心如果有人听见跑过来看见了反而尴尬。

荣利子以前的腰肢，杉下用胳膊可以轻松绕一圈，可是现在只能勉强钩住而已。“没关系的，我不在乎，即使你现在发胖了，但还是在允许的范围之内，你不要有自卑感呀。我知道你心里在想什么，也许我还是喜欢你啊，今天早上一看到你，视线就没离开过。”

荣利子转过头，近距离地盯着杉下，远远看着还是平常给人的印象，浑身上下整洁利落，可是离近了看却发现，原来杉下皮肤粗糙，嘴巴散发着一股臭味，荣利子使劲儿皱起了眉头，准确无误地表明自己的厌恶。

“一个人孤零零地在这儿吃饭哪。虽然你没有女性闺密，遭到同性的嫌弃，可我还是真的有点儿喜欢你呢。你这个人呢，其实自尊心很强，可偏偏喜欢小心翼翼地去迎合别人，结果又被别人拒绝，可我就是喜欢你，我觉得你可爱得不得了，和你在一起，就会感到心境平稳了下来。”

杉下用的力气很大，荣利子不再试图挣脱，因为她知道，曾经赤裸相拥的两个人，再怎么挣扎也只是在浪费时间。她冷冷地寻思着，过去接近自己，最后又离自己而去的那些男人，大概也是因为这个理由而喜欢上自己的吧，不然的话，为什么要喜欢一个内心自闭的女人呢？看到自己融不进同性的圈子、心绪不宁、不知该如何是好，便激发起他们的优越感和保护欲，在接纳自己的同时，又可以心安理得地咒骂那个他们同样难以闯入的领地了。

“我现在只想从那个自私任性的家伙身边逃走。我付出了这么多努力，现在精神和体力都已经到了极点，再这样下去，我一定会疯掉的。自从决定将婚礼延期之后，她整个人都变了，经不住她母亲一个劲儿地催促，只好先和她登记了再说，结果证明我错了，真织那家伙越来越……”

杉下声音颤抖着，渐渐转成低低的呜咽。

哼，不光是真织，你自己也早就疯了。都被逼到了这个份儿上，你仍然毫无察觉，也没有想过好好找找原因，那个女人当然越发肆无忌惮啦。

“你也知道，真织那家伙素质低，被一帮年轻女员工围着就感到心满意足了，成天只知道把闺密放在第一位，好像中了什么邪似的。最近这一个星期，一天都没做过饭，完全把我丢在一边，每天晚上和几个闺密聚在一块儿，讨论伴娘什么的，简直是脑子坏掉了！她这个人看上去好像自信满满的，其实特别害怕拿自己去和别人比较。”

“这倒看不出……”

“你仔细想一想，那家伙到底有什么好：人又算不上漂亮，学历的话，高中毕没毕业都是问题呢，成长在一个单亲家庭，脑子又笨，岁数也一点点大了，所以她才要那样，让一群年轻女员工围着她，哄着她，好让她相信自己不会老，仍是个年轻女孩……所以说，什么女子会女子会的，纯粹是一群傻瓜在瞎胡闹！其实她并不讨人喜欢……”

“是吗……我倒觉得真织看上去真的很讨大家喜欢呢。”

这句话是真心话。视线可及的白板上还留有真织写的一段话，不管是不是在一副可爱的外表下掩藏着凶狠暴躁的本性，但她懂得和职场的同僚分享特色零食，并且写下了一段有趣的留言，这种第六感是很难能可贵的呀。自己前往箱根的时候，有没有想起过同一职场的同僚呢？有没有想到买些当地的特产带回来，放在茶水间里给大家呢？

以前经常出差，如果真想这么做的话，机会多的是，但自己从来没有这么做过。

“不对，女人是不可能真正喜欢上另一个女人，并且当成知己的。你毕竟是个无忧无虑的富家女，真好！你是天然去雕饰啊，这点正是我喜欢的。”

充满爱意的话语钻入耳朵，荣利子不禁起了一身鸡皮疙瘩。

杉下终于从荣利子腰际抽回手，又轻轻搭到她的肩膀上：“因为她素质低，所以别的女人和她在一起也能够安心，而她居然以为仅仅靠午饭和下午茶结成的脆弱关系能够牢不可破，真是的。女人是种残酷的动物，阴险狡诈得叫人害怕。真织也真可怜，她只是个被那些人利用的小丑，用过就一丢了事……”

杉下的话音戛然而止。

荣利子忽然嗅到一股类似铁锈的气味。与此同时，一条发带那么粗细的红色袋子从胸前垂下，是从搭在自己肩膀上的杉下的右手上掉下来的。杉下的手背白白净净，不像男人的手，他掉下来的是一袋山芋条。看着眼前的东西，荣利子一时不敢相信，笑了起来。

不知什么时候，真织已经站到两人的身后，此时她一个箭步冲上来，伸手夺下山芋条。杉下猝不及防，叫了一声，声音都走了调，扭动着腰蹲在地上。只见鲜血从他捂着腰部的左手指缝间溢了出来，并滴到了地上洇开了。

“不得了……得赶快去医务室！”

嘴上这样说，但荣利子终于自由了的身体全然没有一点儿行动的意思，没有得到许可，她绝对不想去触碰男人的身体。

“没事的。”

真织沉着冷静地说，抬起穿着室内拖鞋的脚在杉下的腰部轻轻踢了几下，给人的感觉是，三人之中，她才是最强者，她才最适合生存于这个社会。

许久没见真织，如今的她身材略显臃肿，像是怀孕的样子，看上去非常强壮。说不定杉下会死，自己和真织将遗体处理掉之后，两人分头潜逃，这样的生活看起来也不坏啊。

“我算好了力度的，所以他不会死的，没事！这家伙不这样教训一下就不知道好歹，真是浑蛋一个！我如果不从头对他进行教育，只怕还会增加好多受害者呢。”

真织潇洒地捋了捋一头重新染回黑色的乌亮头发，显得和这样的场面极不相称。杉下在地上浑身发抖，他脖颈上有块可疑的痂，说不定是被真织咬过留下的痕迹。

“可是，在这样的地方这么做……你会在公司待不下去的，不知道有没有被人看见……”

“你这个人脑子坏掉了，我可不想让你来对我指手画脚的。假如被人看见，那好呀，就说是你干的，谁也不会起疑心的，因为我有朋友，我人缘好，而你只是个被大家讨厌的人。你现在是又胖又丑，没有一个男人迷恋你。哼，男人就是这个样子，对自己不感兴趣的女人没有一丝的同情心。”

真织将被丈夫的血染红的山芋条举在手上，痛快地大笑起来。荣利子也讨好似的跟着露出了微笑。杉下在脚边不停呻吟，两人却似乎渐渐将他丢到了脑后。

荣利子注意到了真织微微隆起的肚子，好想钻到她肚子里去——尽管从外表来看毫不相像，杉下与真织二人还是令她想到了年轻时的父亲和母亲。小少爷一样被宠大的销售干将和打败众多竞争者终于得以奉子成婚的大专学历的内勤女职员，两个人要是年纪大点儿，说不定真的就成为父母那样的一对呢。既然如此，何不再投一次胎，作为杉下和真织的女儿重新开始自己的人生？这样和父母之间就能更多一分理解；还能跟真织学怎样结交闺密，每天领一群同学回家，真织一定会将市场上买来的点心、零食什么的拿出来招待同学，自己就可以自豪地向别人夸耀“我母亲很有意思的”。——脚边的呻吟声将荣利子拉回了现实。

“什么朋友,什么闺密,居然还有脸说呢,是同志吧？真叫人恶心！假如你真的珍视友情，真的对我还有一点点亲情的话，怎么说得出那么难听的话？怎么会对自己的丈夫拳脚相向？全都是胡扯，你心里根本就没有一丁点儿的友情和亲情！”

“你说什么？亲情？”

真织用娇嗔的声音说着，抬起脚用拖鞋的鞋跟在杉下的腰上狠狠碾动。

“我有很多朋友，你就会觉得我是个好人是不是？志村一个朋友也没有，你就讨厌她是不是？我又爱钱又暴力，但是这和我拥有很多闺密，大家互相关心，过得开开心心一点儿关系也没有，你不会这么憨厚吧？你这个笨蛋！根本就是什么都不懂！”

她眯起眼睛，低头窥视着杉下的表情。

“哦，是不是对女人抱有过高的期待啦？你不是一贯讨厌女人的吗？不把女人贬得一塌糊涂踩在脚下，你就一分钟也不自在，凭什么指望女人会像小说和电影里的那样会有真的什么友情和亲情呢？你们男人自说自话把女人看作一座花园，假如里面掺杂了一丝丝复杂痛苦的情感，你们就拍手高兴，说什么女人的敌人是女人，还自以为是地觉得自己很高明是不是？是幼稚还是蠢啊？”

真织伸手抓住杉下的头发猛地向后拽，弄得他剧烈地咳嗽起来。

“真是浑蛋！幼稚长不大的不是我，是你自己好不好？你这个妈妈的宝贝儿子，也该毕业了吧？你觉得自己很了不起是不是？好像天经地义似的，说我之前自己先好好动动脑子好不好？喂，站起来！站起来！喂！这世界上哪有什么牢不可破的友情？女人和女人、女人和男人、男人和男人之间还不都是一样？不管什么样的关系，都是会变的，要么你讨厌别人，要么被别人讨厌，互相之间都是揣摩着怎么样保持最适合的距离，小心谨慎地维持着一定的关系，所以说，有时候能收获一份值得信赖的人际关系就已经足够了。什么也不做，以为一切都会自然而然地得到认可、得到满足，所有问题都会解决的，怎么可能啊！所以说你这个蠢货！这个丑老太婆在你面前发嗲，把你变傻了是不是？你自己连一个同性朋友都没有，和你一块儿进公司的男同事怎么称呼你的，你知不知道？”

“女人真可怕……可恶！啊，求你了，快帮我叫救护车！”

杉下终于痛苦地啜泣起来。真织将洗手台上的湿抹布重重地朝他扔去，抹布砸在杉下身上，“啪”的一声掉落到地上。

“和这可怕的女人中的一个结婚，这就是你的命！这种提升自己的好机会，你以为我会放过吗？把一个派遣员工的肚子搞大，和她领了结婚证，然后就想把她抛弃掉，难道你想逃到荒山野岭去吗？”

拥有如此出色的洞察力和厉害劲儿，完全有能力独自生存，为什么还要和男人死死纠缠呢？除了和男人死死纠缠着，真织似乎并不懂得如何生存下去，荣利子觉得她既愚蠢又可悲，同时也深切地感到，杉下一方面对女人怀有强烈的憎恶感；另一方面又无时无刻不在强烈乞求自己能被强大的母性所庇护，这样的杉下，能够和他纠缠在一起的女人大概也只有真织了吧。

“喂，走吧！”

真织总算想起了一旁的自己，荣利子不禁暗暗高兴。没有真织的允许，荣利子不敢擅自行动，最主要的是自己还不想离开这儿。虽然被迫弄得神经紧张，但这茶水间却是个让人气息相通的地方，没有表面的虚饰，却能让人感觉到活生生的人的体温。说不出什么道理，洗手台里散发的一股霉味和杉下身上的铁锈味让荣利子感觉心情很舒畅。真织一副理所当然的表情，“咔嚓咔嚓”地嚼着山芋条，她的举止仿佛一只进食的小松鼠，非常可爱。

“你不要来公司上班了，马上递交一份辞职书，因为我非常非常讨厌你！今天早上，一看到你隔了好久居然又坐在这个办公室里，我就感觉胃里不舒服。其他人也都在说只要有你在，办公室里的空气好像就变稀薄了，呼吸都困难。我只要一看到你，浑身就不舒服，别的人一定也和我一样。倒不是说我们讨厌你，而是看到你就感觉好像被人触碰到了自己的私密部位一样，简直是无地自容啊！所以呀，你才交不到朋友，你懂吗？”

可是荣利子无论如何也不想放弃。她可以不去改变周围环境，只改变自己，在父亲工作过的地方同样受到别人赞许，成为父亲引以为傲的女儿，可自己还没有找到这个方法。

真织用光速一样的速度立即看穿了荣利子的想法："你还想忍辱负重，在什么地方跌倒同样在什么地方再爬起来，让自己真正成长？你还是这么想的吗？得了吧，你还是趁早换一口鱼缸吧！你忘了你父母是怎么教导你的？你看你干了这么多年，不管多努力，还不是一点儿都没有上进吗？所以说，你必须离开这个地方，彻底从这儿消失！"

说着，真织将咬过的山芋条突然塞进荣利子的嘴里，仿佛一把锐利的刀子插进她喉咙，荣利子赶紧用牙齿去咬，"咔嚓咔嚓"的声音传入耳朵，同时一股甘甜的山芋味在口中扩散开来，让她回忆起少女时代和母亲还有圭子三人一道用番薯做的甜点的味道，用木勺将锅里剩余的糖汁舀上来，舔上一口，就是现在这个味道，荣利子的眼眶里情不自禁地噙满了泪水。真织看到这一幕，咧开嘴巴笑了。

脚边的那摊血迹似乎洇得更大了。

33

八点二十分，得马上赶去医院了。通往医院的巴士每小时只有一班，要是错过这一班，只好眼巴巴望着屋后的荒山再等下一班了。要说疲劳和悲凉，其实一种无助和无奈的感觉更胜一筹。自己别无选择，以前是这样，今后也仍然是这样。

好不容易摆脱荣利子的束缚，现在又轮到父亲了。

父亲拖欠了电费和水费，所以现在屋子里只得用了一个石油暖炉。

因为窗户的雨套关不上，只靠一层薄薄的玻璃隔绝外面的寒气，这所老旧的日式大宅子里非常冷，脸上触到的空气也是冰冷的，感觉骨头里都在痛。坐在满是灰尘的床上，身上压着厚厚的、散发着樟脑味的被子，好歹还撑得住，可是要从被子里钻出来就实在没有勇气了。今年差不多快过去了，翔子的视线从满屋子高中时代收集的各种趣味玩具上移开，愣愣地望着天花板发呆。

贤介现在怎么样了？翔子每天给他发两封邮件，可是他一次也没有回过。年底各种促销活动以及新年福袋的准备等，想必他每天都忙得不可开交，自己不在他身边，他在生活上会不会很不方便？哦，不会的，跟以前应该差不多吧，反正自己作为一个主妇，平时也几乎没干什么家务。

结婚后的每个新年，翔子没有做过一次年菜，没有做过一次大扫除，和贤介两人一边吃着方便面，一边观看电视里播放的红白歌赛[1]，然后等贤介所在的超市结束新年特卖之后，再一块儿去贤介的老家看望公婆，这是夫妇两人恒定不变的过年安排。虽说简单，但翔子觉得好像也足够了，同样能够感受旧的一年逝去的感慨和新的一年即将到来的热闹，大概是因为有贤介陪伴在身边吧。仅仅想到这一点，她便觉得眼眶发热。

而在这个家中度过的每个除夕，翔子总感到说不出的紧张。家里

1 红白歌赛：日本广播协会（NHK）每年除夕之夜播放的歌曲连唱节目，由一众歌星分成红队（女队）和白队（男队）交替竞唱，现已成为日本民众喜闻乐见的除夕固定节目，其地位相当于中国的“春晚”。——译者注

的角角落落都擦拭得一尘不染，餐桌上摆放得满满当当的，但翔子还是暗暗祈祷着假日早日结束，好早日飞到小别的男友身边，因为她不想看到母亲被父亲和兄弟们当成个保姆似的，比平日更加忙碌。父亲表面装着入神地在看电视，事实上却不动声色地观察着母亲，时不时地还扔出一两句比刀子还锐利的话来。有几次，全家一起上附近寺庙去听除夕的钟声时，翔子却没看见母亲的身影，寻了一遍，才发现母亲躲在泥地间的一角独自啜泣。但是新年里亲戚上家里串门的时候，母亲又像变了个人似的，显得非常高兴，这让手舞足蹈、东拉西扯的父亲百思不得其解。

母亲切蔬菜或者拧毛巾这种小事，父亲也要用严厉的目光盯住不放，可是仅仅过去十五年不到，父亲却已经变成现在这样子。他心里到底在想什么？他希望活在什么样的环境中，成为一个什么样的人？

因为要上医院照顾父亲，翔子不得已只好在家里住下。给父亲擦拭身体以及康复治疗等，她都插不上手，但是仅仅在一旁看着护士做，翔子就感到非常累，多少年没有和父亲亲近了，她已经不敢伸手去触碰父亲干枯萎缩的肌肤。看到父亲的态度越来越粗暴无礼，年轻护士对此十分不解的时候，翔子就会感到心里十分沉重。

翔子终于慢吞吞地从床上支起了身子。

没有力气大扫除。头一晚，她几乎要哭出来，实在不想在这既脏又冷的屋子里住下来。但是没办法，最后借医院给陪护家属使用的淋浴房冲了个澡，又在便利店胡乱买了一盒便当和一瓶啤酒，一溜烟地跑回家，靠着手电筒和石油暖炉把自己关在房间里熬过了一个晚上。她拉上隔扇，努力不去想象其他房间的景象，薄薄一个隔扇外，数不清的虫子在爬、在咬噬，垃圾袋子里的垃圾在发酵，但她尽力不去想。钻在被子下面，一只手夹着香烟，另一只手握着手机不停地翻看，在医院的时候悄悄给手机充了电。她读纪子的博客，努力追寻纪子的行踪，把自己的处境用邮件告知了纪子，然后每隔半小时确认一下是否有回信。

根据博文披露，纪子把家里布置了一遍，迎接圣诞节的到来，然后几乎每天都在烘焙馅饼和曲奇饼干；她即将参加考试的女儿好像有点儿感冒，因此纪子关照女儿每天要多摄入维生素，同时多休息；由她创意开发的鱼贝鸡米便当只在东京的便利店销售，从照片上来看，带一点儿焦味的干酪十分诱人;寒假期间,全家人计划去纽约旅行。嗯，真会安排时间，又真会挣钱。对照一下自己，翔子越发感到沮丧，心情郁闷。假如纪子帮自己面对这个家，一起收拾局面该多好呀，假如纪子能替自己出出主意该多好呀，想着想着，感觉只要纪子出现，似乎所有的烦恼都会烟消云散了，于是更加想和纪子见上一面。

她将这一切心绪全都写在了邮件里。

父亲下星期就要出院了。这样一来，家里就得好好收拾一下，便于父亲的正常起居和康复，可翔子一点儿也提不起劲头来收拾，即使想收拾，她也不知道到底应该怎么收拾。

哦,好想再吸支烟呀——昨天买的三包骆驼牌香烟早已成了空壳，虽然父亲爱抽的 MEVIUS 翔子觉得口味重了点儿，但只要有烟可以吸上几口，管它呢。烟应该被自己和存折一起放在了碗柜的抽屉里。本来不想去看其他房间，但是不抽上一支实在没有力气走出家门，她只好裹着被子走出房间。即使脚上穿着袜子，还是能感觉到过道地板上的寒气。屋子里的昏暗，阻挡了早晨的阳光，模模糊糊地看得见灰尘在空中飞扬。尽管已经有了充足的心理准备，但是昏暗之中看到散乱一地的垃圾，翔子还是很吃惊，比自己想象的还要糟糕得多。

抽屉的导轨有点儿卡，翔子拉了好几次才拉开，却一下子拉过头直接掉到了地上，没有封口的信、有关土地产权的文件，还有四把钥匙掉了出来。翔子翻遍了抽屉却没看见香烟，倒是发现了装在一个封口塑料袋里的药片，她盯着那一板排列整齐的蓝色药片出神了。

随后她起身，走到佛龛前，将立着的祖父祖母的相片夹放倒，拿起花瓶，将瓶子里的水洒在泥地间里。做了这件事之后，她感觉心情轻松多了。接着，她来到泥地间，踩在几乎要冻住似的泥地上，打开水龙头将花瓶洗了好几遍，最后灌满一瓶冷得要命的清水，又回到佛龛前，重重地放下，花瓶里的水溅出来，弄湿了放倒的相片夹。她拿着装着药的塑料袋回到自己房间，用手机上网搜到了“伟哥”的图片，跟手上拿的药片反复对照着。

要不要告诉医生？翔子一边思索着，一边穿上昨天穿的一件衣服，外面再套上高中时穿过的鸭绒衫，这才走出家门。天气晴朗，但是手指却感到像被什么东西在啃似的又冷又痛。翔子已经习惯了从山上吹来的夹带着腐味的空气，此刻毫不介意。她从靠近农田旁边的小路走，这样就不会碰上任何人，然后乘上准点驶来的巴士。

不会是那些药片导致的脑梗死吧？是丽美在的时候用的，还是上外头胡搞的时候用的？算了，管他是什么时候用的呢。看到车窗外的三层楼医院，想到父亲正在那里等着自己，想到那个性情粗暴、一点儿也不通人情的父亲，居然像自己一样也会因为俗欲而出轨，翔子的抗拒反应更加强烈了。父亲明明不愿向任何人倾诉，可是却极度渴望着从别人那里得到一点儿温存，他不愿意为别人做任何事情，却渴望有人来将自己内心燃烧着的炽烈的欲望给消掉，为了满足自己无耻的欲望，居然依仗那些药来达到目的，这样的父亲，无论如何都不能原谅。

自己最好躲到别处去，不再见他。她再次感觉到，自己是多么憎恶父亲。

巴士丝毫不懂人的感情，载着翔子来到了医院门口的停靠站。翔子和几位老人一同缓缓走下车。

像往常一样，翔子从探视者以及急诊病人进出的门进入医院。乘电梯来到三楼，刚要穿过玻璃围成的会客室，翔子骤然停住了脚步。“贤介！”从翔子干巴巴的双唇之间蹦出两个字，将近十多个小时以来，翔子第一次听见自己的声音。坐在会客室电视机前的小个子男人轻轻招了招手，朝翔子走过来。

两个星期没见，丈夫显得有些憔悴，不过浑身上下仍干干净净，和从前一样，一张圆圆的脸油亮泛光，身上穿着一件从优衣库买的摇粒绒外套，感觉是那种自得其乐、活得蛮滋润的男人。贤介不像父亲离开女人就不知道怎么过，他有很强的独立生活能力，从不给别人添麻烦，所以自己才会喜欢他。反过来看看自己，却是越来越懒惰邋遢，不由得自惭形秽。翔子正想抽抽噎噎地冲上去一把抱住他，贤介却一脸一本正经的神情，平静地拒绝了她。

两人在会客室一隅的自动售货机前的沙发上坐下来。会客室里立着一棵材质粗陋的圣诞树，上面串着的小电珠闪烁个不停。

“我是乘夜行巴士赶来的，刚才已经见过爸爸了。只在婚礼的时候见过一面，不过他好像还记得我。他精神比我想象的要好多了，我还很担心呢，所以想着赶在过年之前过来看看他。”

“你今晚住哪里？”翔子知道，自己脸上一定写满期盼。

贤介轻轻将视线移开，尽量不显现出一丝的冷淡，平静地答道：“我等一会儿就乘新干线赶回东京去，下午还得去单位上班呢，马上就要到年底了嘛。”

翔子望着贤介的侧脸，垂头丧气地想：他只是作为朋友前来探望的吧，以前单位同事的家人碰到什么事情，他也会帮忙的。既然这样，自己还那么期盼干什么呀！她拼命提醒自己振作起来。

于是，她故意用十分麻利的语气向贤介说起这些天发生的事情，同时对这座沉寂落后的小镇少不了一通抨击，看到贤介终于露出一丝苦笑，翔子更来劲儿了，她将那袋药递到贤介面前：“你看看，是不是够浑的，‘伟哥’！人再不要脸也总归有个分寸呀，这把年纪了还这么好色……哦，我没有资格指责别人……”

翔子本想自嘲地打趣着，不料贤介听了脸上的笑容立即消失了，翔子赶紧闭上了嘴巴。

“最好还是跟医生说一声吧？详细的我也不知道，不过这个东西的确是引起血压瞬间发生变化的原因之一……”

这时，贤介缓缓地把手伸向背包，从里面掏出一个钱包，是以前翔子送给他的，钱包里居然夹着一板药片，和自己手上装在自封塑料袋里的一模一样！面对这突如其来的状况，翔子一时无法理解。

“这是什么啊？！”

“这是以前我们几个男人一块儿喝酒，他们送我的，我也说不清楚为什么，反正一直没扔掉。”

“贤介，你还没到这个年龄吧，根本不需要啊……”

翔子想和他开个玩笑，然而她发现贤介的神情是认真的：“……其实，我没资格指责你出轨。”

“哦，是留着准备和我以外的其他人在突发状况的时候用，对吧？”

翔子本想笑着说这话，没承想最后嘴角还是耷拉下来了。贤介和其他女人有染，这种可能性她一次都没有想过，此时她越发地感到自己孤独无助。在这个世界上，自己可以期盼的、可以信赖的人，难道真的一个也没有吗？被自己的另一半背叛的感受，不光是背叛自己的对方，而是目力所及的所有人和景物全都变得让人不敢相信了，原本面对他时的负罪感，似乎越来越沉重。

上午安静的会客室里回荡着贤介的声音。

“不是的啊，我从来没有想过要和别人怎么怎么的，怎么说呢，对一个中年男人来说，只是当成一种类似护身符一样的东西。”

“护身符？”

“是啊，保佑自己避灾挡祸的，你的博客不也一样吗？为了证明自己生存得更像自己，就好像给自己系上一根安全带一样，所以，明明觉得你深陷其中不能自拔简直到了危险的境地，我也没有劝你收手啊。”

贤介说罢，在自动售货机上买了罐咖啡，拧开盖栓，“咕嘟咕嘟”地一饮而尽。翔子全神贯注地注视着他的一连串动作，心想：和他一道生活了这么多年，我怎么从来没有注意到呢？

“人到中年，是一件很恐怖的事情，每天早上都会感到，自己将慢慢变得不像男人了。特别是我这个人，不像翔子你那样可以不断地朝着一个新天地展翅飞翔。如果我现在和你离了婚，会不会再结一次婚不好说，但对你来说应该很容易。虽说不是每天都感觉很不幸，但是未来的可能性却是在一点点地变渺茫呀，所以是很痛苦的一件事情。如果人能够从许多选项当中选择过持久安定的生活，当然是最理想的了，不过这样的人几乎是不存在的吧。”

两人之间，原本只是上司和短期员工的关系。有很长一段时间，两人虽不是恋爱关系，但仍然可以无话不谈，那时的他，对于一个朋友也没有的翔子来说，是不可或缺的存在，就像现在一样，两人经常手上拿一罐饮料，并肩站着聊天，当意识到他其实对任何人都一视同仁的时候，却无论如何都想将他占为己有，于是就像以前那样耍了个小手腕，终于将贤介抢到了手。假如现在仍然只是知心好友的关系会怎么样？会不会比夫妇关系来得更轻松、更有分寸、更加良好？假如，自己在贤介之外再结交其他心心相印的朋友，而不必心心念念只想着将他独占，两人同时在不同的生活场景中选择各自不同的选项，两人的关系是不是反而会更加牢固？

“你心里想的事情，你想去做的事情，我十分理解，比方说你不会因为喜欢上某个男人而将我抛弃，但是我不能不考虑到也存在这种可能性。嗯，我知道你和他不是来真的，短时间里也许还不能接受……反正不管怎么说，你千万不要觉得爸爸多么无耻。当然，除了我……”

贤介站起身来，被牛仔裤紧紧裹着、肉有点儿挤出来的腰际正好在翔子的视线平视处，好想一把抱住他，不顾一切地将脸靠上去左右乱蹭，她是多么眷恋贤介的体温。

“呃，我……”

想说“我们重新开始吧”，可是却不敢说出口，她害怕看到贤介为难的面孔，更害怕遭到拒绝。

“那我走了，你要当心身体。什么忙也没能帮上，抱歉！”

“哪里呀，你能来我就非常感谢啦。”

翔子提出送他到巴士停车站，但被贤介阻止了，他独自走出会客室。走进电梯时，他还回头扬了扬手，然后才从翔子的视野中消失。

许久，翔子的视线一直隔着玻璃盯着电梯门看，久久没有移开，她感觉自己像是刚做了一场梦。她用手在先前贤介坐过、此刻仍旧凹陷的沙发上抚摩着，真暖和啊！想到这里，两行泪水终于忍不住流淌下来。

如果换成自己，绝对不会去探望对方的亲人。她想了解贤介身上的种种可能性，这些都是自己所不具备的。但是，应该怎么做才可以呢？

倏地，翔子感觉到有人在注视自己，于是赶忙抬起头，擦拭了一下眼睛，从口袋里掏出手机，假装一副看手机看得出神的样子。忽然发现，刚才这段时间里，有邮件进来了，是花井里子发来的。眼下，这可是头等大事哪。翔子匆匆跑到有信号的区域，高兴地将手机贴住耳朵。比起独自躲起来哭泣，有个人和自己说说话多好呀，管他是谁呢。

“好久不见啦，我是花井啊。”

还是那个开朗爽快的语调和略带沙哑的声音。以前只觉得这个女人说话时口若悬河，自己对她不冷不热，完全属于应付，可现在她却成了自己与这个社会沟通的唯一桥梁，翔子一下子高兴得不知道怎么才好。

“好久不见。刚才没法接电话，真不好意思。是关于出单行本的事吗？我同意！我愿意干，我现在正希望有点儿事情做呢。我这阵子回老家了，博客暂时没办法更新……”

这段时间全都围绕着家人，现在总算切换到其他话题了，翔子那股子高兴劲儿就别提了，她兴致勃勃地准备说上一长串，然而里子立即将她的话打断了：“不是的，今天和您联系不是因为工作的事……您可不可以不要再打扰池田纪子女士？”

“池田纪子？哎，这人是谁呀？”

冷不丁听到这个陌生的名字，翔子的声音不由自主地变得怪怪的。

“哦，您还不知道啊？这个就是‘纪子’的真名呀。”

“哦，是吗……哎？”

原来纪子的名字这么普通，翔子不禁想笑。表参道一家烤薄饼专卖店邀请她前去参加开张典礼，还请她担任大型户外广告的模特，那个能干的网络红人的真名居然叫池田纪子。

“总而言之，丸尾太太您给她发送了许多邮件，她感到很困惑，特别是今天早晨的邮件，让她大吃一惊……”

翔子被搞糊涂了，邮件里就写了“如果能和纪子一家人一同过圣诞节多好啊”诸如此类的话，那只是翔子的真实感受，并没有其他意思呀。

“哎？等等！我和她是朋友呀……”

情急之下，翔子试图解释一下，但被花井里子不由分说地顶回来了。

“说回到老家，我知道您家里最近发生了很大变故，丸尾太太，我想您一定身心疲惫，所以您的心情我能够理解，眼下还是好好休养一段时间，然后积极地面对未来……对了，上次的采访，我们准备了一点儿报酬，我这就打到您账户上，也算是一点点对您表示慰问的心意。那好，找机会我这边还会和您联系的。”

感觉里子好像故意将“我这边”几个字说得很重。

电话被挂断了。翔子把手机拿在手上呆呆地看了很久，忽然忍不住将头伏在腿上，缓缓地从内心深处迸发出一阵笑声。

真奇怪。这太可笑了！原来纪子把自己当作了骚扰狂。

自己是不是变得和之前的志村荣利子一样了？

那个可怕的女人为什么会有种种莫名其妙的举止，翔子现在终于理解了。

荣利子不顾一切地探寻和追逐她想追逐的事物，自己只不过偶然出现在她面前而已。如今，身处这偏僻乡野，和一无工作二无金钱的父亲在一块儿的自己，与生活在东京都中心，过着衣食无忧生活的荣利子，心境居然如出一辙，这真叫人无法相信，物质上的丰俭，以及所处的场所，都不足以拯救一个人。一个人如果没有可以互相敞开心扉的知心朋友，并且这种状况持续很长时间的话，就证明他之前已经迷失了自我，缺少自我反省，不再考虑自己做的事情在别人眼里是如何想的。事实上，翔子也说不清楚自己对纪子做了些什么，如果对自己的举止一一进行审视的话，恐怕会出现另一个荣利子。

对那个女人感到厌烦，一心想躲开她的自己，是多么滑稽可笑啊。

“哈哈哈哈！”一旦放开大笑，竟然笑得停不下来了。一位穿着睡袍路过的老妇人望着翔子，脸上露出了怜悯。翔子忽然觉得，这张苍白的瓜子脸，和婶母长得有点儿像。

这时，翔子的大脑异常机敏地启动了，迄今为止从未因为别人的事情而启动过。

对自己一家非常照顾的叔父和待人亲切的美和，为什么不肯向自己伸出援手呢？还有，婶母为什么没来医院呢？想到这里，翔子拿起手机，按下按键。隔了一会儿，响起叔父沙哑的声音："哦，是翔子啊。"

"是啊，叔叔。婶婶……"听着叔父掩饰不住的疲惫声，翔子更加坚定了自己的推测，"婶婶是不是身体不大舒服啊？"

叔父停顿了片刻，没有马上回答，只有喘息声传入翔子的耳朵，过了一会儿，他终于咽了口口水说道："是呀，翔子家如今刚好手忙脚乱、不可开交的时候，所以我就没告诉你，抱歉得很啊。"

翔子轻轻叫了一声，喉咙里有一块什么东西顺着咽管滑了下去。

"其实，她自从去年得了支气管炎后就一直卧床不起，美和真的很辛苦，现在整天陪护她妈，基本上哪儿都去不了了，孩子又小，因为看护的事情和她丈夫也吵翻了，现在正闹分居。唉，这孩子真可怜哪！"

和美和不期而遇的那天，她一点儿也没露出辛苦的样子啊。

也就是说，她那天邀请自己聚餐纯粹是一种社交辞令，和纪子说过的"不管碰到什么问题欢迎打扰，随时可以来电话"一样，而自己居然对纪子的话信以为真，还傻傻地等她给自己回复呢。没有理由嘲笑荣利子，自己之前对她那么冷漠无情，现在才醒悟过来，原来荣利子和自己一样，因为把握不好人与人之间的距离以致劳而无功，最后输得狼狈万分。

"那个……我想去看望婶婶，方便吗？"

翔子暗暗责怪过美和不来电话，现在知道了，她这样是有原因的，她实在没办法出门呀，怪自己之前一点儿都没想到。翔子第一次如此真诚地想；如果可能的话去帮美和一把，美和现在也正需要有个人和她聊聊天不是吗？更重要的是，翔子非常牵挂婶母。

“谢谢啊，你婶婶和美和一定高兴极了。这段时间里，也没个人说话和商量，家里的空气沉闷得要死。不过，你那边也不好离开人呀，不必勉强了。”

“没有勉强啊，真的，我想见婶婶呢。”

挂掉电话后，翔子站在自动售货机前，塞入几枚硬币，买了罐和贤介刚才喝的一样的咖啡。她再次打开手机，拨了一个储存在手机里的号码，听筒中传来无法接通请留言的声音。贤介大概正在车上，由于信号的原因无法接听。翔子用极快的语速对着手机开始说话，想赶在录音时间内一口气说完。

“到巴士站了吗，贤介？那个……我不想什么也留不下，就这样稀里糊涂地度过一生，那样让我觉得好害怕。事到如今，我不是想替自己辩解，当他对我表示好感的时候，我只是感到我还没有到人老珠黄的境地，所以让我有种轻松的感觉，博客受到读者称赞的时候也是同样的感觉，我只想让自己的人生留下一点儿足迹。就像你说的，我想感受一下那种可能性。可是不知不觉中，把自己的价值标准交到了别人手中，从而把最最重要的东西遗忘掉了。而贤介，你绝对不是这样的人，我喜欢的就是你这一点，所以，和你在一起我就能平静下来。以后，我再也不会把自己的人生交给别人左右了……也许你会觉得我的自我感觉太好了……”

翔子感到口干舌燥，说不下去了，于是拿起咖啡仰起头喝了一大口，声音又变得清亮起来：“贤介，我想和你重新开始。只要陪在你身边，人生就充满了各种各样的可能性，就会感觉世界无限宽广，我一定会好好努力，成为让你由衷感慨的那个人。”

放下电话，翔子慢慢闭上眼睛。帆布床、穿着睡衣在挂吊瓶的患者、隐在磨砂玻璃后面的电灯泡……她想象着从所能看到的一切物体上拼命寻觅希望之光，然而却什么也没有看见。

仅仅说出来而已——只不过说给贤介听而已，今后再也不可能相遇的可能性非常大。这仅仅只是一小步，想要回到原先的地方，必须走很长很长的路呢，长得令人晕头转向。但是，既然已经走出这一步，翔子就不想再回头。

得赶快到病房里去。今天才刚刚开始。她站起来，将剩下的咖啡一饮而尽，随后将空罐子使劲儿捏扁，丢进垃圾箱，身上感觉微微热了起来。

翔子猛然意识到：不知从哪一天开始，与曾经那么令自己憎恶的父亲同处一室，原来并没什么可怕的。

34

小时候，圭子坐在跷跷板的一头，荣利子在另一头腾地往上跷起的时候，还有使劲儿荡秋千荡至最高点、自己住的公寓跃入眼帘的时候，那些时候是最开心的时刻。不过，尽管和圭子一起玩得非常开心，但是最让荣利子感到精神宁定的，始终莫过于待在父母亲的身边了。

此刻，坐在公园的长凳上就能看到自己住的公寓，应该是因为公园前面原来那座细长的大楼被改建成了停车场。

“妈妈，我们就没想过从这幢公寓搬走吗？”

“想过好几次呢，可是你妈没有决定权啊，你爸综合考虑了工作还有按揭等各方面的情况，最后决定继续住这儿，当然听他的啦。”

苍白冷寂的天空一望无际。马上就要到年底了，冷风钻入人身体的角角落落，挑战着人的神经，却让人心情舒适。

很久没有这样和母亲一同出来散步了。每天仍旧坚持去上班，不过，虽然没出什么差错，但除了一些琐碎的事务性工作，其他工作不再安排给荣利子，这样一来，到了周末轻轻松松，安闲得很，于是她主动邀上母亲走出公寓。自上次发生争吵以来，母女俩都没怎么说过话。

在自然光下端详母亲，发现她脸上多了许多皱纹，原先的飒爽英姿已经荡然无存，双眼下垂，看着倒显得慈眉善目，嘴角向下耷拉着，好像有什么烦心事似的。荣利子看着，越发觉得自己和母亲长得非常像。

“其实我一开始心里就明白，我和你爸并不般配，但我还是战胜众多女同事把他抢到手，和他结了婚，这就好比踮起脚尖，拼了全力去摘一个大果子一样。”

啊，真织！果然和真织一模一样的手法。

母亲舔了舔干燥的嘴唇继续说道：“生下你之后，觉得你和你爸爸特别像，所以，只要你想做的事情不论是什么全都设法满足你，让你成功就是妈妈的全部事业哪。现在，你变得有点儿叫我害怕，好像正在慢慢变成以前的我……”

“我现在这么胖了还能变成你吗？”

“嗯，你再胖也照样很美呀。”

母亲笑着将又软又冷的手放在荣利子的手上。她似乎完全明白荣利子心里想的所有事情。

“全都是妈妈的问题。我渐渐地成了你爸和你的奴隶，可是却什么都没有说——妈妈不是怪你们两个，而是妈妈希望看到理想的丈夫和女儿，所以有些应该说的话没有说出口。其实呀，我和你外公感情不大好，所以一直憧憬着自己的女儿能和父亲搞好关系，你不知道你爸爸有哪些缺点吧？是因为妈妈竭力不让你看到这些……你大概觉得天下的女人全都像妈妈一样是吧？”

母亲的语调异常平静，但是荣利子却清楚地感受到了母女二人之间的隔阂，这是从来没有过的，并且这隔阂不是以冷淡无情的形式出现，而是充满关切的。母亲牵着荣利子的手摇着。为什么自己会变成现在这样子？荣利子开始有点儿明白了。母亲是同自己最亲近的同性，可是自己却连母亲的心情也无法理解，自己没有闺密，问题不是出在父母的教育上，而是自己从来没有去想了解父母的心情。就以父亲来说吧，她看到的父亲只是像母亲说的那样：沉稳、深思熟虑。以前父亲经常出差，在家的时间很少，不管荣利子再怎么闹，父亲只会摆出一副束手无策的姿态，面对面的总是母亲。看起来，父亲也很成问题啊。

“妈妈，你有没有想过离家出走？”

“想过好多次呢，多亏圭子的母亲把我劝住了。”

啊，荣利子一声惊叹没有说出口，她凝视着母亲的脸，感觉种种谜团似乎突然间被解开了。理所当然，圭子对自己家的事一清二楚。

“我上她家去玩的时候，她母亲老听我絮絮叨叨地发牢骚，圭子有时候也在旁边听着。当然这些都没对你提过。”

最初的惊讶之后，接下来的却是一种遭人背叛的感觉，母亲需要朋友，她能理解，但是，和一个根本无法理解她的外人去分享，试图从那里获取共鸣，也实在让人无语。她的语气显得有点儿不太高兴。

“但是圭子她妈妈还有圭子，她们能理解妈妈的心情吗……说不定，连我都无法理解呢。”

母亲正了正围在脖颈上的丝巾，隔了一会儿才缓缓答道：“是啊，也许是很难理解呢。不过，当一件事情藏不住的时候，找一个在她面前用不着顾及什么面子的朋友，只要她静静地听你絮叨，妈妈就会感觉轻松好多……妈妈受了什么委屈的时候，圭子的家就是妈妈的精神避难所。”

只要静静地听就行了？

理不理解都无所谓？

一连串的问题涌上喉咙，但是，问了也白问，于是荣利子把话咽了回去。也许，因为妈妈性情和善、受人爱慕，所以才可行，对于自己而言，似乎完全起不了作用。

“不知怎么搞的，我这个人就是读不懂别人的心思，老是会错意，而且我也装不来懂的样子，怎么办呀？”

因为羞于说出口，荣利子用足了力气，可声音仍旧又轻又细。在母亲面前，以前可从来没有感到害羞过。自己已经不是小孩了，为什么连一条平平常常的人生之路都无法确定呢？

“是啊，要读懂别人的心思不容易呀。不过荣利子，像妈妈这样一句话不用说也能明白你的人，成天乐呵呵地主动过来关心你、为你做这个做那个的人，这世界上找不到的啊，因为朋友毕竟不像自己家人呀，妈妈要是早一点儿提醒你就好了。”

空气越来越冷。

自己曾经一根筋地认定朋友比家人更重要，现在想想，自己与家人尚且无法很好沟通，还指望能收获比家人更重要的朋友的友情吗？假如身旁的母亲不算真正意义上的朋友，那么，也许自己永远都不可能结交到朋友。结交朋友，是不是应该适度地保持一定距离呢？

公园入口处，五个小学生模样的女孩相拥着走进来，其中两个似乎有点儿面熟，大概是住在同一幢公寓的邻居家的女儿。她们来到沙坑，不顾身上的裙子弄得脏兮兮的，高兴地玩起了相扑，清脆的笑声飞上冷寂的天空，搅起的沙土被风一直吹到这边。

垃圾箱旁的几只乌鸦被惊起，倏地飞走了。母亲咳嗽了几声。

35

磨砂玻璃窗外，静静地停着一只大蛾子。

小时候，有次和母亲一同洗澡的时候，见到过和这只差不多的蛾子，褐色的翅膀上布满深紫色的斑纹。翔子很害怕，母亲哄着翔子，没有去赶走蛾子。

——蛾子一定是在山上觉得寂寞了，所以来找翔子玩呢。

母亲笑着说道，然后用水帮翔子冲洗后背。家乡的水最适宜翔子的肌肤了，早上的阳光照射下，热水漾动着晶莹的波纹，轻柔地亲吻和抚弄全身。缴了费，就和都市一样使用上了电和天然气。翔子不禁张开手脚，尽情地享受这种愉悦。

翔子用一大桶漂白粉和刷子花了很长时间才把浴室清洗干净，但她觉得很值。身体在热水中一泡，消除了这段时间所积累的疲惫。

跨出浴缸，看到墙上镜子里的自己，这才注意到眼睛四周和嘴角干巴巴的。她决定在上医院之前，先去趟药房。这些日子里，皮肤保养几乎没做，顶多就是往手上擦点儿妮维雅护手霜，往脸上胡乱喷点儿从家里带来的喷雾式化妆水，怎么会不干呢？

用电吹风把头发吹干，然后将所有的衣服套在身上，再戴上绒线帽，从泥地间拎起重重的、塞满了空罐子空酒瓶的垃圾袋出了门。今天是丢不可焚烧垃圾的日子。

沿着农田旁的小路来到垃圾集中回收点，将罐子和酒瓶丢入垃圾箱，然后左右摆动几下脑袋，放松放松僵硬的脖颈。最近每天如此，将家里的垃圾一点儿一点儿清出。每次清理并丢掉一些没用的东西，心里就在想，也许我并不像自己想象中的那么懒惰啊，越想便越有信心。

巴士刚好放慢了速度，正驶入停车站。翔子急忙一路小跑，登上巴士，那位上了点儿年纪的驾驶员一直等她上了车才启动车子。上车后，翔子向面熟的驾驶员点点头表示谢意，随后像往常一样在驾驶室后面的座位落座。

荒寂的山影从车窗外掠过。那是翔子家的山。日子虽然看不到出口，但似乎从出口处已经依稀露出了一丁点儿光亮。自上次在医院的会客室见面后，贤介给翔子发过一条短信。

“冰箱里的乌冬面是什么时候放进去的？还能吃吗？”

尽管内容干巴巴的，但翔子却高兴得浑身暖暖的。

说好了今天晚上去叔父家，还叫上了弟弟洋平。虽说洋平对于情感淡漠迟钝，但只要翔子坚持，他是不会回绝的。哪怕多一个探视者也好呀。上次以后，就再没见过美和，和婶母也是十多年没见面了。有个必须践行的约定在等着自己，这让翔子不由自主地挺直了腰板，这是她迄今为止从未有过的感觉。

巴士前方出现了熟悉的医院大楼的轮廓。

昨天晚上，终于将自己和贤介已分居的事告诉了父亲，但没在父亲脸上看到同情和体谅的表情。

“既然这样，干脆回家来吧？乡下也很不错啊！”

翔子有种预感，也许父亲用他自己的方式爱着家里的每一个人。此时此刻，这个念头在她脑海里更是赶也赶不走，为什么自己以前没有感受到呢？她目不转睛地注视着父亲的一举一动和毫无表情的面孔，可是却又令她失望了。

真叫人沮丧，人类为什么没有超能力呢？为什么只要对方不表示出来，自己就无法知道对方的想法呢？父亲后天就要出院了，今天就把之前埋在肚子里的所有愤怒和委屈统统对父亲倾诉了吧——翔子不知道已经暗暗下了几次决心。

用不着说出来，对方应该能感觉到呀，这样一厢情愿的自以为是以及看不到任何举动的态度，其实在人际关系中没有比这更傲慢无礼的了。疏于沟通，会给周围人带来怎样的困惑、怎样的伤害？能够现身说法地告诉父亲这个道理的也许只有自己。翔子顾不得羞惭和害怕了。

她重重地按下了座位上方的停车铃。

巴士在离医院不到一站停下，翔子走进了大型药妆超市。刚刚开店的超市内，看不到一个顾客。翔子在位于空旷超市一隅的化妆品区，选购了乳液、化妆水和面膜等。前段日子没想着买，是因为害怕就此在这个地方一直待下去。小地方的东西虽然便宜，但在将商品不断往购物篮内放的过程中，她心里仍然有个东西像乒乓球似的跳跃不已，是一种久已生疏的感觉：不在乎花多少，但能够泰然自得地想怎么花钱就怎么花钱真开心啊！

翔子看到一块手写的促销牌，牌子上写着："冬天跟角质层说拜拜。"在这排货架上，堆满了美肌棒锉、浮石、剜除鸡眼的角锥以及护肤膏等。翔子忽然冒出一个念头：把父亲那双脚修得漂漂亮亮的！用棒锉把脚上的角质层磨去，将黑乎乎的脚指甲剪短，高兴的话再给趾甲涂上点儿亮甲油也不错啊。翔子一边胡思乱想，一边暗自为自己突然冒出来的这个古怪念头叫好。反正去了医院也没事情可做，还不如自己找些开心的事情来做。自己因体质的关系基本没有角质老化现象，看到父亲一双脏兮兮的脚，有时甚至会有一种类似羡慕的感觉，相对于以前对父亲总是满怀憎恶，完全是两个不同次元空间的感情啊。想象着将那枯瘦的脚抓在手里，为他磨去老皮、剜掉鸡眼的情形，翔子不由得手都发抖了。她将足部护理用品一同放进购物篮，然后朝收银台走去。

因为步行了一站路的距离，翔子比平常晚了将近半小时到医院，父亲虽然什么也没说，但是神情里似乎露出责怪的意思。

"早啊，爸爸！我们接着昨天的话题聊聊吧。"

父亲好像十分吃惊，但还是屈身向前倾听。也许，像往常那样什么话也不说就默默地陪着他就好了，没必要和他正面起冲突，但翔子还是鼓起勇气，在病床旁的圆椅上坐了下来，尽管这样，想要深入他的内心世界仍然让翔子十分惶恐。

“我不会回家来的，因为……因为，我根本不想回到这里。”

父亲两颗糖球似的眼珠子恨不得蹦出来，将翔子整个吞下去。太可怕了——翔子吓了一跳。她把手伸向父亲的脚，细得仿佛马上就要折断的脚脖子看上去真不像是男人的。她不去看父亲的脸，在父亲的脚板上摩擦，用从护士站要来的热毛巾擦拭干净，然后从塑料袋中取出据说有软化角质层功能的护肤膏，仔细涂抹在脚心。父亲的脚板比想象中的还要干、还要硬，并且很凉，几乎不像是人的脚。

“你觉得你不说，我应该理所当然地想到，是不是？”

“我可没有这么说过。”

父亲说话的语气十分粗鲁，要是在以前，翔子一定觉得非常讨厌。也许，父亲直到死也改不了这个脾性——想到此，翔子不禁为父亲感到悲哀。自己还算是幸福的，至少和父亲相比，自己还有改变的可能。她一边给父亲脚心做按摩，一边继续说道：“家里现金一点儿也没有了，我这里也没有钱。所以，我们必须把宅子还有山都卖了，虽然爸爸已经守护了这个家一辈子，但是现在家里的经济状况也只能这样子了。即使卖，还不知道有没有人肯买呢，如果能卖掉，那就谢天谢地了，我们现在急需钱呀！”

说起来，那座宅子早已不能称其为家了，他们早就该出手。

将父亲的脚趾分开，涂上护肤膏。这样一声不响，只需动动手，时间便一点点逝去，而且和父亲有交流沟通，也不觉得气氛压抑，翔子心里平静了下来。也许自己适合从事这种无须与人直接接触的匠人似的工作吧。想现在开始去学点儿技能，不知道来得及吗？

“不管爸爸你过得多不幸、多孤独，都不是我的责任，也不是妈妈的责任，也不是哥哥和洋平他们的责任。我不是在责怪你，就像我现在不管有多不幸、一无所有，也不能说是爸爸的责任一样。”

翔子将毛巾摊开，垫在父亲的脚板下面，拿出棒锉，开始锉脚后跟的老皮。刚锉了一下，立刻掉下来许多白色粉末状的东西。翔子不想丢下父亲不顾，可是也没有勇气彻底接受他。诅咒着身边所有人的父亲实在可怕，将自己的不幸故意展示给别人看。如果自己手上没有拿这把小小的棒锉，大概会从他身边逃走吧。从这脚脖子往下的部分，仿佛不是父亲身体的一部分，而是别的什么东西——翔子竭力暗示自己，它只是一件没有生命和灵魂的东西。

“这是你的不对，什么事情都怕麻烦，只知道自得其乐地喝酒，或者让别人说些令你高兴的话。爸爸的一举一动表面上看起来莫名其妙的，别人不知道你想干什么，实际上，你只不过希望别人关注你而已，只是你既不肯说出口，又不想改变一下日常的生存状态，凡是用自己的力量就可以将现状改变的事情全都不肯做。说是怕麻烦，其实说穿了就是觉得自己最了不起，却不肯为了别人牺牲哪怕一分钟的时间。谢谢，我从你身上学会了这种生活态度，结果生活活生生地教会了我这个道理。作为父亲，你也算尽到责任了。现在，我什么事情也不能为爸爸做，我没有能力去做，一方面是爸爸妈妈什么也没有教给我；另一方面是我自身的原因。你也看到了，我性情冷漠，交不到朋友，和自己丈夫也相处得不好，做什么事情都没有常性……”

父亲的右脚拇指微微动了一下，脚后跟的老皮扑簌簌地剥落下来，掉在翔子的手上。

也许是因为翔子和洋平什么理由也没说就离家跑了出去，所以父亲做什么事都没心情。不可以对他抱有期待——翔子握着棒锉的手上充满了怒火，求求你了，千万不要对家人抱有任何期待，这世上没有人会教你用自己的温情去拯救别人的孤独，没有人使得你产生这样的错觉，没有这样的人。母亲就因为想让父亲得到满足，结果自己做了莫大的牺牲。

沿着腿的方向往上，传来一个声音："你在说什么呀？我不懂，翔子说的话太深奥了，我一点儿也听不明白。去了东京这么些年，长进不少哪，你老爸是乡下人，混账一个！"

父亲憨笑着说道，脚板却分明传来一阵细微的震颤。看来他身心的核心部分已经开始崩塌。然而，他不可能重生吧？无论翔子费尽口舌说什么，都无法传达到他内心深处。翔子深切地感受到，在这个世界上，竟有人无论你做什么都没办法与之沟通。

自己和父亲的心根本就不可能相通。

翔子不愿意正视这一点，就像她无论如何也不能接受荣利子一样。她心里多多少少期盼过，也许会发生奇迹，在她和父亲之间出现一条亲情的纽带，幼儿时期的那种亲情会重新回到身边来。现在，希望彻底破灭了。不过，随着模糊不清、模棱两可的未来愿景的破灭，一切都变得可视化，翔子清楚地知道了自己应该做什么。她舔了舔嘴唇，将棒锉换到另一只手上。

"明白了，就算周围人不好，但是什么事情都不主动采取行动，这是老爸的责任，明白了！我现在什么也做不了，不过，打扫打扫、整理整理什么的，老爸还是可以做的。反正就按你说的，把那个宅子和山卖了，不知道需要多长时间，只要卖掉了，老爸就离开这里，找个住处，再找份工作，不过单单靠这些恐怕是不够的，所以还得叫洋平他们出点儿力。之后到底怎么办呢……”

——进养老院！

不请外人，而由自己照看他，看来是不可能的。对于父亲把决定权交给自己，翔子内心十分难过。父亲正在试探自己，她不用抬头就知道，父亲无疑是在挑衅自己：你也想背叛我是不是，就像你妈当年背叛我一样？

我们被卷入了残酷的竞争……

她想起荣利子说过的话。当时，自己还苦笑了一下，觉得荣利子言过其实。现在想起来，这种竞争似乎不仅仅来自团体、职场等有着强大力量的社会组织，也有可能来自身边某个极其普通的人。

虽然父亲不会承认，但此刻，他确确实实是在用生命为赌注，向自己的亲生女儿发出挑衅，将一个两难的选择放在她面前：是做一个抛弃父亲、十恶不赦的不孝女儿，还是放弃自由甘愿做一个被亲情束缚着的奴隶？父亲仍想豁出自己，即使这辈子活得毫无价值，对他人毫无益处，也要将自己所体味到的孤独和郁闷转加给别人，就像对母亲做过的一样。这种生存方式多么没有意义啊，简直是在糟蹋生命。面对自己的父亲，翔子仍忍不住这样冷冷地想道。

所以，我不能被他卷入，绝不能接受他的挑衅。

翔子调动起全身的神经，打算寻找一条中立的道路。她知道，这是最麻烦、最伤脑筋的，但是她不愿再像父亲那样逃避了。

翔子做了个深呼吸，手上的棒锉锉得越发用力了。手上越动，脑子也越清晰。

父亲不可能再独自生活了，而翔子一刻不离地照看他也是不可能的，必须找一家愿意接受父亲入住的养老院，而自己离开家去找一份工作，挣的工资寄一部分给父亲。当然，回东京生活是最理想的，但东京租房成本高，往返这里的交通费也贵，所以不大可能。和贤介的关系到底会怎么样还不清楚，因此她也不会向他伸手。翔子不会丢下父亲，不会和他断绝关系，每个月都会来探视他一次，看来要做好打持久战的准备了，除了相信前方出口处的微弱光亮，笔直前行，找不出其他好办法。为此，必须尽量建立起一支友军，这样才能不惧怕被卷入这场麻烦，才能不惧怕旷日持久的康复之路。人在面临危机时，会不知不觉变得强大、变得坚忍，从而学到东西，得以成长。翔子不曾想到，疏于努力的自己，会在这个年龄突如其来地遭遇这样的事，但是她知道，自己绝不会像荣利子那样，慌作一团，像只没头苍蝇似的乱窜乱撞，她没有充裕的时间这样做。她把接下来要做的事情列成一张清单，一件一件去完成。出院之前申请一份看护保险；咨询一下医学社会工作者，看看究竟能申请到多少补助；同时，向附近的不动产中介和邻居传达出售宅子以及山林的信息，以期尽快变成现金；让弟弟洋平也行动起来做点儿事情，寻找一下久无音信的哥哥和嫂子的下落；拜访菩提寺的住持，着手整理祖先牌位；至于许久未谋面的母亲，当然不指望能帮上什么忙，但还是希望能见她一面，当年对母亲的苦恼视而不见，如今有很多道歉的话想对她说，还有种种事情想和她商量……

“好了，眼下我只想怎么把你的脚修治好，其他事情让我慢慢再想一想。”

毛巾上的老皮已经堆成了一座“小山”。翔子现在开始为父亲的左脚锉老皮。

为了不让自己卷入过激的毫无益处的竞争，女性应该携起手来共同抗御——荣利子以前这样说过。她说得完全对呀。假如有个能够静静地听自己发发牢骚、和自己有商有量的闺密在身边，翔子的烦恼至少可以减轻一半。

然而事实上却做不到，翔子与其他女性无法顺畅沟通，现在甚至连和谁见一面都困难。和她同病相怜的还有表面上无忧无虑的美和。

不过，逃避竞争还是有可能的。比如，受到挑衅时不予理会，后脑相向，埋头于自己手头的事情总可以吧，无论多么弱小，或者一无所有，或者只有孤零零的一个人。

“那座宅子我一个人没办法打扫，所以我在网上搜了下，找了一家收费最便宜的清洁公司上门来打扫，这笔费用我来出。我这么说了，爸爸你大概也弄不清楚吧？”

抓着左脚的手加大了力气。想到只要自己不离开这儿，谁也不能指责自己，不由得鼓起了勇气。全世界不管谁来看，翔子都是一个正在为父亲做足底护理的孝顺女儿，而不是不孝女。仿佛得到了某种救赎一样，现在她不必再小心翼翼地看父亲的脸色了。

翔子端详着父亲的两只脚，现在终于稍稍显出了一点儿白色，并且不那么干硬了，堆在一起的皱纹看上去仿佛一张笑脸。翔子看了也不由自主地露出微笑。从那个家里，是不是也能像现在这样清理出一些什么东西来？假以时日，会不会从中发现一些清新洁净的东西呢？

“爸爸，你的脚真吓人啊，锉下来这么多老皮！简直不像脚，好像两块化石一样。等下再给我看看你的耳朵，感觉也能挖出不少货来呢。”

——拍张特写放到博客上去。

自己眼前发生的种种事情，不想只掩藏在自己心里，好想告诉全世界，和别人共同分享。这是之前博客广受好评、成天乐此不疲的那段时期才有的欲望。但随即转念又想，这些亲人身上的东西在别人的眼里只不过是堆废物，晒出来只会令人感到不洁，会引起强烈的反感吧。有过网络上龃龉争执的经历不是件坏事，遇到事情开始喜欢三思而行了。

——刚才，我想到了“亲人”这个词?

说实在的，刚才在接触父亲的肌肤以及这些老皮的时候，心里压根儿没有想到这个人是自己的亲人。

翔子“扑哧”一声笑了出来。她拉过父亲的手，再拿起指甲钳，准备为父亲修剪像千层酥一样一层层黑乎乎的手指甲。记得小时候，在廊檐上看父亲修剪脚指甲，很吃惊剪下来的指甲盖那么厚。

36

迷迷糊糊正打着瞌睡，突然一下子惊醒，荣利子从床上爬了起来，拿过枕头边的手机，打开显示屏看了一眼，凌晨三点半多一点儿。

似乎有某种预感驱使着她，荣利子翻到收藏夹，拉动滚动条查找了一遍，果然发现“大比目鱼”的博客被删除了。

这样一来，荣利子和翔子的联络彻底断了。借着透过窗帘照射进来的路灯光亮，荣利子长时间向房间四周扫视着，足足有好几分钟，忽然涌起一个念头：好想呼吸一下外面的空气，好想出去走一走。她披上一件外套，为了不吵醒熟睡的父母，蹑手蹑脚地走出玄关。

寒气吹在身上非常舒服。大半夜的一个人跑出家门会不会有危险？走出公寓门厅的时候，脚下不禁迟疑了一下，随即又想，一个三十岁的胖女人会有什么事？自从失去了往日那副美貌之后，荣利子自由自在多了。

清冽的夜空望不到边际。穿过住宅小区来到大马路，一路上没碰到任何人，一辆垃圾清运车丢下一路臭气，从她身旁驶过。荣利子感觉自己仿佛变成了一条鱼，在水底游移彷徨。整条街道上，此刻只有荣利子一个人。莫非，只有自己一个人生存在这世上？从一开始，父母、翔子，还有公司的同僚都不存在？

啊，多想一直就这么生存下去呀。不受任何束缚，想什么时候出来散步就什么时候出来，这样活着才有意思啊。以前老想着怎样才能不辜负周围人的期待，却从来没有思考过自己到底希望过什么样的生活，散步、外出吃饭、旅行，仔细想一想，这些自己热衷的活动全都是不需要朋友结伴也可以完成的活动。假如独自去箱根，也能看到同样的景物，这样看来，不拖着别人，自己一个人去可能更好，既不用费神操心，也不会因受到干扰而分心，优哉游哉地慢慢欣赏自己喜爱的景物，那会是一次多么充实的旅行啊！

轻轨高架桥下闪着黄色的灯光，荣利子没有一丝迟疑地朝它走了过去。虽说这里给自己留下的只有苦涩的记忆，可是这个时间，除了这儿，没有任何地方可去。门上的铃铛“丁零零”响过，荣利子推开门走进去，一个熟悉的声音冲着她喊道：“欢迎光临！是要禁烟席吗？”

古怪的帽子、粉红色与白色条纹相间的连衣裙式的制服，外加一件围裙——这些和一张毫无表情、三十岁、略显浮肿的脸搭配在一起，怎么看都觉得不对劲儿。

圭子语气生硬地对她说道："干什么呀，这么一张面孔？没错，我开始在这儿干计时零工了，半夜到早上这段时间工资又高，又没什么客人来，你看看，可以堂而皇之地偷懒啦！"

"……怎么会？"

圭子引导着荣利子来到一张靠窗的桌子旁落座。荣利子目不转睛地注视着她。因为没有其他客人，所以圭子满不在乎地在荣利子的对面也坐了下来。

"这个嘛，应该说是看到你和翔子，我终于意识到了，一直待在家里，游手好闲，无所事事，永远也不可能有什么好事降临到我头上，所以就这样了。"

"是嘛，家在东京的女人要想自立可不容易啊。"荣利子下意识地冒出这么一句。圭子用鼻子不屑地"哼"了一声。

少女时代，杂志上介绍的时尚店铺圭子乘坐电车加上步行就可以跑去膜拜一番。无论是大学时代还是进公司后，只要说起从小家就在东京，总会引来阵阵羡慕。一方面，既没有对异地他乡的憧憬，也没有一心想要摆脱的过去，更不懂得望乡和别离的苦痛滋味；另一方面，时光却单调地逝去，虽然身处时尚发源地，但总觉得随时随地都可以光顾，结果真正去的地方却十分有限，而且往往千篇一律，由于不需要改变自己去适应这个大都市，不知不觉中竟变得意识保守，失去了想象力，对未知的东西总是怀有莫名的恐惧，虽然班上许多同学毕业以后就再没有见过面，但大多数都是这个样子。一年又一年毫无抗拒地和这个都市一同老去，慢慢地，不光面孔越长越像母亲，连行为举止也越来越像。再往大了说，东京也已经不再是个别具一格的多彩的都市了，日本各地到处都有和它相似的地方，小时候十分喜欢的私人书店，如今变成了毫无个性的“扒金窟”连锁分店，车站大楼在这条轻轨沿线更是随处可见。上个星期，一家手工制作蛋糕的老店也关门了，新鲜和活力正在从东京逐渐地消亡。

一阵“轰隆轰隆”的声响震得烟灰缸抖动起来，两人的头顶上刚好有一辆轻轨电车驶过。从这个时间来看，应该是返回调车场的。荣利子在心里暗暗祈祷：请把我的烦恼也一起带走吧，带得远远的，带到一个无人知道的地方，带到一个新的天地，说不定自己就可以重新来过呢。少女时代就这样憧憬过。可是，为什么一次也没有想过要离开这座城市呢?

冷静地想想就能知道，不管去哪里，这个世界无非就是由男人和女人构成的，自己仍会面临同样的问题。即将迈入三十一岁的荣利子，无论如何也不至于一厢情愿地描绘一个理想化的未来愿景。

圭子望着天花板出神。

“真是岂有此理是不是？家和学校都在世田谷区，却非要我们乘电车上学。”

“是啊，从地图上来看只有一点点距离，坐计程车大约只要十五分钟，骑自行车的话都用不了半小时。”

“每天早上六点钟就起床，还要让母亲费不少时间给我们做便当。”

“尤其是荣利子的母亲，做的便当那才叫好吃呀。”

自然而然地，两人聊起了从前的事。不过，荣利子已经不像从前和圭子关系亲密的时候那样兴高采烈了，她也许是意识到了像这样的聊天毕竟只是此时此刻才有的。

“上的学校那么好，父母对我们又那么关心疼爱，结果没承想，两个人到了三十岁都还没结婚，工作也不尽如人意，赖在家里和父母一起生活，连个朋友也没有，恋人就更不用说了。父母在我们身上花的钱都打了水漂呢。”

圭子微笑着，荣利子也咧开嘴笑了。真想重新开始一段人生，在父母以及圭子的注视下，就在这个街区，好好交几个知心朋友。

“如果学校允许骑自行车上学的话，我的人生说不定比现在要好呢。”

如果真的那样，就不会发生圭子在电车上被一群新结识的朋友围着，引得荣利子嫉妒不满的事情，也不会年届三十才第一次和别人合骑一辆自行车，兴奋得忘乎所以了。见圭子没有接茬儿，荣利子似乎有点儿不好意思，于是换了一个话题：“学校为什么要禁止骑自行车啊？”

“好像是因为两个女生合骑一辆自行车，结果发生交通事故死了，听说两个人都是当场死的。是我们入学的前几年发生的事。那两个女生很要好，经常一块骑车。所以学校后来就开始禁止，但是两个人合骑一辆自行车这种事却始终没能禁止得了。据说两个人合骑的话，一路上说个不停，一不留神很容易和卡车相撞。”

这是荣利子第一次听说这件事。不管什么样的友谊，总会有高潮，随后迎来低潮。第一次和翔子合骑自行车的那晚，假如翔子发生事故死了就好了。

“说不定像她们那样是种幸福呢，我好羡慕。”

“为什么？”

“你想啊，女性闺密很不容易有的对不对？虽说这些年流行女子会什么的，可是友情只是一瞬间的光耀，天长地久之类的只有在小说中才可能存在。把最最幸福的那一瞬间装进真空袋子里密封起来，就可以永存啦，所以……”

话说到一半止住了，荣利子似乎不知道该怎么形容才好。笑得最开心、感觉最幸福的那个瞬间，两个人应该一同赴死才是呀。——这似乎过于悲惨了，荣利子终于没能说出口。

“我不这样认为。”

荣利子抬起头，只见圭子眼睛里射出两道她从未见过的认真的眼神。

“如果这么说的话，那所有的关系都是有高潮和低潮的。假如那两个女生还活着，新学期开始后，她们中的一个交到了更加投缘的新朋友，另一个感到孤独，双方的关系慢慢就会变得生硬起来，也许会导致最后的分手。但是，当两个人都长大成人之后，有可能还会在街上不期而遇，这时候，她们哪怕就站在路边，高高兴兴地聊上几分钟，我觉得这就足够了呀。”

“什么，站在路边？……怎么……”

顶多就是几句肤浅的礼节性寒暄罢了，就算脸上始终带着笑容，也绝不可能再有下一次的约会。双方各自都是心知肚明的。就像母亲说过的，这种交流是丝毫无助的。与其面对虚伪的亲热，还不如冷冷地被人拒绝更让人好受些。现在的荣利子就是这样想的。

“啊，那是不一样的，荣利子！”

记忆中，圭子只会摆出一副冷冰冰的面孔，但是此刻，她却整个脖颈都泛红了。荣利子不由得睁大眼睛。她脖颈上的那块斑痕，不是高中的时候由于自己的原因造成的吗？

“那个时候……在两个人分开的时间里，各自已经学会了不少社交技能。男人们有时会嘲笑女人，觉得女人虚情假意地互相安慰、互相鼓励、传别人的八卦消息、围在一起叽叽喳喳‘开会’是多么愚蠢，其实女人也会的，比方看到一群女人说说笑笑的就会说，那群人围在一起又说又笑地干什么呀？吵死人了！——类似于这种。有谁敢说，一句辛辣然而真实的话即使把对方刺得鲜血淋漓，也比一句能慰藉人心的花言巧语来得高尚？我现在算是彻底明白了，这种互相抚慰是多么重要啊，我就是因为以前不相信，嫌这种事情麻烦，结果害得自己一无所有，只好在这里干这个……”

圭子的两只手攥得紧紧地搁在桌子上，血管发青，鼓了起来，让人看着都感到痛。

“女人那种即使短短的一瞬也要像焰火一样光芒耀眼，这种天生的社交性，以及每个小小的约定——即使不一定真的会有下次，也许不能从根本上解决问题，但确实拯救了许许多多的人，数都数不清吧。回到刚才的话题上，两个从前的好朋友站在那里起劲儿地说着话，这时候从旁边蹬过去一辆自行车，两个高中女生合骑在上面……这两个人一定会心里感到一阵轻松，由衷地露出会心的微笑，如果能拥有这样的瞬间，不是也会很幸福吗？”

荣利子回想起和翔子最后一次合骑自行车的情形，那天晚上膝盖划破的伤口仍没有消失，翔子哭泣的样子也浮现在眼前，她不会忘记。

“所以说，我不会觉得说死掉更幸福，不可以那样想的。人死了还有什么意义呢？即使活着感到受到了伤害，或者愧疚万分，又或者朋友不在了，也不能去死啊！”

荣利子知道，圭子之所以如此激动，是因为自己。

圭子是想修复自己和变得一团糟的荣利子的关系，哪怕只是暂时的？为了防止以前的好友继续沉沦下去，所以才想出来这个对策？尽管两人之间没什么需要解释的，也不会有下一次的约定，然而，今天晚上，圭子和荣利子之间确确实实联结着一根看不见的绳索。荣利子和翔子也会像这样，在某个时间、某个地方重逢吗？到那时，荣利子会不会不再对她死缠烂打，而是高兴地站在路边心平气和地和她聊上一会儿呢？

“那时候，我故意躲避你，还撒谎，抱歉啊！”

圭子突如其来地说道，令荣利子一时有点儿摸不着头脑。

“比起和你在一起，和其他朋友在一起更加让我快乐，倒不是因为你不够好，而是我变了。这话假如当时我能够面对面地对你说出来，也许最后就不会闹成那样子。”

荣利子脑袋昏昏沉沉地想，估计今后见不到圭子几次了，这大概算是她的临别赠言。自己可能不久之后就会搬离这个街区，因为只要自己待在谁身边，谁就会受到伤害。关于将来的打算还没有定下来，但荣利子清楚，自己离巢的时刻终于到来了。本来应该更早就离开这儿的，不过过去的事情已经无法改变，明天以后，荣利子才能开始自由地支配自己。

翔子此刻会在离这儿不远的公寓里想什么呢？

喂，什么时候才会想起我来啊？什么时候还会在某个地方重逢呢？

仿佛是对荣利子这个问题的答复，两人的头顶上又有一辆电车驶过，整个店堂都震动起来，仿佛要将这震动的涟漪传得更远。大概是头班电车发车了吧。圭子缓缓站起来，走到收银台后面拿来几册菜单又走回来，将菜单一一放在每张桌子上，连放带扔的粗犷动作，果然不愧是圭子所为。这些菜单上所表示的食材有多少是母亲所讲的“自然派”“真材实料”呢？哦，对了，谁管这种事情呢？

荣利子掏出手机，屏住呼吸，将通讯录中的“丸尾翔子”删除掉，整个动作只用了数秒，随后她深吸一口气，伸了个懒腰，将视线投向窗外。

在这个时候，有一个明亮宽敞的空间可接纳自己这个孤独的人，这点很重要。高盐分、高卡路里的仿真食品会侵蚀人的身体、破坏人的健康、剥夺这个城市固有文化的气息以及未来，可现在怎么样呢？可以肯定的是，这家家庭餐厅给既不年轻又身无一技之长的圭子提供了一份工作，又给没有朋友、今后想必也结交不到朋友的荣利子提供了片刻的温暖。荣利子在心里由衷祈祷，祈祷翔子也能找一个这样的场所。

天色渐渐发亮。

一团积云被朝霞的光照耀着，像伸出巨型手掌似的向这边压来，并且越来越大，几乎将黑暗全部遮蔽掉了。荣利子叹了口气暗暗嘀咕道：“夜如果再长一点儿该多好呀。”她伸出手，将面前的菜单拿在手上。